지리산 달궁 비트

이 도서의 국립중앙도서관 출판예정도서목록(CIP)은 서지정보유통지원시스템 홈페이지(http://seoji.nl. go.kr)와 국가자료공동목록시스템(http://www.nl.go.kr/kolisnet)에서 이용하실 수 있습니다. CIP제어번호: CIP2016011007(양장), CIP2016010947(반양장)

지리산 달궁 비트

빨치산대장 최정범 일대기

최정범 구술·강동원 엮음

한울

지리산 달궁 비트

지리산은 6·25 전쟁을 전후로 해 전라도 지역의 빨치산들이 머무르며 투쟁을 벌였던 역사적인 공간이다. 그중에서도 달궁은 김지회(金智會)와 홍순석(洪淳錫)이 토벌군에 쫓겨 숨어든 은신처였고, 전후에는 지리산빨치산 남원군당이 은거한 아지트였다. 지리산 달궁 비트에서 '비트'는 비밀아지트를 줄인 말이다. 당시 빨치산 유격대원들은 지명 뒤에 '트' 자를 붙여 '뱀사골트', '달궁트'라고 불렀다.

구술자의 글
만인이 차별 없이 평등한 세상

    내 빨치산 전력을 조금이라도 알고 있는 사람들과 대화를 나누다 보면 어김없이 등장하는 질문이 있다.

    "그럼 자식들은 어떻게 됐어? 출세에 지장이 많았을 텐데……."

    아비인 자가 조선노동당 남원군당의 유격대원을 이끌고 빨치산 투쟁을 한 전력이 있었으니, 연좌제가 시퍼렇게 맹위를 떨치던 대한민국에서 자식들이 불이익을 크게 당하지 않았겠느냐는 질문이다.

    그러나 나 때문에 자식들이 불이익을 받았다고 말할 특별한 일은 없었다. 내 아이들은 애당초 공직에 기웃거린 적이 없었다. 내 형제들도 마찬가지였다. 누군가 공직을 생각했다면 신원조회 과정에서 제동이 걸렸을 것이다. 다만, 먼 친척 중의 하나가 육군사관학교에 합격했지만 신원조회 과정에서 내 전력 때문에 탈락했다는 얘기는 전해 들었다. 연좌제에 걸린 것이다.

    나는 슬하에 4남 4녀를 두었다. 그중에서 아들 하나를 잃었으니 지금은 3남 4녀이다. 젊은 시절부터 나를 지켜본 사람들은 '만날 밖으로 싸돌아다니면서 언제 그렇게 자식 농사를 열심히 지었느냐?' 하고 농을 건네기도 한다.

내가 지리산에 들어가 있을 때 태어난 첫딸은 이미 60대 중반의 나이에 이르렀다. 1954년에 출생한 큰아들은 대기업에 다니다 퇴임해 지금은 조그만 개인 사업을 하고 있다. 모두 좋은 가정을 꾸려 무난하게 잘 살고 있으며 효성도 지극하고 우애도 좋아 서로 각별하게 챙기고 있어 든든하다. 그 아래 자식들도 모두 성실하고 근면하다. 일찍이 내가 집안 돌보는 것을 소홀히 하고 바깥으로 나돌았음에도 자식들이 이처럼 착하고 성실한 사회의 일원으로 제구실을 해주고 있으니 그저 고마울 뿐이다. 아마도 아비 몫까지 사랑을 다 쏟아 자식을 돌본 아내 덕분일 것이다.

하지만 자식 이야기를 하자면 내게도 회한이 있다. 셋째 아들 녀석은 내가 경제적으로 뒷받침을 제대로 해주지 못한 탓으로 대학교 진학을 포기하고 상업고등학교에 진학했다. 선린상고를 졸업한 셋째는 축협중앙회에 취직해 직장인으로서의 첫발을 내딛었다. 어느 날 내가 대학에 보내주지 못한 것을 미안해 하자 셋째가 이렇게 말했다.

"아버지, 그렇잖아도 한양대 야간학부에 입학하려고 다 준비해놓았어요."

오히려 나를 위로하던 녀석이 어느 날 사내 등산동호회 회원들과 암벽등반에 나섰다가 그만 사고를 당하고 말았다. 아들은 그 자리에서 숨졌다. 먼저 보낸 그 녀석을 생각하면 마음 한구석이 늘 쓰리다.

어떤 이들은 요즘도 가끔 내게 묻는다.

"당신은 정말로 공산주의자였나?"

그러면 나는 지체 없이 대답한다.

"그렇다."

"그러면 당신은 지금 북한체제를 지지한다는 말이냐?"

나는 다시 망설임 없이 대답한다.

"아니, 절대 아니다."

여기까지 말하고 나면 어떤 사람은 안도의 빛을 보이기도 하고 어떤 사람은 의아한 표정을 짓기도 한다. 안도하는 반응을 보인 사람은 아마도 '당신이 빨갱이가 아니어서 다행이다' 하는 생각 때문일 것이다. 의아한 표정을 지은 사람은 지금의 북한체제와 공산주의를 동일하게 여기는 사람일 가능성이 크다.

일제로부터 해방된 후 남과 북에 각각 소련군과 미군이 진주했다. 그리고 조국이 분단되는 과정에서 내가 선각자들로부터 듣고 배운 공산주의는 이런 것이었다.

'만인이 차별 없이 평등하고, 그래서 인민이 풍족한 삶을 구가하는 세상!'

6·25 전쟁 때만 해도 나는 당시 북한의 체제가 내가 꿈꾸던 공산주의 본연의 이상사회를 구현할 수 있는 체제라고 믿었다. 따라서 남조선을 해방하는 일에 목숨을 걸어도 좋겠다는 생각을 했다.

모든 것을 결과만을 두고 판단하는 것은 무리일 수 있다. 그럼에도 불구하고 한 가지 단언을 하자면, 내가 목숨을 바쳐 이루려고 했던 세상과 지금의 북한 체제는 닮은 구석이 전혀 없다는 것이다. 김일성의 항일투쟁은 인정할 만한 일이지만 전 세계의 현대국가에서 그 예를 찾아보기 어려운 세습체제, 다른 무엇보다 인민을 억압과 굶주림과 도탄에 빠뜨린 북한의 현재 모습은 도저히 납득할 수 없는 잘못된 현실임이 분명하다. 내가 목숨을 던져 만들고자 했던 세상은 결코 그런 것이 아니었다.

빨치산 출신들은 1961년 군사쿠데타로 정권을 잡은 박정희 정권 시절부터 무고한 광주시민을 학살하고 군사정변을 통해 정권을 찬탈한 1980년 전두환 군부독재 시절까지 무조건 불순한 빨갱이로 낙인찍혔다. 심지어 박정희의 공화당은 선거 때마다 남원군 산내면에 공화당의 득표율을 사전 할당하기도 했다.

1990년대 중반에 들어 민주화가 한창 진행되던 시기에 이태의 『남부군』이나 조정래의 『태백산맥』 같은 소설이 대중에게 읽히기 시작하면서 빨치산에 대한 인식도 많이 달라졌다. 그 무렵, 진보적인 의식을 가진 대학생들이 개인 혹은 학교 동아리 신분으로 나를 찾아와 당시 활동에 대한 증언을 요청하는 경우도 많았다. 이때부터 사람들이 빨치산 활동을 엄연히 존재했던 역사적 사실로 받아들이기 시작했던 것 같다.

나는 학생들과 함께 전북도당 사령부가 주둔했던 뱀사골과 남원군당 비트가 있던 달궁을 찾아가서 당시의 활동상을 설명해주기도 했다. 학생들의 첫 반응은 우선 놀랍다는 것이었다. 그들은 그때 그런 활동을 했던 걸 후회하지 않느냐고, 어떻게 단 하나뿐인 목숨을 내걸고 그런 활동을 했느냐고 물었다. 나는 이렇게 대답했다.

"젊었으니까. 한창 혈기왕성한 청춘이었으니까 할 수 있었다. 돌이켜보면 스스로 대견하게 생각한다."

하지만 어떻게 그런 일에 소중한 목숨을 내걸 수 있었느냐고? 그 질문에 대한 내 대답은 이렇다.

"그때 나는 적어도 그것이 정의라고 믿었으니까."

2016년 4월
최정범

엮은이의 글
왜 지금 최정범인가

정치인의 기본 소양은 역사 인식이다. 동·서양사는 물론이고 한국사에도 정통해야 한다. 특히, 자신이 태어난 향토의 역사는 반드시 알아야 한다. 향토사를 모르면서 무슨 비전을 제시할 수 있고 무슨 일을 추진할 수 있겠는가? 그래서 정치인은 스스로 향토사학자가 되어야 한다. 이것은 나의 지론이자 철학이다.

역사의 진실은 정확한 사실이 토대가 되어 밝혀진다. 그래서 고대사부터 현대사까지를 아우르는 모든 역사 분야에서 향토사를 연구하는 일은 매우 중요하다. 그리고 향토의 역사를 잘 보존하기 위해선 현재의 순간까지도 놓치지 않고 기록해야 한다. 역사는 기록하는 사람의 것이다. 기록은 역사왜곡을 막는다. 이순신 장군은 『난중일기』를 기록해 역사를 바로 세웠다. 반면, 아무런 기록을 남기지 않은 원균 장군은 변명하거나 평가받을 기회도 없이 패장으로 인식되고 있다.

남원의 현재를 기록하는 것은 역사 속에서 형성된 '남원'과 '남원사람'의 정체성을 연구하려는 후세들을 위해서다. '남원사람'의 정체성은 그들의 사고방식이자 생활양식이므로 그것을 알 때 남원사람의 생각과 행동을 이해할 수 있을 것이다. 남원의 향토사는 한국사의 일부이므로 한국사와 공통점을 갖고 있지만, 그와 동시에 고유한 특징도 존재한다. 이런 향토사의 특징에 주목해야만 비로소 남원, 남원사람의 성격이 드러난다.

이 책은 격동기인 일제 강점기에 남원에서 태어나 강제징용을 당하고 해방정국을 맞아 좌·우익 충돌을 겪었던 한 남자에 대한 기록이다. 그는 6·25 전쟁 당시 조선노동당 남원군당 소속 유격대원들을 이끌고 지리산 달궁을 무대로 활동했던 빨치산대장 최정범(崔正範)이다. 이 일대기는 철저히 최정범의 기억과 구술에 의존해 당시 상황을 재조명했다는 점에서, 충분한 사료적 검토를 수행하지 못했다는 한계가 있다. 지리산빨치산 유격대에 관한 검증된 기초자료가 전혀 없다는 점에서 이런 한계점은 더욱 안타깝게 여겨진다. 따라서 반론이 제기될 가능성이 있는 부분은 기술하지 않았다.

나는 6·25 전쟁 당시의 정치적 상황과 시대상 안에서 전개된 '조선노동당 남원군당 유격대원들의 지리산빨치산 활동'의 특수성을 밝히려고 시도했다. 그런 점에서 이 책은 기존의 향토사와는 뚜렷이 구별된다. 나는 남원 지역을 중심으로 전개된 빨치산 활동의 영역과 보급투쟁, 그들의 인간성을 찾아내는 데 중점을 뒀다. 그리고 빨치산대장 최정범 개인보다는 당대를 살았던 모든 '남원사람'들이 이 책의 주인공이라는 사실을 잊지 않으려고 노력했다.

우리에게 빨치산은 금기의 영역이자 그저 '빨갱이'로 인식되고 있다. 하지만 이제 분단된 민족의 아픔을 재조명할 때가 되었다. 언제까지 조국 분단의 아픔이 대립과 갈등으로 이어져야 하겠는가. 단군 이래 반만년의 역사에서 어찌 훌륭한 인물과 위대한 일만 있었겠는가. 또 어찌 그런 것만이 역사라 하겠는가.

충신과 역적, 애국자와 매국노, 양반과 평민, 좌익과 우익, 진보와 보수, 경사(慶事)와 애사(哀事), 특별한 사건과 일상생활 등 모든 사건은 향토사에서 중요한 의미가 있다. 이런 관점을 현대사에 견주어 보면, 지리산빨치산 유격대의 활동은 매우 이례적이고 독특한 특성을 안고 있다.

나는 해방 이후 전환기에 살았던 사람들의 정치논리에 주목한다. 좌·우익 진영논리에서 남원도 예외는 아니었다. 남원은 비교적 좌익 인사의 활동이 많았던 지역임에도 불구하고 이에 대한 기록이 거의 남아 있지 않다. 교룡산 선국사(善國寺)의 덕밀암에서 은거하던 수은 최제우 선생의 영향을 받았던 김개남 장군이 동학농민군을 이끌고 최초의 농민전투를 했던 곳이 바로 남원인데도 그에 관한 기록이 전혀 없듯이 말이다.

황산대첩과 이성계, 만인의총과 정유재란, 동학농민군과 김개남, 6·25전쟁과 빨치산, 4·19 혁명과 김주열, 그리고 『춘향전』·『흥부전』·『변강쇠전』·『만복사저포기(萬福寺樗蒲記)』·『김삼의당전(金三宜堂傳)』·『혼불』은 남원의 상징이다. 그러나 근현대사에서 남원사람의 활동양상은 무엇이었는가? 나는 이 질문을 염두에 두고서 남원은 어떤 곳인지, 남원사람은 누구인지를 알아보고자 했다. 그것이 남원의 향토사에서 발견할 수 있는 남원의 정체성이기 때문이다. 하지만 이에 대한 평가는 온전히 독자의 몫이다.

2016년 4월 15일
요천 강변에서 강동원

차례

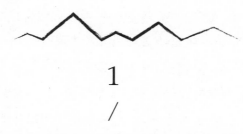

1
/

일제 강점기, 난 이렇게 살았다

소작인의 아들, 세상을 간평하다

나는 1928년 남원에서 가난한 소작농의 아들로 태어났다. 올해 나이가 벌써 여든여섯이니 지난 인생을 정리해볼 나이가 되었다. 젖먹이 시절이야 기억 밖의 일이니 젖혀두더라도, 일제 강점기인 1935년 가을 풍경만큼은 가슴의 중심에 언제나 자리하고 있다.

여덟 살 철부지였지만 그 가을 풍경이 내 마음속에 각인되어 있는 것은 왜일까? 어른들의 가을이 아이들의 가을과 다르다는 것을, 그리고 지주의 가을과 소작인의 가을이 다르다는 것을 세상물정 모르는 어린아이가 어렴풋이 알게 되었기 때문일 것이다.

내가 살던 마을은 지금의 남원시 이백면 양가리이다. 마을이 운봉읍(雲峰邑) 연재 밑에 있어서 논밭이 온통 봉답이었는데, 물이 귀해 농사짓기가 무척 어려웠다. 동네 앞 전답은 제법 넓었지만 수리시설이 없어 물대기가 여간 힘들지 않아 모내기철이면 하늘만 바라보는 형국이었다. 지금 생각해도 척박한 땅이 분명했다.

따가운 가을 햇살이 오곡을 영글게 하던 1935년 초가을 남원장날. 여느 때 같으면 나무 등짐을 지고 장에 갔을 아버지가 아침부터 서둘러 논에 나갈 채비를 하셨다. 나락을 베야 할 때도 아니었고 새삼스럽게 피를 뽑을 일도 없었다. 나는 아버지께 물었다.

"아부지, 오늘 왜 남원장에 안 간다요? 나무 팔아서 새 고무신 사준담서……."

"그렁개 말이다. 오늘 뜬금없이 간평(看坪) 나온다고 안 허냐. 장에는 못 가것다. 고무신은 다음 장날 사다 줄게잉. 그때까진 니 어무이한테 꼬매돌라고 해서 신고 댕겨야것다."

"근디 아부지, 간평이 뭐시다요?"

"참 자슥도, 그런 거이 있어. 너는 몰라도 돼야."

간평이란 전답의 작황 상태를 직접 살피는 것을 말한다. 설사 아버지가 간평에 대해 자세히 설명해줬어도 나는 알아듣지 못할 나이였다.

이윽고 지주를 대신해 소작지를 관리하는 간평인이 왔다. 간평인은 어린 내가 보기에도 좋은 인상은 아니었다. 그는 마치 자신이 지주인 것처럼 허리를 꼿꼿이 세우고 팔자걸음으로 논둑길로 나섰고, 아버지를 비롯한 소작인들은 구부정한 자세로 졸졸 뒤를 따랐다.

간평인은 가능하면 소출을 높게 잡으려고 한다. 반대로 소작인은 가뭄이나 병충해 때문에 작황이 좋지 않다는 사실을 눈치껏 주장한다. 하지만 그 어떤 경우도 소작인의 주장은 받아들여지지 않는다.

간평인이 "허허, 올 농사는 그런대로 잘 되았구만. 풍작이로세"라고 말하면 소작료를 덤터기 쓸 것이 뻔했다. 반대로 "참, 무신 놈의 쭉쟁이가 요렇게 만탕가이"라고 말하면 농사를 잘못 지었다는 타박을 들어야 했고, 심지어 다음 농사철엔 소작할 땅을 빼앗길 각오까지 해야 했다. 물론 어른들이 간평을 어떻게 받았는지 나로서는 알 길이 없다. 다만, 확실한 것은 이렇게 간평에 목숨을 걸 수밖에 없는 소작농의 수가 매우 많았다는 점이다(각종 문헌에 따르면 일제 강점기 한국의 자영농 비율은 매우 낮았다고 한다).

당시 우리 마을 농지의 3분의 1은 만석꾼으로 소문난 박 씨네 땅이었다. 그는 이백면뿐만 아니라 남원 읍내와 운봉에도 많은 농지를 갖고 있는 대지주였다. 우리 마을에는 소작을 하지 않고 순전히 자기 논을 갖고 농사를 짓는 사람은 한두 집에 불과했다. 따라서 소작료가 결정되는 '간평하는 날'이 되면 동네 전체에 긴장감이 감돌았다.

하루 종일 들판을 살피던 지주 박 씨의 간평인은 그날 저녁 간평 결과를 알리기 위해 우리 집 바로 윗집에 소작인들을 모이게 했다. 말하자면 소작료를 최종적으로 통보하는 순간이 다가온 것이다. 나는 아버지를 따라 소작인들이 모이는 윗집으로 올라갔다. 소작인들은 빈손으로 오지 않았다. 씨암탉을 한 마리씩 들고 온 사람이 서너 명은 되었고 대부분 뭔지는 알 수 없지만 이런저런 꾸러미를 들고 왔다. 간평인에게 바치기 위해 가져온 것들이었다.

어른들이 나눈 이야기를 나는 알아듣지도 못했다. 다만, 아버지를 포함한 여러 어른이 낯선 남자 앞에서 죄인처럼 일방적으로 고개를 조아린 채 이것저것 무언가를 바치는 모습만이 기억에 또렷이 남아 있다. 어린 내 눈으로는 납득할 수 없는 광경이었다.

그 간평인의 허우대는 약골인데다 볼품이 없는 사람이었다. 아버지나 마을 어른들과는 상대도 안 되는 사람이었다. 속된 말로 한주먹 거리도 안 되었다. 그럼에도 불구하고 간평인은 하루 종일 헛기침을 해가며 고압적인 태도로 일관했고, 아버지와 마을 사람들은 굽실거리며 저자세를 보였다. 어린 나는 호기심이 동해 간평인과 어른들의 이야기를 엿듣기 시작했다.

"아까 낮에 다들 봤응개 알틴디. 나락 팰 때 살짝 냉해가 있어 쭉정이가 많터랑께. 알곡이 제대로 안 여물었어."

"앗다, 뭔 소리여! 자네는 맨날 그 소리여? 언제 우리헌테 농사 참 잘 됐네이, 그런 말 해본 적이 있능가?"

"아따 간평을 내 맘대로 허는 것이 아니랑께. 다 암시롱 왜 그런당가잉."

"가물어서 흉년인 건 다들 아는 사실 아닝갑네. 그렁개 지주 어른한테 얘기 잘 혀서 싸게 좀 매겨주쇼잉."

한참 실랑이를 하다가 대화는 계속된다.

"자자, 여러 말 헐 것 없구먼. 마지기당 한 섬씩 내야 건네."

"아, 한 마지기에 두 가마니를 내란 말이여? 시방 우린 워터케 살라고 그려?"

"아, 농사짓기 싫으면 땅 내놔. 농사질 사람 천지여!"

농사짓기 싫으면 땅 내놓으란 소리에 사람들이 그만 입을 다물었다. 이렇게 간평은 끝나고 말았다. 간평인이 떠난 후 마을 사람들은 마루에 걸터앉아 장탄식을 늘어놓았다. 나는 지금도 당시의 풀이 죽은 아버지의 모습이 눈에 선하다. 나는 그때 젖비린내 나는 코흘리개였지만 아버지와 어른들이 사는 세상은 납득할 수 없는 또 다른 세상임을 실감했다.

할아버지나 부모님이 논에 갈 때면 우리는 언제나 '우리 논'이라고 했는데, 알고 보니 그것은 '남의 논'이었다. 정말 우리 논이었다면 피땀 흘려 농사를 지은 아버지가 매년 추수 때 곡식을 덜 내려고 통사정을 할 이유가 없었을 것이다. 농사짓기 싫으면 땅을 내놓으라는 간평인의 말 한마디에 꼼짝도 못하는 아버

1920년대 소작농의 삶.·

지의 모습이 무척 애처로웠다. 나는 그날 여러 가지를 새롭게 알았다. 농사짓는 사람이 반드시 그 땅의 주인은 아니라는 사실을, '지주 어른', '만석꾼'으로 불렸던 지주는 농사를 짓지 않고도 남이 피땀 흘려 수확한 곡식을 제 맘대로 당당하게 거두어 간다는 사실을, 아버지와 같은 소작농은 지주인 만석꾼과 절대 평등하지 않다는 사실을 말이다.

성장과정과 교육환경이 그래서 중요한 걸까? 이런 충격적인 사건을 겪은 덕분에 어린 시절부터 불평등에 대한 인식이 남달랐던 것은 사실이다. 그날 지주의 마름이자 간평인인 그 자가 우리 동네에 와서 한 해의 작황을 간평했던 광경은 미수(米壽)를 목전에 둔 이 나이까지 내 기억의 저변을 차지하고 있다.

나는 삭녕(朔寧) 최씨 집안의 3대 독자인 최성용(崔成龍)의 맏아들로 태어났다. 아래에는 남동생 두 명이 있다. 증조부의 본향은 전라남도 구례였는데 증조부가 일찍 돌아가시자 증조할머니가 가솔을 이끌고 당신의 친정이 있는 남원군 이백면 양가리로 이주했다. 그러니까 증조모,

---

• 한국근현대사학회 엮음, 『한국독립운동사강의』(한울, 2012), 126쪽 재인용.

조부모님, 부모님, 나 이렇게 4대가 한집에 살았던 것이다.

어린 시절 내 눈에 비친 아버지는 힘없는 소작농이었다. 하지만 일제 강점기에는 모든 농민이 힘없고 비참한 상태에 처해 있었다. 동변상련이었다. 그렇지만 나는 내 아버지만큼 성실하고 부지런하고 가족에 대한 책임감으로 충만한 사람을 본 적이 없다. 아버지는 남들보다 몇 배는 더 부지런했다. 서당에라도 다니라는 할아버지의 배려마저 사양하고 그 시간에 낫을 들고 지게를 진 채 자청해서 들로 산으로 나다녔던 아버지였다.

우리 집은 다른 집들처럼 남의 땅을 소작해 생계를 꾸렸지만 그래도 배를 곯는 일은 없었다. 내가 소학교(지금의 초등학교)에 다닐 때만 해도 도시락을 싸 오지 못하는 아이들도 많았고, 그나마 감자나 고구마를 가져오는 아이들이 태반이었다. 그러나 나는 꽁보리밥이라도 항상 싸 갖고 다녔으니 곯는 일은 없었다. 순전히 부지런하고 책임감 강한 아버지 덕분이었다.

앞서 말했듯이, 내가 살던 양가리는 토질이 매우 척박했다. 저수지 등 수리시설이 전혀 없었기도 했지만, 마을 전체가 소나무밭이었던 탓도 있었을 것이다. 어른들은 소나무가 물을 다 빨아먹어 버려서 땅을 파도 물이 잘 안 나온다고 말했다. 마을 별칭이 '나뭇골'인 것만 봐도 농사짓기가 얼마나 힘들었는지 알 만하다.

소나무 때문에 애를 먹었지만, 오히려 고맙게도 지천으로 널린 나무들이 생계수단이 되었다. 생솔(생소나무) 가지를 함부로 베었다가 산림조합의 산감(山監)에게 들키면 벌금을 물고 곤혹을 치렀지만, 나무를 패서 장작으로 말려버리면 단속에 걸리지 않았다. 마을 사람들은 장작과 나뭇가지, 가리나무(갈퀴로 긁어모은 땔나무)를 한 지게씩 지고서 20리 길을 걸어 남원장날 내다 팔았다. 그 먼 길을 걸어갔다가 오자면 막걸리라도 한잔 걸쳐야 했으므로 장을 넉넉하게 봐 올 처지가 못 되었다. 하지만 아버지는 할머니, 즉 내 증조모를 위해 생태를 사오는 일은 빠뜨리는 법이 없었다. 남원은 여수가 가까워서 생선과 건어물은 비교적 싼 편이었다. 아버지는 겨울철이면 생태를 지게에 대롱대롱 매달은 채 집에 오시곤 했는데 그 사이 생태는 꽁꽁 얼어 동태가 되곤 했다.

간평하는 날에는 논에 쌓인 나락의 수확량을 어림해 소작료를 통보할 뿐이기 때문에 실감이 덜하지만, 실제로 추수한 나락을 지주에게 바치는 날이 되면 그 박탈감은 상상을 초월한다. 척박한 논에 비료도 주지 못해서 200평 한 마지기에 겨우 쌀 두 가마를 수확하는 수준이었다. 뙤약볕 아래에서 초벌매기, 재벌매기, 세벌매기 등 세 차례나 풀을 매고 피를 뽑는 등 온갖 피땀을 흘려야 건질 수 있는 소출이었다.

문제는 소작료였다. 심한 경우 두 가마 소출에 소작료로 열댓 말을 받아가기도 했다. 대개 전체 수확량의 3분의 2를 소작료로 내야 했으니 그야말로 착취요, 수탈이었다. 쌀농사를 지으면 이렇게 지주 좋은 일만 시켰으니 먹고살려면 이모작인 보리농사를 지어야 했다. 하지만 밭에도 지주가 따로 있어서 소작을 받아 농사를 지을 수밖에 없었다. 워낙 부지런했던 아버지는 마을에서 2km쯤 떨어진 평촌마을의 어느 밭을 손수 개간해 밭농사를 지었다.

소작농의 대부분이 보릿고개가 오기 훨씬 전부터 쌀독에 빈 바가지 긁는 소리를 들었다. 어쩔 수 없이 부잣집에 가서 쌀을 꾸어다 먹어야만 했다. '우선 먹기는 곶감이 달다'라는 속담이 있듯이, 갖다 먹을 때는 좋지만 빌린 쌀을 갚아야 할 때면 이자로 얹어 줘야 하는 이곡(利穀) 때문에 또 한숨을 쉬어야 했다. 한 가마 꾸어다 먹고 닷 말을 이자로 주는 경우는 그나마 싼 편이었다. 심한 경우 이곡이 원곡(元穀)의 배가 넘는 경우도 있다. 한 가마를 꿔다 먹고서 두 가마로 갚아야 했다. 그 악순환이 계속되던 시절이었다.

나는 1936년 이백면 심상소학교에 입학했다. 소학교는 본래 4년제였는데, 3학년 때 6년제로 학제가 바뀌면서 학교이름도 '이백국민학교'가 되었다. 일주일에 조선어를 배울 수 있는 시간은 겨우 두 시간이었다. 두 시간을 제외하고는 모두 일본어로 수업을 했다. 4학년 때부터는 그나마 있던 조선어 수업 시간이 아예 폐지되었다.

그렇지만 나는 일제의 식민통치가 한창이던 시기에 태어났고, 그런 환경에서 초등교육을 받았기 때문에 특별한 문제의식을 갖고 있지 않았다. 어린 나이 탓도 있었겠지만 일제의 만행에 대해 설명해주거나 민족혼을 일깨우는 말을 해주는 선생님, 어른은 아무도 없었다. 앞으로 내가 살아가야 할 세상에 대한 고민은 전혀 없었다. 다만, 졸업할 무렵 어린 내가 보기에도 세상이 좀 뒤숭숭하다는 느낌은 들었다. 동네 아주머니들은 모이면 이런 이야기를 했다.

"웬 놈의 밥그럭까지 빼사간디야. 아, 그렁개 어디다 밥을 퍼 먹으라는 것이여?"

"긍개 말이여, 어저께 웃동네는 집집마다 다 뒤져 갔당께. 놋쇠로 맹근 밥그릇이랑 숟가락이랑 비녀랑 다 빼사갔디야."

"아, 제사상에 밥 채릴 제기는 냉겨놔야 할 것 아녀?"

"그렇께. 쩌그 벗멀떡네는 놋그릇 몇 벌을 뒷산 바우틈새기에 살째기 감춰놨다든디……."

1941년, 일제가 '대동아전쟁'이라고 부르는 태평양전쟁을 일으켰고 그 만행으로부터 얼마 뒤인 1942년에 내가 국민학교를 졸업했으니, 그때는 일제가 전쟁 물자 조달을 위해 놋그릇 등 생활도구를 무차별적으로 징발해 가던 시기였다. 나는 일제가 왜 전쟁을 일으켰는지 알 수 없었다. 하지만 어렴풋이 알 수 있었던 것은 부모님과 마을사람들이 많이 빼앗기며 살고 있다는 사실이었다.

내가 목격한 것은 땀 흘려 농사지어 거둔 곡식이나 놋그릇 정도였지만 그것 말고도 빼앗기는 것들은 더 많았을 것이다. 하지만 더 절망적인 것은 그 부당하고 억울한 수탈에 대해 누구도 항변하지 못한 채 어쩔 수 없이 감수하고 살아가야 한다는 사실이었다. 어린 나는 이런 절망감에 대해 호기심과 의구심이 들었다. 당시 세상을 보는 내 눈과 생각이 조숙했기 때문일까?

열네 살, 징용, 평안도

나는 남에게 뒤지지 않는 당당한 체격을 타고났다고 자부한다. 국민학교 시절 운동회 때 달음질 시합에서 1등을 놓쳐본 적이 없을 정도로 체력에도 자신이 있었다. 빨치산 시절 전사들을 인솔하는 대장이었음에도 부하들의 무거운 배낭과 무기를 대신 짊어지고 지리산 준령을 다람쥐처럼 오르내릴 수 있었던 것 역시 건장한 체격과 왕성한 체력 덕분이었다.

국민학교를 졸업한 나는 아버지가 혼자 감당해오던 농사일을 돕기 위해 중학교 진학을 포기하기로 했다. 당시로서는 너무나 자연스러운 결정이었다. 솔직히 떼를 썼다면 중학교에 진학할 수 있었다. 하지만 '농사일 거들고 틈틈이 서당에서 한학이나 배우라'는 아버지의 말씀을 거역할 수 없었다. 나는 아버지의 뜻을 군말 없이 받아들였다. 열네 살 나이에 부모님 말씀에 순종하는 것이 최선의 도리였다.

하지만 장래에 대한 두려움과 의문이 자꾸만 고개를 들었다. 나는 장차 어떤 사람이 될 것인가? 시간이 흐를수록 미래의 내 모습을 상상해 보는 시간과 기회가 많아졌다. 그러나 불확실한 시절에 뜬구름 잡는 식으로 장래를 생각하는 것은 무리가 있었다. 그저 보이지 않는 현실 속에서 장님처럼 앞을 더듬었을 뿐이다. 암담했다.

내가 나의 장래를 생각하고 고민한 배경에는 아버지처럼 세상에 순응하며 고분고분 소처럼 일만 하는 소작농이 되지는 않겠다는 강박관념이 있었다. 아무런 희망이 없는 시절이었지만 무슨 일을 하든지 최선을 다해, 아버지처럼 뼈 빠지게 일하면서 대접도 제대로 받지 못하는 처지는 겪고 싶지 않았다.

1939년 7월 일제는 '국민징용령'을 공포해 조선인을 공사장, 군수공장, 전쟁터 등지로 내몰았다. 급기야 1941년 진주만을 공습하며 태평양전쟁을 일으킨 일제는 부족한 병력과 인력을 충원하기 위해 '근무보국협력령'을 발표하고 대규모 국민동원 계획을 세우는 등 강제징용에 더 박차를 가했다. 그 이듬해인 1942년은 내가 국민학교를 졸업하고 열네 살이 되던 해였다. 그런데 우리 집에 비상이 걸렸다. 아버지에게 일제의 징용영장이 나온 것이다. 그때 아버지의 나이는 40대 중반이었다. 영장을 앞에 놓고 할아버지와 아버지가 한숨을 푹푹 내쉬었다. 내가 태어난 이래 우리 집에 닥친 가장 큰 위기였다.

"아이고, 쳐 쥑일 놈들! 이런 청천벽력이 어딨다냐이? 애비가 징용에 끌려가 불면 우리 권숙은 모다 굶어 죽을 판인디 어찌끄나이……."

"아부지, 시방 일본이 미국허고 전쟁을 시작했다요. 전쟁 이길라고 쉰 살 밑에 남자들은 다 끌고 간답디다. 무신 방도가 없는지 알아봐야 겠어라우."

"어디로 가서 뭔 일 헌다고 허더냐?"

"쩌그 함경돈지 평안돈지 대여섯 달 갔다고 온다고 안 허요. 탄광에서 석탄 캔다고도 허고 무신 놈의 발전소 짓는 데서 막노동헌다고도 허고, 잘 모르것어라우."

"아이고 애비야, 그렇게 먼디까지? 그놈의 새끼들 말이 좋아 대여섯 달이제 언제 올지 모르잔혀?"

"에이, 그러기야 헐랍디여. 어쩟거나 내일 면에 나가서 김 주사한테 물어봐야 겠구만이라우. 살째기 사정해봐야 겠어라우."

우리 집에서 아버지는 그냥 아버지가 아니었다. 남들보다 두세 배나 일을 잘하는 머슴 중에서도 상머슴이었다. 그런 아버지 덕분에 우리 식구들이 밥걱정을 덜 수 있었던 것이다. 아버지 대신 농사지을 노동력이 집안에 없었으니, 불과 6개월간의 징용이라 해도 아버지 없는 우리 집은 상상할 수가 없었다. 그렇다고 일제가 우리 집의 사정을 봐서 아버지를 징용에서 빼줄 리는 만무했다.

이렇게 우리 집이 어려운 처지에 놓였는데 장차 가장의 지위를 물려받을 내가 그저 손 놓고 있을 수만은 없었다. 내가 고민을 한들 무슨 방법이 나오는 것도 아니었고 아버지께 도움이 되는 것도 아니었다. 하지만 순간 나도 모르는 사이 할아버지께 불쑥 말을 꺼냈다.

"할아부지, 아부지 징용 지가 대신 갔다 올라요."

뜬금없는 내 말에 할아버지는 물론 아버지, 어머니가 깜짝 놀라셨다.

"아! 이놈아, 기껏해야 열네 살 먹은 늠이 어른들 야그에 끼어들고, 징용이 뭔지나 알고 허는 말이여? 당장 저리 가, 이놈아!"

"아이고 아부지, 내가 힘깨나 쓰는 일은 잘 한당깨요. 아래동네 평촌 양반보다 더 힘이 쎄당깨요. 내가 아부지 대신 갈깨라우. 일 잘 허고 돌아올 것잉께 걱정 말랑깨요!"

처음에는 펄쩍 뛰던 아버지와 어머니도 할 수만 있다면 나를 대신 보내는 것이 차선책이라고 의견을 모으기에 이르렀다. 비록 아직 어린 나이였지만 체격도 다부졌고 식구들도 나를 믿어줬다. 우리 가족의 청을 받아들인 김 주사는 내 나이를 성년으로 위조했고, 결국 내가 아버지를 대신해 징용의 길로 나서게 되었다.

집결지 남원역에 도착하자 징용 대상자들이 불안한 표정으로 기차를 기다리고 있었다. 남원군 각 면에서 징발된 사람은 120명이었고 이백면에서 징발된 사람만 30명이었다. 20대부터 50대까지 연령층도 다양했다. 열네 살에 불과한 나는 나이든 척 품새를 잡아봤지만 아무리 그렇게 해도 내가 가장 어리게 보이는 것은 어쩔 수 없었다.

"그런디 어디로 간다고 그러덩가?"

"평안도로 간디던디."

"거시기 수력발전소 맹그는 공사판에 간다는 말이 있든디?"

"무신 굴 뚫는 공사판에 간다고 허던디."

"굴을 뚫어? 그거 뚫다가 천정 무너지면 끽소리 못 허고 죽는 거 아녀?"

"앗다, 이 사람이! 무신 놈의 재수 없는 소리를 하고 자빠졌디야?"

사람들의 얼굴에 수심이 가득했다. 그러나 나는 이후에 일어날 일들이 그다지 두렵지 않았다. 심지어 앞으로 내가 갈 곳, 그리고 내게 주어질 일들에 대한 호기심이 옅게 일기도 했다.

이윽고 경의선 완행열차가 북쪽을 향해 움직이기 시작했다. 기차 여

행은 지루하기 짝이 없었다. 꼬박 이틀을 달려 멈춘 곳이 평안북도 강계역(江界驛)이었다. 거기에서 내려 강계선(강계~낭림)으로 기차를 바꿔 타고 다시 약 30km를 달려 도착한 곳이 십리평(十里坪)이었다. 십리평에서 내린 우리는 인솔자가 이끄는 대로 십 리 정도의 길을 더 걸어서 터널 굴착공사 현장에 도착했다.

일제는 1943년에 함경도의 황초령(黃草嶺)과 마대산(馬垈山)에서 발원한 장진강 하류 40km 지점의 협곡을 막아 장진호를 건설했다. 이 댐의 물을 황초령 중심부에 뚫린 도수터널을 통해 흑림천(黑林川) 계곡으로 보내 장진강 수력발전소를 가동했다. 장진강 수력발전소는 네 개의 발전소가 순차적으로 건설되었는데 1935년 5월에 착공되어서 1938년 7월에 모두 완공되었다.

1941년에는 제2장진호를 건설해 이 댐의 물을 독로강(禿魯江)으로 흘려보내 수력발전소를 가동하려는 계획을 세웠다. 그렇게 하기 위해서는 낭림산맥을 관통하는 도수터널을 뚫어야만 했다. 이것이 바로 강계 수력발전소 건설공사였고, 물길을 내기 위한 이 터널공사 현장 인부로 우리가 징발된 것이었다. 물론 일제가 이와 같은 발전설비를 갖추려고 했던 것은 한국인을 위해서가 아니었다. 생산된 전력을 흥남이나 원산 등 공업지대로 보내서 대륙 침략에 필요한 물자를 조달하는 것이 일제의 의도였다.

일제는 산맥의 지하를 뚫는 이 터널공사를 구간별로 나눠서 일본인 민간 건설업자에게 맡겼다. 나를 포함한 남원 지역의 징용자들이 배치된 곳은 도수터널의 맨 북단이었으며 이 구역은 일제의 '하사마(迫間) 건설'의 시공구간이었다. 그러니까 외형상으로 우리의 신분은 '일제에 의해 강제로 징용된 하사마 건설 소속의 노동자'였다.

남원에서 징발된 사람들은 각각 60명씩 1반과 2반으로 나뉘었다. 나는 2반 소속이었다. 우리는 군대식으로 만든 임시 숙소에서 자체적으로 밥을 지어 먹어야 했다. 그런데 보급된 식량을 보니 콩이 7할이고 보리가 3할이었다. 한마디로 '콩밥'이었다. 비록 가난하게 살았지만 콩밥을 먹어본 적은 없었다. 안 먹던 콩밥이 들어가니 뱃속이 멀쩡할 리 없었다. 여기저기에서 배탈을 호소하는 이들이 속출했다.

"아침 여덟 시까지 작업 현장에 집합하라고 했는데 아직까지 숙소에서 꼼지락거리는 놈들은 뭐야!"

"배탈이 나서 도저히 못 나가겠습니다. 오늘 하루만 빼주시면⋯⋯."

"뭐야? 이놈들이 여기 산보 온 줄 아나, 빨리 나가지 못해!"

감독관이 몽둥이를 들고 숙소를 돌면서 금방이라도 내려칠 듯이 윽박질렀다. 이곳은 그들 말대로 산보 놀이를 하는 곳이 아니라 강제노동을 하는 현장이었다. 물론 나는 천성적으로 튼튼한 위장 덕분에 소화불량으로 고생하는 일은 없었다. 훗날 해방 이후 이런저런 일로 투옥되어 진짜 '콩밥'을 먹게 되었을 때 평안도 터널 공사판에서 처음 먹었던 콩밥이 간혹 생각나곤 했다.

감독관에게 내몰려 작업 현장으로 이동했다. 산록(山麓)을 뚫고 들어간 검은 아가리 속 저편에서 간헐적으로 다이너마이트의 폭음이 들려왔다. 폭음이 멈추면 착암기(鑿巖機) 소리가 들려왔다. 바깥에는 굴 안쪽으로 향하는 간이 철로가 설치되어 있었는데 작업용 소형 전차가 부지런히 안팎을 왕래했다. 전차는 막장에서 깨낸 돌덩이 따위를 줄줄이 연결된 나무 상자에 실어서 내오고 있었다.

"잘 봐라. 지금 전차가 바퀴 달린 빈 상자를 끌고 굴속으로 들어가는 것이 보이지? 너희가 할 일은 막장으로 들어가서, 착암기로 깨낸 돌덩이를 저 나무 상자에 채워 담는 일이다. 알겠나? 각자 위치로 이동하라!"

그런데 인부들에게 작업명령을 내리던 일본인 감독관이 내 행색을 위아래로 훑어보더니 가까이 오라고 손짓을 했다. 그는 내게 일본어로 말을 걸어왔다.

"너, 일본 말 할 줄 아나?"

"쬐깨 헐 줄 알구만이라우. 핵교에서 배웠어라우."

"괜찮으니까 솔직하게 말해봐라. 너 몇 살이냐?"

"먹을 만큼 먹었구만이라우."

"야단치거나 돌려보내려고 그러는 게 아니니까 사실대로 말해."

"예, 열네 살인디요."

"열네 살? 어이구, 그 나이에 왜 여기 왔나?"

"아부지가 건강이 안 좋아서 지가 대신 왔구만이라우."

"음, 그래? 힘들 텐데, 어른들이 하는 일을 네가 할 수 있겠느냐?"

"예, 먼 일이든지 다 헐랑깨요."

"좋다. 너한테는 굴속을 드나드는 저 전차의 조수 역할을 맡기겠다. 할 수 있겠느냐?"

"문제 없응개 걱정마쇼잉!"

이렇게 나는 충전지로 운행하는 작업용 소형 전차 운전수의 조수가 되었다. 조수의 역할은 막장에서 인부들이 캔 돌로 채워진 나무 상자를 전차에 줄줄이 연결해 밖으로 갖고 나오는 일이었다. 높이가 3m나 되는 전차에 올라 도수터널 공사장을 누비던 조수 역할은 썩 괜찮은 일이었다. 어른들은 한 번 막장에 들어가면 거의 하루 종일 돌멩이나 흙 따위를 옮겨 담느라 고생하는데 나는 전차와 함께 안팎을 드나들 수 있어서 작업환경이 한결 나았다.

바퀴 달린 상자를 전차에 연결한다고 해서 내 임무가 끝나는 것은 아니었다. 전차가 밖으로 나오는 중 뒤에 매달린 나무 상자의 바퀴가 선로를 이탈하기 일쑤였다. 그러면 얼른 내려서 그 무거운 상자를 다시 궤도 위로 끌어올려야 했다. 돌덩이가 든 무거운 상자를 다시 원래 선로로 갖다 놓는 일은 결코 쉬운 일이 아니었다. 하지만 간단히 해결할 수 있는 방법이 있었다. 쇠로 만든 봉을 철로 위에 비스듬히 걸치고 전차를 전진시키면 이탈했던 상자들이 그 봉을 따라서 다시 궤도 위로 올라왔다.

전차로 돌이나 흙을 운반하는 게 전부는 아니었다. 굴착이 완료된 구간은 콘크리트 작업을 끝으로 수로를 완성해야 했다.

"최정범! 너한테 임무 하나를 더 주겠다. 터널 콘크리트 작업에 사용할 몰타르(회반죽)를 만들어야 한다. 모래, 자갈, 시멘트, 물을 비율대로 수령해서 인부들에게 인계하라."

나를 인정해서 그런 일을 맡긴 것이었을까? 그뿐만 아니라 내가 소속된 작업반원 서른 명의 식자재 조달도 내게 맡겼다.

"최 군, 오늘 휴일이니까 십리평에 나가서 부식 좀 사와야겠다."

나는 그들의 명령을 군소리 없이 수행했다. 이제 와서 생각해보면, 그때 내가 아직 철이 들지 않았던 것이 차라리 다행이었다. 내가 조국의 현실과 국내외 정세를 제대로 파악하고 인식했다면 어떠했을까? 나를 강제로 끌어다 노역을 시키고 있는 저놈들이 사실은 내 조국의 국권을 강탈한 제국주의자들이다, 우리는 지금 이곳을 군수기지화해서 대륙침략의 발판을 마련하고자 하는 왜놈들에게 끌려와서 노동력을 수탈당하고 있다, 식민지 백성인 우리는 나라를 빼앗긴 서러운 처지이다……. 이런 것들을 인식하고 있었다면 당시 도수터널 건설 현장이 얼마나 비참

한 공간이었겠는가?

1943년 가을이 저물어가고 있었다. 강계수력발전소 도수터널 공사 현장에서 노동을 시작한 지도 어느덧 반년이 되었다. 징용자들을 부리는 기간은 애당초 6개월로 정해져 있었기 때문에 우리는 새로 징용에 끌려온 사람들에게 작업을 인계하고 고향으로 돌아갈 수 있었다.

징용을 마치고 귀가하기 전에 몇 푼의 급여를 받았는데, 그것이 얼마였는지 기억은 나지 않는다. 다만, '6개월 동안 혹독하게 부려먹고 이걸 노임이라고 주느냐'며 어른들이 불평을 많이 했던 것은 기억한다. 그런 와중에 미성년자인 내가 제대로 노임을 받았을 리 있겠는가. 내겐 아무런 기억이 없다. 사실 말이 6개월이지, 후속 징용자들과 인계인수를 한 기간과 고향 남원에서 징용지 평안도 강계까지 오간 것까지 모두 합하면 내가 일제에 노동력을 바친 기간은 8개월 여에 달했다.

어쨌든 나는 이제 징용이 해제되어 하사마 건설 현장에서 떠날 수 있게 되었다. 강계역으로 향하면서 6개월간 피땀 흘렸던 공사 현장을 돌아보았다. 하사마 건설의 도수터널 공사구간은 총 6km 정도였다. 우리가 작업장에서 철수했을 무렵에는 터널 내부의 콘크리트 작업이 거의 마무리된 단계였다. 일본인 감독관은 앞으로 2년 뒤에는 발전소 건설이 완성되어서 전기를 생산할 수 있을 것이라고 했다.

하지만 일제의 강계수력발전소는 결국 완공되지 못했다. 1945년 8월 15일 일본이 패전을 선언했기 때문이다. 강계수력발전소 공사는 한국 전쟁이 끝난 뒤에도 중단 상태에 있다가 북한의 '전후복구3개년계획'의 일환으로 재개되어 1955년 말부터 다시 공사를 시작해 1964년 4월에 완공되었다.

비록 일제에 의해 강제로 징용 현장에 끌려가 울며 겨자 먹기로 강제

노동을 했으나 당시 우리가 바쳤던 그 노동의 대가가 훗날 전기 생산으로 이어져 북한 동포의 생활에 편의를 제공했다고 생각하면 그나마 위안이 되었다. 지금 이 발전소를 북한에서는 '강계청년발전소'라고 부른다고 한다. 거기 강계청년발전소에 열네 살 꽃다운 청춘의 영혼이 살아 숨 쉬고 있음을 어찌 부인할 수 있겠는가.

징용영장, 이번에는 홋카이도로

강제징용지에서 무사히 귀환한 나를 가족들은 마치 사지에서 살아 돌아온 사람을 대하듯 반갑게 맞이했다. 모두 나를 대견하게 여겼다. 그 누구보다 초조한 나날을 보냈을 아버지는 특히 그 기쁨을 감추지 못했다. 불과 1년도 안 되는 기간이었지만, 그 사이에 나는 어른이 되어 있었다. 징용 당시만 해도 철이 없었던 어린 아이였던 나는 고향으로 돌아왔을 때는 키도 훌쩍 컸고 정신연령도 많이 성숙해 있었다. 나 자신도 그렇게 느꼈다.

징용은 내게 소중한 경험이었다. 만약 조국이 영원히 일제의 식민지 상태로 남았다면, 열네 살 어린 나이에 징용에 끌려갔던 나는 참으로 기구한 운명이었을 것이다. 하지만 징용이 끝난 후 2년 뒤 해방이 되었으니 강제징용 체험은 내게 남다른 경험이 되었다고 생각한다. 과연 누가 열네 살 나이에 전라도 남원에서 저 멀리 평안도까지 끌려가 도수터널 공사 현장을 누비는 경험을 할 수 있었겠는가? 나는 식민지 백성으로서 어린 나이에 노동수탈을 체험했다는 사실만으로도, 일제 강점기 끝물에 태어난 동년배와 다른 궤적을 살았다고 자부한다.

강제징용을 통해 나는 조국의 광복이 얼마나 소중한 일인지 또래 친구들보다 더 절절히 인식했다. 그리고 해방 직후 우리가 세워야 할 새로운 나라가 어떤 나라여야 하는지를 일찌감치 고민할 수 있었다. 지금 생각해보니 내가 소년 시절에 겪은 시대 상황과 사회 환경이 내가 빨치산 투사의 길을 걷도록 하는 데에 적잖은 영향을 미친 것 같다. 내 인생에서 열네 살은 기록해둘 만한 시간이었다. 평안도 강계에서 돌아온 때가 1943년 겨울이었다. 그해 겨울은 무척 추웠으나 모처럼 따뜻한 가족의 품에서 지낼 수 있었다.

해가 바뀌어 1944년 나는 만 15세가 되었다. 일제의 전시행정 체제에서 만 15세가 되면 신분상 달라지는 점이 있다. 공식적인 징용 대상자가 되는 것이다. 해가 바뀌자, 아버지 대신 강계수력발전소의 도수터널 공사 현장에 끌려갔다 돌아온 내게 일제의 공식적인 징용영장이 떨어졌다.

설을 쇠자마자 이백면 김 주사가 징용영장을 발급했다. 우리 식구들은 다시 한 번 얼어붙고 말았다. 이번에는 군속의 신분으로 징발되는 것이었다. 게다가 징용 장소는 일본 본토였다. 할아버지와 부모님은 좌불안석이었다. 열네 살 먹은 손자가 한반도 북단 평안도에서 노역을 하고 돌아온 지 불과 몇 개월 후에 또다시 일본에 징용을 가게 되었으니 그 심사가 오죽했겠는가?

"왜놈들이 대동아전쟁을 일으켜 조선 천지가 난리판인디, 시방 조선 땅도 아니고 일본 본토로 잽혀 가게 생겼는디 이거 어쩌면 조타냐잉?"

"일본으로 잽혀 간 사람 중에는 죽었는지 살았는지 소식이 뚝 끊긴 사람도 무진장 많타든디……."

하지만 '최정범'이란 이름 석 자가 징용영장 종이에 잉크로 떡 박혀 있으니 선택의 여지가 없었다. 기왕에 갈 것이라면 가족들을 안심시키고 잘 다녀오겠다고 나서는 것이 내가 선택할 수 있는 유일한 방법이었다.

"앗다, 작년에 피양도에도 잘 갔다 왔는디 뭔 놈의 걱정을 그렇게 해싼다요. 안 그래도 시방 일본 구경 한 번 하고 싶었는디 마침 잘 됐구먼이라우."

나는 장차 신변에 어떤 일이 닥칠 것인지에 대한 두려움보다는 까짓것 무슨 일인들 못하겠느냐는 자신감에 넘쳐 있었다. 낙천적인 성격을 타고났기 때문일 것이다.

남원 읍내 법원 앞 여관에 징용자들이 모여들었다. 남원군에서 징발당한 인원이 80여 명이었다. 기억이 정확하지 않으나 나보다 한 살 위인 사람을 포함해서 우리 마을 사람 두세 명이 포함되어 있었다. 내가 여관에 도착했을 때 이미 우리의 행선지는 정해져 있었다. 홋카이도(北海道) 삿포로(札幌)였다. 일본 육군의 보급창 지청(支廳)이 거기에 있다고 했는데 바로 그 보급창 소속의 장교 두 명과 군속 한 명이 우리를 인솔하기 위해 남원에 와 있었다.

그날 밤 배정받은 여관방에서 우리는 잠을 이루지 못하고 장차 우리에게 닥칠 일들에 대해 걱정했다. 사람들이 하는 얘기를 들으니 태평양전쟁의 판세가 시간이 지날수록 심상치 않게 돌아가고 있는 듯했다. 징용자들은 불안에 떨고 있었다.

"대동아전쟁 말이여, 암만해도 쟈들이 지고 있는 성 불러."

"첨에는 일본 기세가 쎘디야. 근디 인자 그 뭐시냐, 일본 군함이 미국 쌕쌕기헌티 폭격을 맞아 허벌나게 깨져부렸디야. 일본 본토를 미국 쌕쌕기가 폭격허고 난리가 나부렀디야."

"근디 홋카이도는 어디 있댜? 일본 북쪽 끄트머리에 있는 섬이라든디

일본군의 공격으로 불타고 있는 진주만 미군 기지.*

거그도 폭탄이 떨어지고 비양기가 날아댕기고 그런가?"

"거그라고 안 그러겄어? 그런디 삿뽀론가 뭣인가 하는 디는 군수품 보급창이 있다든디, 양키들이 거그부터 칠지도 모르제. 안 그렁가?"

"삐이십구라든가 뭣이라든가, 그놈의 뱅기는 겁나게 무섭다고 허데."

"왜놈들이 시방 우리 조선 사람들까지 본토로 끌고 강 걸 보면 저것들이 급허긴 급헌 모양이여, 써글 놈들."

그 무렵 태평양전쟁이 어떻게 전개되고 있는지에 대해서는 조선의 식

• 한국근현대사학회 엮음, 『한국근현대사강의』(한울, 2013), 170쪽 재인용.

자층이라 해도 제대로 파악하기가 어려웠다. 더군다나 일제의 식민지인 조선의 소읍 남원에 사는 우리가 세계대전의 전황을 가늠한다는 것은 그야말로 우물 안의 개구리가 바다를 보는 격이었다. 우리는 이런저런 뜬소문들을 아무런 생각 없이 입에 올렸다. 하지만 일본이 수세에 몰리고 있다는 사실만큼은 확실히 알고 있었다. 불안감에 사로잡혀 있던 일부 징용자들 사이에서 징용을 거부하고 도망치자는 모의가 나왔다.

"돌아가는 꼴이 참말로 이상허쟌혀? 야, 이 사람아. 우리가 잽혀 갔다가 어떻게 살아 돌아온당가? 살아온다는 보장이 있디야?"

"그려서, 어쩔라고?"

"그렁개 우리 살째기 도망쳐 불장깨!"

"뭐시여? 여그서 시방 도망쳐 불자고?"

"도망칠라면 시방이 기회여. 기차에 올라타 불면 그때부터는 걍 꼼짝도 못허쟌혀."

"이 사람아, 여그서 도망가면 어디로 갈 것이당가? 뛰어봐야 벼룩이제. 조선팔도 일본 놈들이 다 감시허고 자빠졌는디."

"그렁개 어떻게든 숨어부러야제. 맥없이 끌려갔다가 개죽음당허는 것보담은 낫제!"

내게도 은밀하게 도망치자는 제의가 들어왔다. 하지만 나는 일언지하에 거절했다. 그때 나는 장차 일본에서 내가 맞게 될 일들에 대해서 별 두려움을 갖고 있지 않았다. 그냥 다른 생각 없이 이번 기회에 일본 구경이나 실컷 하고 오자는 심산이었다. 아침에 일어나보니 간밤에 내게 도망칠 것을 권했던 두 사람의 자리가 비어 있었다. 그들이 이후에 어떻게 되었는지는 아무도 모른다.

우리가 탄 기차는 부산으로 향했다. 간밤에 도망친 두 징용자가 말했던 대로 기차에 오르자 일본인들이 양쪽 출입구를 막고 서서 우리를 꼼짝 못하게 감시했다.

삿포로까지 가는 길은 멀고도 멀었다. 부산에서 관부연락선(關釜連絡船, 부산과 시모노세키를 왕래한 국제여객선)을 타고 시모노세키(下關)에 도착한 우리는 거기서 다시 기차로 육군보급창의 본청이 있는 도쿄에 가서 하루를 더 머물렀다. 나는 그곳에 이르러서야 전쟁을 실감했다. 미군의 B-29 폭격기가 굉음을 내며 상공을 휘젓고 다니고 있었다. 멀리 있는 시가지 한쪽에서는 폭격으로 연기가 자욱했다. 우리는 서로 얼굴만 바라볼 뿐 아무 말도 하지 않았다.

'일제가 일으킨 전쟁의 한복판에 내몰렸구나.'

이런 두려움 때문이었을 것이다.

'까짓것 부딪쳐보지 뭐, 별일이야 있겠나!' 이렇게 느긋하게 생각했던 나조차도, 도쿄 하늘에 난무한 미군 전투기의 폭음과 화염을 직면하고 나서는 가슴이 뛰기 시작했다.

우리는 다시 도쿄를 떠나 혼슈(本州)의 북단에 있는 아오모리(靑森)까지 기차로 이동했다. 아오모리에서는 다시 선편으로 홋카이도의 하코다테(函館)로, 거기에서 다시 기차를 타고 최종 목적지 삿포로에 도착했다.

삿포로는 너무나 조용했다. 전운이 감돌던 도쿄와는 달리 홋카이도는 이상하리만치 차분했다. 이곳이 전쟁에 처한 지역이라고는 상상할 수 없었다. 삿포로 시내는 사방이 온통 눈으로 덮여 있었다. 그야말로 온천지를 옥양목(玉洋木)으로 덮어놓은 것 같은 설국이었다. 나는 나 자신이 전시에 군속으로 징발당한 처지라는 사실을 망각하고 순백의 낯선 풍경에 잠시 빠져들었다.

"앞으로 갓!"

"제자리에 섯!"

"우향 앞으로 갓!"

"뛰어 갓!"

우리는 정식 군인은 아니었지만 군에 배속된 '군속'의 신분이었으므로 현역 군인의 통제를 받았다. 일본 민간인의 통제를 받았던 강계수력발전소의 도수터널 공사 현장과는 달랐다. 아침마다 뺨을 도려낼 듯 칼바람이 부는 차가운 연병장에서 일본군 소위의 지휘 아래 군대식 제식훈련을 받았다. 하지만 군사훈련 자체는 그저 형식에 불과해 큰 부담이 되지는 않았다. 그들은 애당초 우리를 전투병으로 써먹으려고 데려간 것이 아니라 노동자로 부리려고 징발했기 때문이다.

삿포로의 병참기지는 군용 건축자재부터 병사들의 보급품에 이르기까지 무기를 제외한 대부분의 군수물자를 각 전역에 보급했다. 일본군 장교들과 군무원들이 근무했는데 태평양전쟁이 격렬해지자 군속들과 취사병까지도 현역에 편입시켜 전장으로 내보냈다. 그래서 그 빈자리를 조선인으로 채운 것이다.

전황이 거세질수록 일선에 보낼 군수물자가 늘어났으니 우리의 작업도 계속 부산해졌다. 하지만 예전 강계수력발전소의 도수터널 공사장과 비교하면 노동 강도는 덜했으므로 견딜 만했다. 어느 날 교관이 나를 불러 이것저것 물었다.

"일본 말을 제법 잘하는데, 언제 누구한테 배웠나?

"국민핵교 댕길 때 배웠는디요."

"요리는 해봤나?"

"밥허는 거요? 집에서 쬐깨 해봤는디요……."

"취사장에서 일할 생각이 있나?"

나는 '취사장'이란 말이 나오자 정신이 퍼뜩 들었다. 당시 조선인 징용자들 대부분은 그야말로 초근목피로 연명하고 있었다. 식량이 없어 기름을 짜고 남은 깨의 찌꺼기인 깻묵으로 배를 채우거나 소나무 껍질인 송피로 굶주림을 달래고 있었다. 나 역시 강계에 있을 때 콩밥으로 연명했던 경험이 있어 배고픔이 얼마나 절실한 문제인지 잘 알고 있었다. 그런 처지에 취사장 근무 제안은 어쩌면 행운이었다. 우선 배고픔은 면할 수 있겠다는 생각이 들었다.

"예, 열심히 헐께요!"

징용자 중에는 일본 말을 모르는 사람도 많았다. 그나마 국민학교를 갓 졸업한 내가 일본어를 가장 잘해 그들의 눈에 띄었던 것이다. 나는 초등학교 다닐 때 일본어는 매번 만점을 맞았다. 일제가 창씨개명을 강요하고 일본어 사용을 강제한 결과였을 것이다. 어찌 되었든 이번에도 다른 사람들보다는 덜 힘든 보직을 받게 되었다. 취사반은 일본인 남자 요리사 두 명, 여자 근무원 한 명, 보조원 두 명을 포함해 나까지 모두 여섯 명이었다. 이 여섯 명이 노동자 80여 명의 세끼 식사를 준비하는 일을 했다. 고단한 노동자들에 비하면 비교적 수월한 자리였다.

취사반에서 일하며 놀란 것은 풍성하게 들어오는 수산물이었다. 다른 무엇보다 청어가 넘쳐났다. 처음엔 한 상자씩 보급되더니 점차 먹고 남을 만큼 넉넉하게 공급되었다. 나중에 알았지만 홋카이도는 청어잡이의 본거지였다. 전성기를 누리던 18세기 중엽에는 청어의 수확량이 농업 생산량을 능가하기도 했다. 정어리도 지천으로 잡혔다. 넘치는 정어리로 비료를 만들어 농가에 보급했는데 정어리 비료 값이 급등하자 청어 비료로 대체되기도 했다.

교관은 내게 요리를 할 줄 아느냐고 물었지만 취사장에서 대단한 요리솜씨는 필요 없었다. 가장 많이 했던 조리는 청어의 배를 갈라 내장을 버린 후 소금구이를 하거나 양파와 왜간장을 넣고 정어리 조림을 하는 정도였다. 그런데 기름기 많은 생선들을 매일 몇 시간씩 굽고 볶고 지지다 보면 머리가 지끈지끈 아팠다. 기름기가 덜한 대구나 명태는 조리하는 것이 힘도 덜 들고 먹기도 좋았다.

조선에서 온 군무원들은 세 개의 조로 나뉘어 일을 했다. 본부에 30명이 남아서 보급품 관리임무를 맡았고 나머지 두 개의 조는 각각 다른 현장으로 보내져 운반 작업을 했다. 본부에서 일하는 사람들은 취사장에 와서 직접 식사를 했지만, 파견 나간 사람들에게는 도시락을 싸서 보내줘야 했다. 아침 식사를 마치고 항고(반합)에 밥과 단무지를 담은 도시락을 챙겨 보내고 나면 휴식을 취할 수 있었다. 늘 식사를 준비해야 했지만 그래도 현장에 있는 노역자들에 비하면 '놀고먹기'였다. 일본인 조리사는 내게 자신의 조리방법을 빨리 배우라고 성화였다.

"아니 긍개 왜 나보로 반찬 맹그는 걸 배우라고 헌다요잉?"

"대동아전쟁의 승리를 위해서 모두 전장으로 달려가고 있다. 우리도 조만간 천황폐하의 부름을 받아 나갈 것이다. 그렇게 되면 네가 이 일을 맡아야 하지 않겠느냐? 그러니 미리 배워두라는 것이다."

정말 얼마 있지 않아 두 명의 남자 조리사는 군인으로 징발되어 떠나고 내가 취사반의 반장이 되었다. 반장이 되니 제법 재량권도 생기고 전보다 더 여유를 부릴 수 있게 되었다. 아침 식사 후 외부로 작업 나가는 동료에게 도시락을 챙겨주고 본부에서 일하는 사람들에게 점심을 주고 나면 그때부터 나는 자유 시간을 누릴 수 있었다.

"저녁 밥 미리 혀놓고, 일 나간 사람들 돌아오면 싯쳐야 헝개 목간물 데펴놓는 것 잊어불먼 안 돼야!"

나는 제법 취사반장으로서의 위세를 부리며 반원들에게 그런 지시를 내려놓고는 삿포로 시내로 나갔다. 외부 소식, 특히 전쟁이 어떻게 진행되고 있는지가 궁금했지만 시내에서 만난 사람들이라고 특별한 정보를 알고 있는 것은 아니었다. 나는 시내에 나가는 날이면 유유히 극장에서 영화를 한 편씩(어떤 날은 두 편씩) 감상하고 돌아왔다.

어느 일요일, 시내에서 아는 사람을 만났다. 사실 삿포로 길거리에서 얼굴을 아는 조선 사람을 만나는 일은 하등 이상할 것도, 신기할 것도 없는 일이었다. 당시 홋카이도로 징발된 조선인 노무자만 해도 그 규모가 수만 명에 달했기 때문이다. 그날 내가 만난 사람은 온통 탄가루가 배어서 새까맣다 못 해 번질거리는 군복을 걸치고 있었다.

"여기까장 어떻게 왔능교?"

"너처럼 군속으로 징용 와서 탄광에 배치됐지."

"어느 탄광에서 일허요?"

"여기서 멀지 않은 유바리 탄광."

"거그는 여그보다 일허기가 힘들지라우?"

"말해서 무엇 하겠나. 우선 노동 힘든 것이야 그렇다 쳐도 배가 고파 못 살겠다. 군수품 창고에 일하는 너네 남원 사람들은 배는 안 곯고 지내냐?"

"예, 우리는 걍 그럭저럭 별일 없이 지내고 있고만이라우."

당시에 홋카이도의 탄전 일대를 장악하고 있던 기업은 북해도탄광기선(北海道炭礦汽船, 일명 '북탄')이라는 민간 회사였다. 북탄은 유바리(夕張) 탄광을 포함해 헤이와(平和), 호로나이(幌內), 소라치(空知), 데시오(天鹽) 등 홋카이도의 대형 광업소들을 소유하고 있었다.

"너희는 삼시 세끼 쌀밥에다 생선 반찬을 먹는단 말이냐? 고향에서도 귀한 쌀밥인데…….”

그 탄광 징용자는 내가 대접한 밥을 먹으면서 연신 부럽다는 말을 되풀이했다.

해가 바뀌어 1945년이 되었다. 우리는 삿포로의 그 병참부대에서 비교적 잘 먹고 잘 지냈다. 다만, 신문이나 라디오 같은 매체를 접할 기회가 없어서 전황이 어떻게 돌아가고 있는지를 알지 못했다. 일본인들이 자기네끼리 나누는 이야기를 간간이 엿들을 수는 있었다. 봄이 지나고 여름으로 접어들 무렵이 되자 내 짐작으로도 심상치 않은 기류가 감지되었다. 그들은 초조한 기색이 역력했다. 일제가 곧 망할 것이라는 느낌이 들었다.

1945년 8월 15일 아침이 밝았다.

“오늘은 작업이 없다. 모두들 모여라!”

우리는 작업을 안 해도 된다는 사실만으로도 기뻤다. 징용자들뿐만 아니라 일본인 기간병들과 장교들까지 모두 한자리에 모였다. 누군가 라디오를 켰다. 일왕 히로히토(裕仁)의 육성이 흘러나왔다.

짐은 세계의 대세와 제국의 현상에 깊이 감하여 비상조치로써 시국을 수습코자 여기 충량한 그대들 신민에게 고하노라……

히로히토의 그 연설 내용이 무엇을 뜻하는지 금방 이해할 수 없었으므로 고개를 갸웃거리고 있었는데, 일본인들의 표정은 한마디로 침통했다. 연설은 계속되었다.

……짐은 제국정부로 하여금 미·영·소·중 4국에 대해 그 공동선언을

수락할 뜻을 통고케 했다. 세계의 대세가 또한 우리에게 불리하다. 그뿐
만 아니라, 적은 새로이 잔학한 폭탄을 사용해 빈번히 무고한 백성을 살
상해 참해에 미치는바, 참으로 측량할 수 없게 되었다. 이 이상 교전을 계
속하게 된다면 장차 우리 민족의 멸망을 초래할뿐더러 결국 인류의 문명
까지도 파괴하게 될 것이므로……

공동선언을 수락한다느니, 잔학한 폭탄으로 참해가 일어났다느니 따
위의 어려운 말들을 나는 금세 알아듣지 못했다. 삿포로에 고립되다시
피 지내고 있던 우리는 히로시마(廣島)와 나가사키(長崎)에 원자폭탄이
투하된 사실조차 까맣게 모르고 있었다. 하지만 일왕의 그 연설이 일제
가 전쟁에 패했음을 자인하는 항복방송이었다는 사실을 깨닫는 데에는
긴 시간이 필요하지 않았다.
    "이건 안 돼! 항복이라니, 있을 수 없는 일이야!"
    "본토가 점령을 당하는 최후의 순간까지 항전하겠다는 결의는 어디
로 갔는가!"
    "우리는 결코 지지 않았다. 왜 천황은 항복을 한 것인가!"
    일본인들은 허탈과 좌절과 분노가 겹쳐서 거의 정신을 놓아버린 상
태였다. 그들 중 일부는 숙소 앞에 대나무를 세워놓고서, 괴성을 지르
며 일본도로 대나무를 싹둑싹둑 베었다. 그들은 누구에게 향하는지
모를 분노를 토해내고 있었다. 나는 그런 상황에서 어떤 표정을 지어
야 할지 난감했다. 일왕이 항복을 인정했다는 것은 더없이 기쁜 소식
이었으나, 당시에는 그것이 정확히 어떤 의미인지 몰라 얼떨떨했다.
미국·영국 등 연합국에게 패배했음을 인정한다는 말이 우리 조국이
일제로부터 해방된다는 의미인지 알 수 없었다. 게다가 잔뜩 독이 올

일본 천황 히로히토. *

라 있는 일본 사람들 앞에서 드러내놓고 기뻐할 수도 없는 노릇이었다.

일왕의 항복방송 이후 우리는 드디어 강제징용으로부터 벗어났다. 더 이상 창고에서 군수품을 운반하는 작업을 하지 않아도 되었다. 나중에 형식상으로나마 우리가 그 병참기지에서 일했던 대가를 돈으로 받았으나 얼마를 받았는지는 역시 기억에 없다.

바야흐로 해방이 되었으니 의당 해방된 국가로 돌아가야 했으나, 그 귀환의 여정은 복잡하고 지루했다.

"너희는 우리 대일본제국이 제공하는 교통편을 이용해 조선으로 돌아갈 것이니 걱정하지 않아도 된다. 이곳에 있는 조선인 징용자들은 홋카이도에서 가장 큰 항구인 무로란(室蘭)으로 다 같이 이동해, 거기서 배를 타고 조선으로 건너갈 것이다."

책임자는 걱정하지 않아도 된다고 했으나 우리는 마음이 급했다. 조국이 해방되었으니 한시라도 빨리 해방조국에 귀환해 백성들과 기쁨의 대열에 서고 싶었다. 그러나 귀환 일정은 자꾸만 늦춰졌다. 우리는 무려 한 달 동안이나 삿포로에서 대기해야 했다.

"이제 징용이 끝났응개 후딱 집에 보내줘야 헐 것 아녀? 근디 뭣 땜시 잡아두는 거여, 시방!"

그들은 이렇게 대답했다.

• 이태영, 『20세기 아리랑』(한울, 2015), 49쪽 재인용.

"우리 마음대로 되는 것이 아니다. 일본은 전쟁에서 졌다. 따라서 전쟁에서 이긴 사람의 명을 받아서 송환 절차를 진행해야 한다."

애매모호한 답변이었지만, 한편으론 이해가 되었다. 그들 처지에서 할 수 있는 말은 이것뿐일 것이라고 생각했다. 이제 일손을 모두 놓아버린 상황이었으니 아침에 일어나서 저물 때까지 하는 일 없이 빈둥거리며 놀고먹는 나날이 이어졌다. 빈둥거리기만 하면서 공짜 밥을 얻어먹는다는 것이 체질에 맞는 노릇은 아니었으나, 그간 그들에게 수탈당한 피와 땀을 상기하면 그 정도는 누려도 되는 호사였다.

보름이 훌쩍 지나 9월이 되었다. 드디어 우리가 배를 타고 떠날 무로란이라는 항구로 이동했다. 귀향선은 러일전쟁 때 활약했다가 노후로 폐선된 '시나노마루(信濃丸)'라는 배였다. 조선인들을 후송하기 위해 이 화물 철선을 개조하느라 귀환 일정이 한 달 가까이나 지체되었던 것이다.

배에 올라 격실 안으로 들어가 보니 총 3층으로 되어 있었다. 원래 통으로 되어 있던 실내를 판자로 나눈 것이었다. 선실 천장이 겨우 사람의 키 높이쯤에 있었다. 하지만 바다 건너 조국 땅에만 안전하게 데려다 준다면 그것만 해도 감지덕지였다. 그런데 이번에는 우리를 배에 태워놓고 또 부지하세월이었다. 답답한 나머지 여기저기에서 항의를 하는 등 난리가 났다. 일본인 관계자가 말했다.

"우리 마음대로 배를 움직일 수 없다. 미군정으로부터 출항 명령이 떨어져야 항구를 떠날 수 있다. 그리고 서둘러 출항했다가는 사고가 날 수도 있다. 수거되지 않은 기뢰가 바다 곳곳에 남아 있어 그것을 제거하려면 시간이 걸린다."

격세지감이었다. 조선 사람이 일본인 관리를 향해서 대놓고 격렬하게 따지는가 하면, 무소불위의 침략자였던 일제가 미군정의 출항 허락

운운하는 모습을 보니 '일본이 전쟁에서 지긴 졌구나' 하는 생각이 절로 들었다. 또, 나중에 안 일이지만 우리가 탄 시나노마루가 항구에 그처럼 오래 묶여 있었던 이유가 따로 있었다.

일본이 패전을 선언한 지 꼭 일주일 뒤인 8월 22일 밤 10시경, 혼슈의 북쪽 끝에 있는 시모키타(下北) 반도의 오미나토(大湊) 항구를 출발해 조선으로 향하던 화객선이 있었다. 4700여 톤 규모의 '우키시마마루(浮島丸)'라는 그 화객선에는 나처럼 일본에 강제징용을 당했던 조선사람 3750명(이것보다 훨씬 더 많다는 주장도 있다)이 타고 있었다. 당초 부산을 향해 출항했던 그 배는 이틀 뒤인 8월 24일에 항로를 바꿔서 교토 근해로 들어갔다가, 저녁 5시 20분경 시모사바가(下佐波賀) 앞바다에서 원인 모를 폭발로 침몰하고 말았다. 배에 탔던 사람들 중 550여 명은 구조되었지만 나머지는 모두 차가운 바닷속에 수장되었다.

사고 조사 당국자들은 '미군이 매설한 기뢰에 부딪쳐 일어난 단순 해난 사고'라고 발표했지만, 일제에 의한 의도적인 폭발이었다는 등의 의혹이 제기되기도 했다. 물론 당시 무로란 항구에 묶인 채 배가 출항하기만을 기다리고 있던 우리는 우리와 같은 처지의 조선인들이 불과 며칠 전에 송환선에 승선했다가 그런 참변을 당했다는 사실을 까맣게 모르고 있었다.

그해 10월이 되어서야 우리는 부산항을 밟았다. 징용자들 중에는 앞에서 언급한 해난 사고 등으로 해방된 조국을 보지 못하고 목숨을 잃은 경우 말고도, 강제노역 현장에서 이런저런 사고나 질병으로 사망한 사람들, 행방불명되어서 생사를 알 수 없게 된 사람들이 부지기수였다. 고인들에게 죄송스럽게도, 우리는 무사히 귀국했다.

부산에서 환영회가 열렸다. 우리는 동포가 차려준 따뜻한 국밥 한 그

릇씩을 대접받았다. 부산에서 기차를 타고 대전에 내려 전라선으로 갈 아타 화물칸에 몸을 실었다. 그리운 고향 남원으로 가는 열차였다. 남 원에서 함께 갔던 사람들 중 한 사람도 상하지 않고 무사히 귀국했다는 점이 가장 기뻤다.

무사귀환을 누구보다 기뻐해준 사람들은 물론 가족이었다. 조부모님 과 부모님은 내가 마치 사지에서 생환한 양 감격스러워 했지만, 나는 삿포로에서 쌀밥에다 생선을 원 없이 먹었던 터라 얼굴에 반질반질 기 름기가 흘렀다. 징용장에 끌려갔다 돌아온 사람의 행색치고는 매우 민 망한 모습이었다.

나는 여러모로 운이 좋았던 사람이다. 만약 내가 또래의 다른 아이들 처럼 평범하게 시골의 소읍에서 중고등학교를 다녔다면 어디에서 감히 '일제 강점기에 나는 이렇게 살았다' 운운하겠는가? 하지만 나는 어린 나이에 식민지 백성의 대표적인 고난 중 하나인 '징용'을 두 차례나 온 몸으로 겪어냈다. 한 사람이 거푸 두 번씩이나 징용을 갔다 온 것도 드 문 기록이 아닐까? 그 덕분에 세상을 보는 눈이 또래의 다른 친구들보 다 일찍 떠졌으니 그만한 행운이 어디 있겠는가.

집에 돌아와서 맞은 첫 아침, 나는 마당으로 나가 정든 고향 마을의 산야를 바라보면서 두 팔을 벌려 기지개를 켜고 조국의 공기를 깊이 들 이마셨다. 나는 제법 씩씩한 열일곱 살이 되어 있었다.

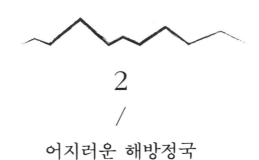

2

/

어지러운 해방정국

내가 꿈꿨던 세상

해방이 되었지만 당장 우리 가족에게 무슨 대단한 변화가 찾아온 것은 아니었다. 나는 가능하면 중등교육을 받고 싶었다. 당시 남원향교에서 비록 미인가 상태였지만 중학교 수준의 내용을 교육하고 있었는데, 이것이 남원중학교의 전신이 되었다. 그리고 1946년 11월, 5년제 남원중학교가 인가를 받아 개교해 이듬해인 1947년에 제1회 입학생을 받았다. 그러나 나는 두 차례나 징용에 끌려갔다 오는 바람에 입학 때를 놓쳤다. 또 뒤에서 서술하겠지만 나는 시국사건과 관련해 소년원에 입소했던 터라 제도 교육을 받을 기회를 영 놓치고 말았다.

그러나 배움을 포기하지는 않았다. 나는 일본에서 귀국하자마자 마을에 있던 서당에 나가 공부를 시작했다. 대학(大學), 논어(論語), 중용

(中庸) 등을 배우면서 한학에 눈을 떴다. 자랑 같지만 당시 나는 기억력이 비교적 출중한 편이어서 한문 구절을 외우는 데 늘 남들보다 앞섰다. 어린 시절, 워낙 배움에 대한 갈증을 느끼고 있었기 때문일까? 지금이 나이에도 그때 서당에서 배웠던 한문 구절들이 불쑥불쑥 생각나서 가만히 눈을 감고 중얼중얼 입에 올리기도 한다. 그중에서도 내가 가장 자주 떠올리는 구절은 『명심보감(明心寶鑑)』 '계선편(繼善篇)'에 나오는 대목이다.

積金以遺子孫, 未必子孫能盡守, 積書以遺子孫, 未必子孫 能盡讀, 不如積陰德於冥冥之中, 以爲子孫之計也.

돈을 모아 자손에게 물려주더라도 자손이 반드시 다 지키지는 못할 것이요, 책을 모아 자손에게 물려주더라도 자손이 반드시 다 읽지는 못할 것이니 드러나지 않게 음덕을 쌓음으로써 자손을 위한 계책으로 삼을 일이다.

정치를 하려는 젊은이들이 내게 조언을 구하러 오면, 지금도 나는 '인민을 받드는 위치에 있고자 하는 사람이라면 미리 덕을 쌓으라'는 취지에서 이 구절을 들려주곤 한다.

그 서당에서 나를 좌익사상에 물들도록 이끈 인물을 만났다. 도랑 건너 마을에 살던 안평오 선생이었다. 그는 일본에서 독립운동을 하다 이른바 불령선인(不逞鮮人, 일제는 식민지 통치에 반대하는 조선인을 '불온하고 불량한 사람'이라고 지칭했다)으로 지목되어 옥고를 치르다 해방을 맞이해 귀국한 인물이었다. 훗날 그는 1948년에 예비검속을 당해 구례군 산동면에서 총살당했다.

당시 이백면에서 가장 깨인 사람으로 존경을 받던 안평오 선생은 장차 나라를 세우는 과정에서 자신이 어떤 역할을 할 것인지 모색하는 시간을 남원에서 가졌던 것 같다. 그는 가끔 내가 공부하던 서당에 들렀는데 잠시 공부를 쉬는 시간이면 우리를 모아놓고 시국에 대한 귀한 얘기들을 들려주었다.

"우리가 시방 해방이 됐는디 그거이 먼 뜻인지 알고나 있냐?"

선생이 우리에게 불쑥 물었다. '1945년 8월 15일에 우리나라가 일본으로부터 해방되었다'는 사실이야 코흘리개 아이부터 팔순 노인에 이르기까지 모르는 이가 없는 사실인데, 우리는 그 쉬워 보이는 질문에 제대로 대답을 할 수 없었다. 나는 일제 강점기 후반에 태어났으므로 일제가 우리의 주권을 어떻게 강탈했는지 알지 못했다. 아무도 가르쳐주지 않았으므로.

"워떠케 뺏겼는지도 모름서 멀 되찾았다고 좋아한다냐?"

안평오 선생의 그 말이 가슴을 때렸다. 그는 이내 우리에게 제국주의가 무엇인지, 일제가 을사늑약을 통해 우리의 주권을 어떻게 빼앗았는지, 우리는 그때 왜 제국 열강의 틈바구니에서 제대로 힘을 써보지도 못하고 국권을 빼앗겼는지 등을 막힘없이 설명해줬다. 그가 나를 따로 불렀다.

"최정범, 니는 더 알고 싶냐?"

"예, 참말로 궁금혀 죽겠구만이라우."

"그러믄 서당 공부 끝나고 우리 집으로 오니라."

그때부터 나는 안평오 선생의 집으로 찾아가서 개인 교습을 받았다. 35년 동안의 일제 강점기 내내 국권을 되찾기 위해 싸웠던 독립투사들에 대한 얘기를 차근차근 듣고 나서야 이준 열사가 누구인지, 안중근 의사가 어떤 인물인지, 3·1 운동과 2·8 만세운동이 어떻게 일어났는지 등을 알 수 있었다. 그의 가르침을 받고 나니, 머릿속에 자욱하게 드리우고 있던 안개가 서서히 걷히는 느낌을 받았다.

그가 말했다.

"시방부터가 중요허지. 인자 우리는 누구헌테 끌려댕길 필요도 없고, 우리가 독립국가를 맹글어야 혀. 그렁개 너그들 같은 젊은이들이 나서야 하는 것이여."

그 말을 들은 나는 절로 힘이 솟구쳤다.

당시 60대 중반의 노인이었던 안평오 선생은 과거 국내에서 결혼을 한 뒤 일본으로 건너가 오래 머물렀는데, 거기서 일본인 여자와 또 한 번 결혼을 했다. 해방이 되어 귀국할 때에는 일본인 아내와 함께 왔다. 그 시절에는 부인이 두 명이라는 사실이 기이한 일은 아니었다.

그때 안평오 선생은 이백면 인민위원회의 위원장을 맡고 있었다. 여기서 잠시 이백면을 비롯한 전국 각지에 인민위원회가 조직된 경위를 설명하겠다. 하지만 인민위원회를 설명하려면 먼저 '건국준비위원회(건준)'가 성립된 배경을 이야기해야 한다.

1945년 8월, 일제의 패색이 짙어지자 조선총독부의 정무총감을 역임했던 엔도 류사쿠(遠藤柳作)는 일본인의 안전한 귀국을 보장해줄 협상 대상자로 조선의 민족지도자들을 찾아 나섰다. 일제는 가장 먼저 송진우(宋鎭禹)에게 치안권과 행정권 인수를 제의했다. 송진우는 거절했다. 다음으로 서울 필동에서 여운형(呂運亨)을 만나 똑같은 제안을 했다. 여운형은 이를 수락했다. 한반도의 치안권과 행정권 등 모든 권한은 여운형에게 넘어갔고 한반도 내에서 철수하는 일본인들은 안전을 보장받게 되었다. 이에 여운형은 다음과 같은 조건을 제시했다.

1. 전국의 정치범과 경제범을 즉시 석방할 것.
2. 1945년 8월부터 10월까지 3개월간의 식량을 확보해줄 것.
3. 치안유지와 건국운동을 위한 정치활동에 대해 간섭하지 말 것.
4. 학생과 청년을 훈련·조직하는 것에 대해 간섭하지 말 것.
5. 건국사업을 위해 노동자와 농민을 조직하고 동원하는 것에 대해 간섭하지 말 것.

엔도 류사쿠는 이를 모두 수락했고, 여운형은 이미 1년 전인 1944년 8월에 자신이 결성해놓은 지하 비밀 독립운동 단체 '건국동맹'을 모체로 해서 건국준비위원회를 발족했다. 이어서 여운형은 서대문형무소에 수감 중이던 정치범(독립운동가)들을 석방하고 건준으로 영입했다. 건준의 주요 강령은 '일제타도'와 '민주주의 국가 건설'이었다. 온건우파와 온건좌파 세력이 결집한 건준은 해방 이후 뒤숭숭한 분위기 속에서 한반도의 치안과 행정 업무를 수행하고 식량 확보에 주력했다. 이어서 전국적으로 그 조직을 확대해나갔다.

1946년 4월 9일 남원 장날. 이날따라 장터는 그 어느 때보다 훨씬 더 북적거렸다. 건준의 남원지부가 바로 이날 장터에서 결성될 예정이었다. 남원시장 한쪽에 속칭 '밤장'이라고 부르는 터가 있었다. 그곳은 본래 밤나무 숲이 우거져 있었는데, 임진왜란 때 '팔도의병장' 김덕령(金德齡)이 남원에 머물 때 밤나무들을 베어내고 군사 훈련장으로 사용해서 그런 이름을 붙였다고 한다.

그곳 밤장 터에 건준 남원지부 결성을 위한 간이 연단이 세워졌다.

남원 지역에서 건준을 주도한 인물은 한때
면장을 지내기도 했던 김창완이었다. 그리
고 일제 강점기 사회주의 사상으로 무장해
지하 독립운동을 했던 이현열 등도 있었다.
물론 당시 '새 나라 건설'에 관심이 많았던
나도 밤장 터의 가장자리에 서서 집회의 진
행 상황을 지켜봤다.

건국준비위원회 위원장 여운형.·

　"우리는 완전한 독립국가의 건설을 기원
한다!"

　"우리는 모든 민족의 정치적, 경제적, 사
회적 기본 요구를 실현할 수 있는 민주주의 정권의 수립을 원한다!"

　"일시적 과도기에 처한 우리는 국가의 질서를 자주적으로 유지하며
대중 생활의 기반을 확보할 수 있기를 원한다!"

　다 옳은 소리였으므로 나도 사회자의 선창에 맞춰 구호를 따라 외쳤
다. 이윽고 건준 남원지부 설립을 주도하는 주요 인사들의 연설이 이어
졌다. 그런데 그때 미군이 집회 현장에 나타났다. 당시는 물론 미군정
치하였다. 미군이 남원에 진입한 것은 1945년 10월 24일이었다. 남원
에 진주한 군대는 주한미군 제64군정대였다.

　"군정당국의 허가를 받지 않은 모든 집회는 불법이다. 즉각 해산
하라!"

　미군은 행사 중지를 명령했다. 그러나 주최 측은 미군의 요구 따위에
아랑곳하지 않고 집회를 진행했다. '대한독립 만세'를 연호하기도 했다.

• 한국근현대사학회 엮음, 『한국근현대사강의』(한울, 2013), 227쪽 재인용.

서울역에 도착해 시내로 행군하는 미군.*

바로 그때였다.

탕! 탕! 타앙!

총성이 울렸다. 물론 공포(空砲)였으나 예상치 않은 총성에 장터에 모인 사람들이 일순 얼어붙었다. 총소리가 이어졌고 미군이 행사 주동자의 체포에 나섰다. 사람들이 혼비백산했다. 나도 놀라서 사람들과 함께 급히 현장을 빠져나왔다.

나중에 밝혀진 사실인데, 이때 남원의 건준 청년단장으로 활동했던 이현열은 바로 그날 미군 포고령 위반으로 체포되어서 이후 대전형무소에 수감되었고, 6·25 전쟁 발발 직후인 1950년 6월 30일에 이른바 예비검속에 의해 경찰에 의해 총살되었다. 그가 희생된 날짜는 뒷날 동향 출신의 대전형무소 형무관이 유가족에게 전해줌으로써 밝혀졌다.

그날 행사장에 울려 퍼진 미군의 총성은 내게는 커다란 충격이었다. 일본 제국주의의 강압으로부터 독립이 되었으므로, 이제 독립국의 자력으로 새로운 나라를 건설하는 것은 당연한 이치였다. 그런데 건국을 준비하기 위한 시민들의 모임을 외국에서 건너온 군대가 총을 쏴서 무산시켜 버렸으니, 이 사태를 어떻게 받아들여야 할 것인지 혼란스러웠다.

그러나 주둔군 최고사령관 더글러스 맥아더(Douglas MacArthur)가 발표한 1945년 9월 7일 자 명의의 포고령 제1호 '한국 동포에게 고함

• 같은 책, 315쪽 재인용.

(To the People of Korea)'에 따르면, 미군은 한반도에 '점령군'으로 들어왔음을 공공연하게 천명하고 있다.

······태평양지구 미 육군 총사령관으로서 나는 다음과 같이 포고한다. 일본국 정부가 연합국에 무조건 항복함으로써 우리 편 여러 나라 군대의 오래 계속되어온 무력투쟁이 끝났다. 일본 천황의 명령에 따라서 그를 대표해 정부와 대본영이 서명한 항복 문서의 조항에 의해 본관이 지휘하는 전승군은 금일 북위 38도 이남의 한국 지역을 점령했다.

본관은 한국인이 오랫동안 노예처럼 지내온 사실과 적당한 시기에 한국을 해방 독립시키려는 연합국의 결정을 명심하고 있다. 우리가 한국인을 점령하는 목적이 항복 문서를 이행하고, 한국인의 인권 및 종교상의 권리를 보호함에 있음을 알아야 한다.

이에 나는 태평양 방면 미국 육군 부대 총사령관인 내게 부여된 권한에 의해 북위 38도 이남의 한국과 그 주민에 대해 군사적 관리를 하고자 다음과 같은 점령 조건을 발표한다······

또 포고령 제3조에서는 "본관의 권한으로 발포한 명령에 즉각 복종해야 하며, 점령군에 반하는 행동을 하거나 공공의 안녕을 방해하는 행위를 하는 자에 대해서는 용서 없이 엄벌에 처할 것이다"라고 명시했다. 상황이 이러했으니 우리가 진정한 해방을 맞이한 것인지 점령군이 일제에서 미군으로만 바뀐 것인지 의심하지 않을 수 없었다.

어쨌든 이백면에서도 건국준비위원회가 조직되었다. 나 역시 가입해 건준 청년단원 신분으로 집회에도 참석하고 삐라도 뿌리는 등 활동을 해나갔다. 그런데 조금씩 조직을 갖춰나가던 건준이 얼마 뒤 '조선인민공화국'으로 개편되었다. 그 배경에는 건준을 주도했던 여운형과 다른 지도자들 간의 관계, 미군정과의 관계 등 여러 요인이 작용했을 것이다. 하지만 그것들은 모두 중앙 조직에서 일어난 일들이어서 나는 구체적인 정황은 잘 모른다. 건국준비위원회가 조선인민공화국 체제로 바뀌면서 각 지역의 기존 건준 조직들의 명칭 역시 '인민위원회'로 바뀌었다.

그리고 바로 이 이백면 인민위원회의 위원장이 안평오 선생이었다. 그는 삿포로에 징용 갔다가 갓 귀국해 세상 물정에 어두웠던 내게 거시적인 안목을 틔워준 스승이나 다름없는 인물이었다. 그는 어린 내게 각별한 관심을 가졌다.

어느 날 안평오 위원장이 나를 따로 부르더니 이백면 인민위원회 산하의 청년부를 맡아달라고 했다. 나는 즉석에서 수락했다.

"너는 먼 일이던지 적극적으로 나서는 자세가 맘에 든다."

"독립국가를 세우는 과업인디 댕연헌 것 아니것능교?"

"좋다. 그러면 내가 위원장잉개 너를 우리 이백면 인민위원회 대표로 뽑아서 어디 좀 보낼라고 그런디 갈 수 있겠제?"

"예? 저는 나이도 어리고 헐 줄 아는 것이 암껏도 업는디요."

"그렁개 더 공부허라고 보내는 거여."

"공부라우? 어디서 먼 놈의 공부를 헌다요?"

"남원 인민위원회에서 젊은 일꾼을 양성허는 청년 교육이 있응개 니가 이백면 대표로 댕겨오니라."

두말없이 응낙했다. 그 무렵 나는 늘 배움에 대한 갈증을 느끼고 있었다. 그곳이 어디든, 공부를 할 수 있다는 사실만으로 주저할 이유가 없었다. 더군다나 우리나라를 외세의 간섭이 없는 독립국으로 세우는 데 몸 바칠 일꾼을 양성하는 강좌라고 했다. 일제 강점기에 조국 독립을 위해 투쟁한 쟁쟁한 투사들이 강사로 나올 것이라고 했으니, 나로서는 오히려 가슴 설레는 제안이 아닐 수 없었다.

인민위원회 청년교육장이 마련된 곳은 운봉면 주천리에서 정령치 쪽으로 올라가는 들머리 부근이었다. 그곳에 이씨 집안의 제각(祭閣)이 있었는데 그 제각을 빌려서 교육장으로 삼았다. 한적한 곳이어서 정신교육을 하기에 맞춤한 장소였다.

집에서 그 제각까지는 상당한 거리였지만 나는 교육장까지 걸어서 이동했다. 다른 사람이라면 남원에서 나오는 국도를 따라 걸었겠지만, 나는 그 일대의 지리를 훤히 꿰고 있었기 때문에 지름길을 택했다. 까막재와 가재재를 거쳐 산길로 질러가니 금방이었다. 당시 나는 혈기가 왕성한 데다 강단 있는 신체를 유지하고 있었으므로 한나절, 혹은 하루 이틀 산길을 걷는 것쯤은 일도 아니었다. 남원과 인근 지리산 일대의 지리에 밝다는 것, 강골 체질을 타고났다는 것 등이 뒷날 빨치산 활동을 할 때 가장 큰 밑천이 되었다.

교육캠프에는 남원군 각 면의 인민위원회에서 한 명씩 모두 열두세 명이 참가했다. 대개 25세에서 30세 사이의 청년 일꾼들이었다. 교육 참가자들 중 이백면 대표로 간 내가 가장 어렸다.

강사가 소개되었다. 남원군 대산면 출신의 황 아무개라고 했다. 아마 40대 중반의 나이였던 것 같다. 사람들은 그가 '조도전(早稻田, 와세다대학)' 출신이라고 소곤댔다. 일본에서 대학을 다니던 중 독립운동을 하다 투옥되었는데 해방이 되어서 풀려났다고 했다.

"자, 지금 나눠준 책이 우리가 공부해야 할 책입니다."

솔직히 말해서 나는 그때까지 좌익이 뭐고 우익이 뭔지, 자본주의가 무엇이고 사회주의가 무엇인지 전혀 이해하지 못하고 있었다. 그런 점에서 그날 인민위원회 청년교육장에서 교재로 받은 그 책자는 내게 최초로 이념의 갈피를 제공해준 길잡이와 같은 서책이었다. 당시 『공산주의 ABC』라는 책을 처음 받았을 때 내 가슴을 설레게 했던 지적 호기심을 나는 아직도 기억한다.

"이 책의 본래 제목은 『꼬뮤니즘 ABC』입니다. 이 책은 러시아혁명 직후 사회주의 건설의 총 노선으로 평가받아 왔던 '볼셰비키 제2차 당 강령'을 대중적으로 알기 쉽게 풀어 쓴 책입니다. 우리가 일제에 저항해서 3·1 운동을 벌였던 때가 1919년 3월이었는데, 바로 그 3월에 러시아에서는 공산당 제8차 대회가 열렸습니다. 이 책은 거기에서 채택된 당의 강령을 노동자와 청년, 학생이 쉽게 이해하도록 풀이한 책인데……."

교관의 강의는 열정적이었다. 그 책을 함께 지은 니콜라이 이바노비치 부하린(Nikolai Ivanovich Bukharin)과 예브게니 알렉세이비치 프레오브라젠스키(Yevgeni Alekseyevich Preobrazhensky)가 어떤 사람인지, 자본주의가 무엇이 문제이고 우리가 왜 사회주의를 지향해야 하는지 등을 매우 성실하게 설명했다.

교육은 일주일 동안이나 계속되었다. 하지만 아무리 집중적으로 교육을 받았다고 해도 워낙 짧은 기간이었기 때문에, 오랜 시간 연찬(研鑽)해 앎을 쌓아온 선각자의 가르침을 모두 이해하기는 어려웠다. 그러나 한 가지만은 확실히 내 가슴속에 똬리를 틀었다. 교관은 자본주의 사회체제의 기본 모순을 알려주면서, 생산수단을 독점한 자본가계급이 임금노동자와 농민의 노동력을 착취하는 폐단을 설파했다. 나는 그의 설명을 들으면서 내가 어렸을 적에 품었던 '지주와 소작인'의 불평등한 관계에 대한 문제의식이 자꾸 떠올랐다. '앞으로 우리가 만들어갈 나라는 적어도 그런 모습이어서는 안 되겠구나'라는 생각을 가슴속에 새겼다.

　나중에 떠오른 생각이지만, 그때 교육캠프에서 『공산주의 ABC』를 교재로 채택한 것은 인민위원회와 여운형의 관계를 놓고 볼 때 자연스러운 일이었다. 즉, 건준의 지도자 여운형이 바로 카를 마르크스(Karl Marx)의 『공산당 선언』과 부하린 등의 『공산주의 ABC』를 최초로 우리말로 번역한 장본인이었기 때문이다. 일주일간의 교육이 끝난 뒤 나는 조금 들떠 있었다. 이런 생각 때문이었을 것이다.

　'공산주의를 제대로 실천할 수만 있다면 사람들이 서로 많이 갖겠다고 탐욕을 부리는 일이 없어질 것이다. 공산주의 사회가 자리를 잡으면 지금처럼 뼈 빠지게 일을 하지 않아도 될 것이다. 적당히 일하고 평등하게 즐기면서 살 수 있을 것이며 지주도 소작인도 없는 세상이 될 것이다. 그렇게만 된다면, 그것이 바로 좋은 세상이 아니겠는가!'

　이것은 곧 내가 꿈꾸던 세상이기도 했다.

포고령 위반, 소년원에 수감되다

　인민위원회는 조직 규모를 마을 단위로 넓혀갔다. 이백면 역시 마을마다 대표자를 두는 등 조직을 다졌다. 그런데 이백면 인민위원회의 안평오 위원장이 내게 새로운 임무를 부여했다.

　"각 마을 대표를 정했응개 확실허게 조직을 헐라면 교육이 필요허네. 자네가 청년 교육을 댕겨왔응개 각 마을을 순회험시롱 그때 배운 것을 교육시키게."

　"아이고, 아녀요. 지가 뭘 안다요. 군 위원회에 말혀서 좋은 사람을 보내돌라고 허서요."

"시방 강사를 보내돌라고 헐 형편이 아닝개 딴소리 말고 자네가 허야 혀!"

더 이상 사양할 수가 없었다. 사실 각 마을에서 인민위원회 대표로 추대된 사람들 중에는 일제 강점기에 독립운동을 하는 등 나 같은 애송이와는 비교도 되지 않을 만큼 많은 경륜과 혜안을 갖고 있는 사람들이 있었다. 그래서 나는 그들을 믿고, 내가 청년교육캠프에서 듣고 배운 내용을 그저 전달하는 방식으로 마을 조직을 다지는 일에 나서자고 결심했다.

나는 마을을 돌며 열심히 뛰었다. 마을 대표가 주민들을 사랑방에 모아놓으면 내가 가서 그들과 함께 이야기하는 방식이었다. 주민들의 호응은 고무적이었다. 외세의 간섭이 없는 진정한 독립국을 세워야 한다, 모두가 잘사는 평등한 세상을 만들어야 한다, 그러기 위해서는 우리는 이러이러한 노력을 해야 한다……. 나는 그들과 함께 '희망'을 이야기했다.

내가 인민위원회 청년교육캠프에 가서 교육을 받았던 때가 1946년 가을이었는데 그해 겨울을 지나면서 이백면에서도 점차 조직이 확장했다. 그런데 이 시기 인민위원회의 위상과 성격은 예전의 그것과는 차이가 있었다.

기존 건준의 각 지역 및 지부의 조직이 인민위원회로 개편되면서, 이때부터 조선인민공화국은 여운형이 아닌 박헌영 등이 주도권을 잡게 되었고 좌익 성향이 짙어졌다. 그런데 미군정이 '포고령'을 연이어 반포하고 38도선 이남에 대한 직접통치를 발표하면서, 그동안 국내에서 치안과 행정 업무를 담당해오던 건국준비위원회와 조선인민공화국을 인정하지 않겠다고 선언했다. 졸지에 각 지역의 인민위원회는 불법단체로 낙인이 찍혔고, 미군정의 탄압에 직면하게 되었다.

탄압이 본격적으로 시작되자 나를 포함한 인민위원회 조직원들은 그들에게 대항하지 않으면 안 되었다.

"외세를 배격하자!"

"미군은 물러가라!"

이런 구호가 적힌 벽보를 붙이고 삐라를 살포했다. 그런데 이 시기에 우리와 반대편에서 움직임을 넓혀가는 조직이 있었다. '대한독립촉성국민회(大韓獨立促成國民會)'라는 이름의 우익단체가 그것이었다. 이 조직을 일컫는 칭호는 다양했는데, 독립촉성국민회·독촉국민회·대한독촉·독촉·국민회·대촉국 등 여러 가지 이름으로 불렸다.

대한독촉은 내가 활동하던 지역에서도 조직을 결성해 그 본부를 남원 읍내에 두었다. 내가 살던 이백면에서도 서너 명이 거기에 가담했는데, 그렇게 활동하고 있는 자들의 면면을 살펴보니 분노와 허탈감을 금할 수 없었다. 일제 강점기에 일제에 협력했던 친일 모리배의 자식, 대대로 소작인을 수탈해온 지주 집안의 아들 등이 주동을 해서 대한독촉의 청년조직을 만들어 몽둥이를 들고 다니면서 백색테러를 일삼았던 것이다. 우리가 보기에 그들은 명백한 '반동분자'들이었다. 자연히 여기저기에서 그들과 인민위원회 청년들 간의 충돌이 잦아졌다.

해가 바뀌어서 1947년이 되었다. 인민위원회의 활동은 미군정에 의해 '불법'으로 간주되었기 때문에 하는 수 없이 지하로 숨어들지 않으면 안 되었고, 주로 밤 시간에만 활동해야 했다. 이 시기에 남원의 각 면 소재지마다 경찰지서가 생겨났다. 미군정이 포고령을 반포하고 직접통치를 천명하고 나섰으나, 포고령 위반자들을 미군이 일일이 직접 잡으러 다닐 수 없었기 때문에 경찰 조직을 이용해 손을 덜려고 했던 것이다. 이백면에도 경찰지서가 생겼다. 그런데 더 기가 막힌 것은 일제 강점기에 일본군에 빌붙어 경찰 노릇을 하던 자들을 대부분 그대로 다시 기용해 각 지서에 파견했다는 사실이다.

인민위원회가 지하로 숨어들자 대한독촉을 포함한 우익단체의 행동대원들은 미군정의 비호 아래 거침없이 활보하면서 공포 분위기를 조성했다. 경찰에서도 인민위원회에 가담해 활동했던 사람들을 포고령 위반 명목으로 잡으러 다니느라 혈안이었다.

나 역시 예전처럼 드러내놓고 활동할 수 없는 처지가 되었으니 행동이 위축될 수밖에 없었다. 낮에는 다른 활동은 하지 않고 동네에서 조용히 지내다가 수상쩍은 분위기가 감지되면 이웃마을 친구 집에 가서 잠시 은거하기도 했다. 아버지도 그런 사정을 어렴풋이 눈치를 채고 걱정하셨지만 목소리를 높여 야단을 치시지 않았다.

"아이 아야! 애비는 정치를 잘 모릉개 그렇다치고 니는 멀라고 그런 일을 허고 댕기냐? 몸조심혀야제."

이 정도로 완곡하게 한 마디만 건넬 뿐이었다. 어머니도 마찬가지였다. 내가 뒷날 마음껏 빨치산 활동을 할 수 있었던 것은, 자식이 하는 일을 그저 믿고 기다려줬던 부모님의 신뢰가 큰 몫을 차지했다.

그런데 날이 갈수록 인민위원회 활동가들의 주변을 탐문하는 경찰의 발길이 잦아졌다. 일을 제대로 해보지도 못하고 엉거주춤하다가 경찰에 잡혀갈 수는 없었다. 부모님도 내색은 하지 않았으나, 신변에 위협이 생긴 것을 불안해 하셨다.

"어머이, 아부지. 시방 시국이 뒤숭숭헝개 어디 가서 쪼깨 숨어 있다 올라고 그런디, 어쩌끼라우?"

"그려. 잠잠헐 때까지 종가 큰집에서 좀 있다가 오먼 조컷다. 근디 시방 니가 무신 죄진 거는 아니제?"

"하머이라우. 죄진 놈들은 따로 있응개 걱정마쇼잉."

큰집 당숙이 살던 곳은 구례군 광의면의 천은사 인근 마을이었다. 나는 삭녕 최씨인데 남원군의 북부 지역에서 정읍군의 산외면과 임실로 이어지는 그 일대에 종씨들이 제법 분포하고 있었다.

부모님은 내가 당연히 남원역에서 기차를 타고 구례역에 내려 당숙네 집으로 갈 것이라고 생각했지만 나는 걷기로 했다. 집에서 당숙네까지는 거리가 28km 정도 되었는데 그쯤은 걸어갈 자신이 있었다. 차비를 아끼려고 기차를 외면한 것은 아니었다. 또 당시 내가 무슨 대단한 죄를 지어서 수배된 상태도 아니었다. 기차 편을 이용했다가 잡힐 걱정을 할 필요가 없었다. 그러나 나는 걷는 쪽을 택했다. 아침에 출발하면 해지기 전에 도착할 자신이 있었고, 실제로 나는 저물기 전에 큰집에 도착했다. 뒷날 지리산의 산허리를 넘어 다니며 빨치산 활동을 할 것을 예견하고 미리 연습을 했던 것 아닐까? 그건 나도 모르겠다.

당숙은 한학에 조예가 깊고 한의학이나 약초에도 밝았다. 내가 만난 당숙은 늘 책을 읽거나 한약을 조제하는 모습이었다. 살림살이도 시골 살림 치고는 여유가 있는 편이었다. 그런데 결정적으로 아들이 없었다. 그래서 당숙은 한때 동생의 장자인 나를 양자로 들일 의사를 비치기도 했으나 여의치 않자 집안의 좀 먼 친척 중에서 나와 같은 항렬의 사내아이를 양자로 들였다. 그런데 그 양아들은 남의 집에서 양자로 지내기가 불편했던지 그만 집을 나가버렸다. 결국 당숙은 양자 입양에 실패한 것이다.

그런 차에 사전 기별도 없이 내가 나타나자 당숙은 무척 반가워했다. 나는 그럴 생각이 전혀 없었는데, 아마도 그때 당숙은 내가 제 발로 찾아온 김에 다시 한 번 양자 제의를 하려고 마음먹지 않았을까?

한편, 모처럼 큰집에 온 나를 경계하는 눈초리로 살피고 있는 사람이 있었다. 큰아버지와 같은 마을에 사는 또 한 명의 삭녕 최씨 집안 남자 중에서 당숙네 집에 양아들로 들어가기를 강력하게 희망하고 있던 최용범(가명)이라는 사내였다. 나보단 너덧 살이 위였는데, 당시 양자 문제에 관해 그와 당숙네 사이에 어떤 이야기가 오가고 있었는지 나는 알 턱이 없었다.

최용범 입장에서 보자면, 자신이 양자로 들어가기를 원하는 집에 어느 날 불쑥 그 집안 조카가 찾아온 것이다. 당시 풍속으로는 작은집의 맏아들이 큰집에 양아들로 가는 것은 굉장히 흔한 일이었다.

최용범에게 비상이 걸렸다. '그동안 큰집에 발걸음이 뜸하던 조카라는 저놈이 왜 이때 느닷없이 나타났을까? 게다가 심부름을 왔거나 그저 잠시 다니러 왔다면 하루 이틀 있다가 돌아가야 옳거늘, 왜 저렇게 오랫동안 죽치고 있는 것일까? 무슨 죄를 짓고 도망쳐 온 것일까? 아니면 저놈이 양아들로 들어오려고? 안 되지. 그렇게 되어서는 안 될 일이지. 좋아, 일단 남원으로 가서 뒷조사를 한 다음에…….'

남원으로 간 최용범은 나에 대해 알아보았지만 특별한 문제를 발견하지는 못 했다. 그러나 백면 인민위원회에서 내가 청년단장을 맡아 활동했다는 정도의 정보를 입수했던 모양이다. 해방 직후에는 지역에서 건준이나 인민위원회 활동을 한 사람을 애국자로 여기는 분위기였으나 미군정의 직접통치가 본격화하고 우익이 기세를 얻어가던 이 무렵에는 '좌익'이라는 말 자체를 불온하게 여기는 기류가 생겨나고 있었다.

다시 구례로 돌아온 최용범은 구례경찰서에 전화를 걸었을 것이다.

"여보쇼. 여그 수상헌 놈이 숨어 있는디, 저그 남원군 이백면에 사는 최정범이라는 놈이 시방 우리 동네에 있는 즈그 큰집에 살째기 와서 숨어 있당깨요. 그렁개 후딱 잡아 가쇼잉."

신고를 받은 구례경찰서에는 쾌재를 불렀다. 그렇잖아도 그 무렵에 남원에서 대형사건이 터져서 세상을 떠들썩하게 했는데, 남원에서 좌익 활동을 하다가 구례로 도망쳐 왔다면 분명 그 사건의 범인이 틀림없을 것이라고 생각했던 것이다.

어느 날 저녁을 먹고 나서 당숙과 이런저런 이야기를 나누다가 이제 그만 자러 들어갈 참이었다. 밖에서 스리쿼터(지프와 트럭의 중간급 차량) 소리가 들리더니 웬 남자들이 집 안으로 들이닥쳤다.

"구례경찰서 사찰계 김 형산디, 너 최정범 맞제?"

"그런디요. 경찰서 사찰계에서 뭣 땜시 왔소?"

"조사헐 것이 있응개 경찰서로 가자."

"아니 그렁개, 나는 아무 죄도 없는디 뭣 땜시 가자는 거요?"

"너, 남원서 사람 죽이고 요리 도망 왔제?"

"뭐시라고? 내가 사람을 죽여? 무신 개가 꼬막 까먹는 소릴 허요?"

"니가 좌익질허던 놈들이랑 작당혀갓고 양남식이를 죽였잖혀?"

"양남식? 금시초문이고만. 양남식이란 놈이 누군디 그러요?"

"잔소리허덜 말고 빨랑 나와!"

나는 한밤중에 형사들에 이끌려서 트럭에 실렸고, 아무 영문도 모른 채 구례경찰서에 잡혀갔다. 그렇다면 도대체 내가 큰댁으로 피한 사이에 남원에서는 무슨 일이 일어났던 것일까? 양남식 살인사건이란 또 무엇일까? 설명을 위해 당시의 신문 기사를 인용한다.

대한독촉의 남원 청년연맹 총무부장 양남식(25) 씨는 지난 4월 28일 6시경 전화로 괴한에게 유인되어 금암봉 뒤편 산록에서 권총과 일본도로 난사를 당해 마침내 절명했다. 이에 급보를 접한 경찰당국에서는 유력한 단서를 얻어 범인 체포에 맹활동 중인바 지난 3일 진범 이 모를 전주에서 체포한 동시에 그 뒤 주천면에서 공범 두 명도 무난히 검거했는데, 이들은 이외에도 현지 경찰서장을 비롯해 독촉간부 등 일곱 명을 모조리 피살하려는 어마어마한 흉계를 품고 있었다 한다. 그런데 고 양남식 씨의 군민장은 4월 30일 하오 1시 군미학교 교정에서 전북 일부 14군의 독촉대표와 청년연맹대표를 비롯해 수만 군민의 참여 아래 장엄하게 집행되었는데, 군민의 총의로 고 양씨에게 의사호를 칭호하기로 되었다. •

물론 이 기사는 나중에 범인이 잡힌 뒤 작성된 것이다. 하지만 내가 구례경찰서로 끌려갔을 당시에는 아직 범인이 잡히지 않은 상황이었다.
경찰서에 도착해서도 형사들은 '양남식 살인사건'에 대해 내가 알지도 못 하는 사실을 실토하라고 윽박질렀으나 나는 해줄 말이 없었으므로 다람쥐 쳇바퀴 돌듯 동문서답만 되풀이되었다. 얻어낼 것이 없다 싶었던지 형사들은 나를 연고지인 남원경찰서로 이송했다. 나는 남원경찰서로 향하면서도 전혀 주눅 들거나 겁을 먹지 않았다. 그럴 필요가 없었다. 죄를 지은 일이 없었기 때문이다. 만약 인민위원회 등 좌익 활동을 한 게 죄라면, 우익 활동을 한 사람도 죄인이 되어야 한다. 그것은 정치적 견해의 차이이지 잘잘못의 문제가 아닌 것이다.
그런데 이런 순진한 생각은 남원경찰서에 도착하는 순간 완전히 무너졌다. 형사들은 나를 취조실로 데리고 들어가자마자 양남식 살인사건 운운하며 질문을 퍼부어대더니, 내가 완강하게 부인하자 앞뒤 안 가리

• "전화로 불러내어 사살, 독청간부 양남식 씨 피살", ≪동아일보≫, 1947년 5월 13일 자.

고 무차별로 구타를 하기 시작했다. 아무 이유 없이 얻어맞은 것만도 분통이 터질 일인데, 나를 두들겨 팬 경찰관들이 다름 아닌 일제 강점기에 악명을 떨치던 자들이었다는 데에서 더 울화가 치밀었다.

형사들은 이리저리 내 주변을 탐문했으나 건준과 인민위원회에서 활동을 한 것 말고는 양남식 살인사건과 관련한 사실은 밝혀내지 못했다. 내가 살인사건과 아무런 관계가 없다는 것이 밝혀지자, 이번에는 포고령 제2호 위반 혐의를 뒤집어씌웠다.

총사령관 맥아더의 이름으로 발표된 포고령 제2호는 이런 무시무시한 내용을 담고 있었다.

미국 태평양 방면 육군 총사령관의 권한하에 발포된 모든 포고·명령·지령에 위반하는 자, 혹은 미국이나 미국 동맹국 인민의 재산, 생명의 안전 또는 보존에 저촉되는 행위를 하는 자, 혹은 질서를 문란케 하거나 사법·행정을 방해하거나 고의로 연합군에 적의 있는 행위를 한 자는 군사 점령 법원의 재판에 의해 사형 혹은 그 법정이 결정하는 기타의 처벌을 당한다.

포고령 제2호를 적용한다면 나는 분명 처벌대상이었다. 인민위원회 활동을 하면서 "미군은 물러가라!" 하고 외치기도 했고, 거들먹거리며 대한독촉 청년단원 활동을 하던 사람 집 앞에 동지들과 함께 몰려가서 "반동분자 나와라!" 하고 외친 적도 있었으니 말이다.

일제 강점기에 남원경찰서에는 모두 아홉 개의 유치장이 있었는데, 미군정하의 경찰서에서도 그 유치장을 그대로 사용하고 있었다. 그 아홉 개의 유치장이 모두 포고령 위반자들로 빽빽이 들어차서 자리가 비좁아 잠을 제대로 잘 수도 없는 지경이었다. 군중집회에 나갔다가 "옳소!" 한 번 외쳤다가 잡혀 온 사람도 있었고, '외세를 배격하자'는 내용의 벽보를 붙였다가 잡혀 온 사람도 있었다. 모임의 대표자이거나 혹은 집회를 주도했던 사람은 검찰로 넘어가 재판에 회부되었다.

그런데 문제는 포고령 위반 혐의로 잡혀갔다가 재판에 회부된 사람의 경우 형을 언도받기까지 4~5개월이나 지체된다는 사실이었다. 그러니 기다리다 진이 빠질 지경이 되었다. 나와 함께 조사를 받은 사람 중에는 내 고향인 이백면에서 건준과 인민위원회 활동을 함께했던 사람도 서너 명이 있었다.

드디어 검찰 조사를 받게 되었다. 검찰청은 당시 남원경찰서로부터 걸어서 20분이면 도착하는 거리에 있었다.

'어떤 단체에 가담했나?'

'그 단체에서 어떤 직책을 맡았나?'

'언제 어떤 집회에 참여했나?'

'집회에서 무슨 구호를 외쳤나?'

신문 내용은 대충 이러했다. 나는 감추고 말고 할 것이 없었으므로 모두 사실대로 대답했다. 그러면서도 내가 왜 그 검찰지청이라는 곳에 와서 이런 말 같지 않은 문답에 응해야 하는지 기가 막혔다. 검찰조사를 받고도 재판에 넘겨지기까지 또 40여 일이나 기다려야 했다.

포고령 위반 사건에 대한 재판이 시작되었다. 말이 재판이지 미군정 하의 '군정재판'이었으므로 미군정이 발표한 포고령이 유일한 법전인 셈이었다. 검찰이 내가 포고령을 위반했다는 혐의에 대해 논고를 시작했다. 그리고 징역 1년을 구형했다. 이제 판사가 언도를 할 차례였다.

"징역 10개월에 처한다!"

어차피 나는 지은 죄가 없다고 믿고 있었기 때문에 재판 자체가 말이 안 된다고 생각했지만, 어차피 우리나라가 정부를 수립하기 전에 임시로 미군정 치하에 놓여 있는 과도기였으므로 까짓것 그 정도의 형은 각오하고 있었다. 그런데 그 판사라는 자가 내게 형을 언도하고 나서 퇴정을 하려고 몇 걸음 움직이다가, 어이없게도 다시 돌아오더니 판결을 번복하는 것이었다.

"아, 본 재판관이 잠시 착각했다. 피고인은 아직 20세가 되지 않았기 때문에 성인이 아니다. 따라서 소년법에 의해 다시 언도하겠다. 단기 1년, 장기 3년에 처한다!"

이른바 소년법에만 규정이 있는 '부정기형'이었다. 즉, '최하 1년에서 최장 3년까지'라는 뜻이었다. 10개월 징역형만도 억울한데, 담당 판사의 번복으로 순식간에 형량이 최장 3년까지 징역을 살 수도 있는 중형으로 둔갑하자 분노가 치밀었다. 나는 벌떡 일어나서 판사를 향해 소리쳤다.

"야 이놈아! 니까짓 놈이 무슨 자격으로 포고령이니 뭐니 떠들면서 지랄허고 자빠졌냐, 이놈아! 왜정 때는 왜놈들 밑에서 지랄허더니 인자 세상이 바뀡개 미국 놈 앞잡이를 허냐 이놈아!"

내 돌출적인 행동에 판사가 당황해 어찌할 바를 모르고 주춤거렸다. 내가 다시 소리쳤다.

"인자 나라가 제대로 틀을 갖추면 네놈 같은 친일분자가 설 땅이 있을 것 같으냐? 어디 두고 보자 이놈아!"

나는 화가 치밀어서 더 큰소리로 쏘아붙여 주었다. 방청객들이 흥분해 호응했다. 그제야 판사가 후다닥 꽁무니를 뺐다. 사람들이 웅성거렸다.

"쟈가 우리 이백면에 사는 최정범이여."

"앗다 딴 놈들은 걍 판사 앞에서 끽소리도 못 하고 벌벌 떠는디, 쟈는 거그다 대고 큰소리로 칭개 참 난놈은 난놈이네잉."

"우리 남원에 인물 났네그라."

지금 돌이켜봐도, 그때 판사를 향해 시원하게 호통이라도 한번 내질렀던 것이 참 잘한 일 같다. 하지만 한편 씁쓸하다. '나라가 틀을 갖추기만 하면 너희 같은 친일분자들이 계속 설칠 수 있을까 보냐' 운운했지만, 여전히 그들이 호가호위하는 세상이 되어버렸으니 말이다.

형을 언도받은 나는 본격적인 감옥살이에 들어갔다. 내가 처음으로 수형된 곳은 경상북도 김천이었다. 당시 38도선 이남 지역에는 소년형무소가 김천과 인천 두 군데밖에 없었다. 나는 어린 나이에 이미 두 차례의 징용을 겪었기 때문에 비교적 형무소 생활에 잘 적응할 수 있었다. 게다가 나는 형무소 내부에서 정치범으로 분류되어 있었기 때문에, 다른 수형자들이 아침마다 공장으로 작업을 나갈 때에도 역(役)에 징발되지 않았다.

지금도 김천형무소 시절을 생각하면 웃음이 절로 나는 장면이 있다. 그곳에서는 소년 수형자들이 아침에 공장으로 작업을 나갈 때 혹시 쇠붙이 등 흉기를 감추고 갈 것을 염려해, 감방에 수의(囚衣)를 다 벗어놓고 실오라기 하나 걸치지 않는 알몸으로 이동하게 했다. 소년 수형자들이 공장에 갈 때는 구보로 이동하는 것이 원칙이었다. 그래서 아침 식사를 마친 뒤 작업 출동 나팔이 울리면, 벌거벗은 청소년들이 구령에 맞춰 공장을 향해 질서 있게 뛰어갔다. 공장에 가서 작업복을 입고 일을 하다가 일과가 끝나면 다시 알몸으로 구보를 해 감방에 돌아와 수의로 갈아입는 방식이었다.

남자뿐인 공간이라고 하지만, 지금 재소자들을 그렇게 관리한다면 심각한 인권 문제가 제기될 일이다. 사람의 기억이라는 것이 참 짓궂어서, 그때 동료 수형자들이 가랑이 사이의 중요한 물건을 흔들거리면서 거대한 물결처럼 집체적으로 몰려가던 모습이 60여 년이 지난 지금도 가끔 떠올라서 혼자서 웃음을 짓곤 한다.

김천소년형무소에서 6개월 정도 복역한 후 내가 옮겨간 곳은 인천소년형무소였는데, 그곳은 3층으로 되어 있었다. 김천과는 달리 인천형무소에는 감방마다 이른바 '삥끼통(변소)'이 딸려 있지 않고 바깥쪽에 공동화장실만 하나 있었다. 형무소 건물 내부에는 수형자들이 노역을 할 공장이 있었다. 또 김천과 다른 점이라면 아침저녁으로 검색을 하지도 않았고, 일과 시간이 되면 정치범이나 잡범을 구분하지 않고 모두 공장으로 내보낸다는 점이었다. 통제와 간섭이 심하지 않아서 김천소년형무소 때보다 편하게 지낼 수 있었다.

형무소 내부에는 공장이 대여섯 곳이나 있었다. 나는 궁리 끝에 인쇄공장에 자원했다. 주로 외부의 관공서 등에서 의뢰한 공문서를 인쇄하는 일이었는데 나는 한문을 좀 배웠기 때문에 초고를 원본과 대조해 교정보는 일을 주로 했다.

교도관들 중에는 이북에서 친일행적을 심판받을까 봐 두려워서 월남했다가 교정 공무원으로 채용된 사람들도 더러 있었다. 국가의 장래를 걱정하는 교도관들도 있어서, 밤이면 그들이 일삼아 내게 찾아와서 바깥 정세를 들려주기도 했다. 나는 그들을 통해 38도선 남쪽에 제헌국회가 구성되었고 단독정부가 들어서서 이승만이 대통령이 되었다는 소식을 전해 들었다.

나는 소년원에서 모범수로 인정받아 징역살이를 '장기 3년'에서 '단기 1년'으로 마치고 고향으로 돌아왔다.

좌익인 줄 모르고 속아서 시집왔다?

내가 형무소에 있던 기간, 밖에서는 아주 많은 일이 있었다. 세상은 내가 가장 원하지 않았던 방향으로 변해 있었다. 조국이 분단되었고 남과 북이 서로 다른 정부를 세웠으며 여순사건으로 무수한 좌익 인사가 희생되었다. 다른 무엇보다, 철부지이던 내게 세상 보는 안목을 가르쳐준 이백면 인민위원회 위원장 안평오 선생을 포함한 남원 지역의 좌익활동가들이 예비검속의 이름으로 처형되었다.

내가 만일 미군정 포고령 위반으로 소년형무소에 수감되지 않았더라면 어찌 되었을까? 비록 나이는 어렸지만 지역 인민위원회 조직의 전위에서 활동을 했으니 나도 어쩌면 예비검속에 걸려 처형되었을지도 모른다. 그런데 그 운명의 시기에 동지들과 유리된 채 소년형무소 수감된 덕분에 목숨을 보전했다. 이것은 운명이었다.

처음, 남원에서 건국준비위원회 활동을 할 때만 해도 우리를 사상적으로 불온하게 여기는 기류는 전혀 없었다. 오히려 일제 강점기에 독립운동을 했던 사람들이 대체로 사회주의 사상을 가지고 있었으므로 나는 그분들의 지도를 받으며 좌익 활동할 수 있다는 사실을 영광으로 여겼다. 일제 강점기에 친일로 연명해온 사람들과 비교했을 때 도덕적으로 그들보다 우위에 있었음은 물론이다. 하지만 소년형무소에서 나와보니 좌익이나 공산주의 혹은 사회주의 등을 지향하는 사람들에 대한 '빨갱이 몰이'가 마녀사냥처럼 맹위를 떨치고 있었다.

그나마 우리 마을사람들은 내 처지를 측은하게 여기는 분위기였다. 내가 미군정을 비판하는 벽보를 붙이는 등 정치활동을 하다 형무소에 다녀온 것에 대해 위로해줬다. 하지만 정부 수립 후 대놓고 우익 활동을 하는 사람들의 시선은 불편했다. 기분이 나빴다. 그들은 대놓고 '너 빨갱이지?' 하고 말하지 않을 뿐, 나는 이미 그들에게 불온한 사상을 가진 위험한 인물로 간주되고 있었다. 나라고 그렇게 변해버린 세상에 왜 불만이 없겠는가.

'세상이 변했다. 그것을 어찌하겠는가? 하지만 난 잘못이 없다. 세상이 거대한 강물이라면, 내가 생각했던 대로 흘러가지 않았을 뿐이다!'

그렇게 마음을 정리하니 조금은 위안이 되었다.

좌익의 지역 활동이 위축된 후 우익단체인 '대한청년단(대청)'이 결성되어 세력을 넓혀갔다. '이승만 박사의 명령에 절대 복종한다'는 등의 선서문을 채택하면서 출범한 대한청년단의 전국 조직은 약 200만 명에 달했다. 대한청년단 역시 과거 인민위원회가 그랬듯이 면 단위까지 조직을 결성해 본격적으로 정신교육을 실시했다. 단순하게 말하자면 자본주의를 널리 선전하고 공산주의를 배격하는 계몽활동이었다.

대청 활동이 시작되자마자 만 20세부터 40세까지의 남자들은 의무적으로 그곳에 가입을 하는 분위기가 되어버렸다. 우리 남원에도 군 단위, 면 단위로 조직되었는데 남원군의 청년단장은 뒷날 국회의원을 지낸 조정훈이었고 부단장은 이만기였다. 이들은 일제 강점기에 친일을 했던 인사들은 아니었다.

대한청년단 간부 훈련소가 광한루(廣寒樓)에 만들어졌다. 각 면에 입소 인원이 할당되었고 한 기수에 150명씩 편성되어 일주일 과정의 교육을 실시했다. 어느 날 조정훈 단장이 내게 말했다.

"정범이, 자네도 가서 교육을 받고 오제 그렁가."

나는 그의 제안을 거부하지 못했다. 좌익 활동에 몸담았던 약점이 있으니 어쩔 수가 없었다. 나는 제3기로 입소했다. 간부교육은 제7기까지

시행되었고 줄잡아 1000여 명이 거쳐 갔다. 남원에서만 간부교육을 받은 사람이 그 정도였으니 전국적으로 얼마나 방대한 규모의 조직이었는지 짐작할 수 있었다. 대한청년단은 대한민국의 유일무이한 청년단으로 위세를 떨쳤다.

교육에 참여해보니 정신교육만 하는 것이 아니라 호국군(護國軍) 장교라는 사람이 나와서 제식훈련도 시키고 목총을 이용한 집총훈련도 시키는 등 군사훈련도 포함되어 있었다. 교육 수료식이 있던 마지막 날 시험을 치러서 등수를 매겼는데, 거기서 내가 1등을 했다. 시험이라고 해봤자 뭐 대단한 것도 아니었다. 'UN이란 무엇인가?'라는 문제에 '만국평화회의'라고 답을 쓰는 정도였다.

총 7기까지 교육을 마친 기수별로 30등 안에 든 사람들을 다시 광한루에 소집해 정예간부 교육을 실시했다. 이번에는 교육과정이 전보다 심화된 집중교육이었는데 이번에도 내가 1등을 했다. 어쩌다 보니 내가 가장 어린 나이였는데도 '대한청년단 동창회장'이라는 감투까지 쓰게 되었다.

1950년 5월 제2대 국회의원 선거가 실시되었다. 그런데 남원군 대한청년단 조정훈 단장이 무소속으로 출마했다.

"어이 정범이, 단장이 출마를 혔는디 청년단 동창회장인 자네가 좀 도와야 하지 않겠능가?"

단장이 내게 선거운동을 요청했다. 그래서 난생처음으로 선거운동이라는 것을 했다. 나는 대한청년단이 썩 내키지는 않았지만 일본에서 대학을 나온 조정훈 단장이 친일행적도 없었고 주민들 사이에서 '그만하면 국회의원 깜이다'는 평가를 받고 있었으므로 기꺼이 선거운동에 나서기로 했다.

지금 생각하면 있을 수 없는 일이지만, 당시의 선거운동이라고 하면 유권자들을 불러다가 술을 먹이는 것이 전부였다.

　"다음 장날 읍내 삽다리 골목에 있는 조정훈 후보 집으로 다들 오쇼잉! 조정훈 후보가 막걸리도 주고, 밥도 주고, 푸짐허게 대접헌다고 그렁개 많이들 데리고 오쇼잉!"

　나는 후보자로부터 지급받은 자전거를 타고 사방을 돌아다니면서 매표 행위에 열을 올렸다. 삽다리 골목의 후보자 집에는 멍석이 깔리고, 내 호객행위에 이끌려온 유권자들은 그 집 마당으로 몰려들어 연일 북적거리면서 코가 삐뚤어지도록 막걸리를 마셔댔다. 후보자 태반이 선거운동을 그렇게 했기 때문에 나 역시 그것이 부정선거라는 것을 전혀 의식하지 못했다. 결국, 조정훈 후보가 1950년에 실시된 5·30 총선에서 남원군 국회의원으로 당선되었다. 선거가 끝나자 그뿐이었다. 나는 그가 제안한 어떤 감투도 마다하고 손을 털었다. 그리고 선거가 있던 날로부터 25일 후인 6월 25일, 전쟁이 발발했다.

　나는 1949년에 결혼을 했다. 여기서 잠시 나의 결혼 이야기를 해야 할 것 같다. 빨치산들이 지리산에서 생활하면서 보급품을 구하러 다니는 것을 '보급투쟁(약칭 보투)'이라고 한다. 그런데 내 결혼 과정을 돌이켜보면 '결혼투쟁'이라고 해도 과언이 아니다. 내가 아내와 혼인하기 위해 투쟁을 했다는 말은 결코 아니다.

　나를 대신해 혼인을 성사시키기 위해 애를 써준 분들은 다름 아닌 일가친척들이었다. 아내는 지금도 결혼이야기만 나오면 그때 사정을 농반, 진반 허물없이 털어놓는다.

　"아이고, 그때는 내가 속아부럿제. 신랑이 빨갱인 줄 참말로 몰랐당께. 그냥 가슴만 두근두근혔응께."

나와 아내는 그 태생 성분부터가 달랐다. 내가 무산계급, 즉 프롤레타리아였다면 아내는 그 어려운 시절, 산촌에서 비교적 잘살았던 부르주아계급이었다.

아내 한옥연(韓玉淵)은 1932년생으로 나보다 네 살 아래다. 임실군 지산면 계산리가 고향인 아내는 머슴을 둘이나 둔, 1년에 쌀 백 석을 거둘 정도로 부유했던 집안의 딸이었다.

아내는 푸념하듯 이렇게 이야기하곤 했다.

"우리 어무이가 시집와갖고 10년 동안 애기를 못 낳다가 나를 낳았대요. 내가 간난아기였을 때 중조할매가 계셨는디 나를 얼매나 애지중지 키웠던지 걸어댕기는 꼴을 못 봤다고 헙디다. 아홉 살에 국민핵교에 들어갔다가 해방되던 해에 졸업을 헀는디 그때만 혀도 딸래미를 핵교에 보낸 집은 없었어라우. 긍개 여학교는 전주여자상업핵교밖에 없었당깨요. 내 동무가 오수국민핵교 교감선생 딸이었는디 갸랑 전주여상에 원서 내러 갔다가 우리 집에 난리가 나부렀어요. 딸내미 없어졌다고 머슴을 풀어 온 동네방네를 다 뒤지고 난리였제. 그 뒤로 금족령이 내려져 집 안에 틀어박혀 있었지라우. 그렁개 돈 없어서 여핵교에 못 간 것이 아니랑깨요."

또 이런 이야기도 있었다.

"내가 얼매나 귀하게 큰 줄 아시요? 겨울이면 두꺼운 방한내피를 특별 주문해가꼬 노란 속치마에 받쳐 입었어라우. 마실에 나가면 먼 데서도 옷차림새만 보고도 나인지 금세 알아봤당깨요. 내가 열대여섯 살 먹었을 적 서울서 방학 때 내려온 대학생 오빠들이 우리 집이 내려다보이는 언덕배기에서 하모니카를 불어대면서 나를 꼬실라고 애썼제. 어떤 오빠는 나를 볼라꼬 무턱대고 집으로 들어왔다가 혼난 적도 있지라우.

왜 왔냐고 물응개 외양간 소를 구경하러 왔다고 엉뚱한 대답을 혀갖고 박장대소를 혔당깨."

아내는 지금도 소싯적을 회상할 때면 자신이 친정에서 누렸던 이런 저런 얘기를 꿈꾸듯 늘어놓는다. 그럴 때마다 말미에 우스개 삼아서 꼭 덧붙이는 말이 있다.

"막상 시집을 와 봉개 신랑이 '빨갱이'였는디 그것도 모르고 순전히 속아서 결혼을 혔당깨. 솔직히 빨갱인 줄 알았으면 우리 집에서 나를 보내기나 혔것소? 어림 반 푼 어치도 없지."

물론 웃으면서 하는 소리다. 우리가 혼인을 맺은 지 벌써 60년 세월이 흘렀지만, 지금도 아내를 생각하면 미안할 뿐이다. 하지만 귀하게 자란 처자를 데려다 고생을 시킨 것이 미안하다는 것이지 백번 생각해도 잘한 결혼이었다. 그런 점에서 나는 죽을 때까지 "빨갱이인 줄 모르고 속아서 시집왔다"라는 아내의 허물없는 얘기를 진심으로 이해하고 또 아내를 사랑한다.

당시에는 처녀가 열일고여덟 살이 되면 시집을 보냈다. 아내 한옥연도 사방에서 청혼이 쇄도했다. 아내의 말에 의하면 청혼단자(請婚單子)가 집 안에 가득했다고 한다. 좀 과장된 말 같지만 그래도 좋다. 이런 아내를 평생의 반려자로 맞이한 것은 순전히 행운이자 복이었다.

이렇게 신분차이가 컸던 우리 부부가 혼인을 맺게 된 사연을 말하자면 '과객(過客)'이라는 매우 특별한 손님을 말하지 않을 수 없다.

"지나가는 길손인데 하룻밤 유(留)했으면 하오."

"그러시오. 마침 사랑이 비었으니 며칠이든 지내다 가시오."

이런 대화에 등장하는 옛 시절의 그 과객을 말이다. 그런데 해방 직후의 과객은 날이 저물어 하룻밤 묵고 갈 것을 청하는 그런 길손이 아니었다. 당시에는 글깨나 쓴다는 사람들 중에 아예 직업적으로 이곳저곳을 떠돌아다니는 사람들이 있었다. 이들은 부잣집 사랑방에 식객으로 묵으면서 주인과 격조 높은 담소를 나누기도 하고, 눈여겨봐 두었던 규수와 총각을 서로 맺어주기도 했다.

우리 최씨 집안에도 이런 과객이 한 분 계셨는데, 내 아저씨뻘 되는 어르신이었다. 그는 과객으로 여기저기를 돌아다녔다. 바로 그분이 아내와 나를 부부로 맺어준 분이다. 남원의 매평(梅平) 출신인 그분을 사람들은 '매평양반'으로 불렀다. 그가 한씨 집안에 과객으로 드나든 것은 제법 오래되었다. 아재뿐만 아니라 다른 과객들도 의당 한씨 댁을 들렀다. 우선 과객을 대하는 그 집주인의 마음이 극진했고, 안주인께서 음식을 잘하기로 소문이 자자했다.

"음식 잘혀 주고 손님 접대 잘헌다고 소문이 낭개 우리 집 사랑채엔 맨날 손님이 있었당깨요. 글고 과객이 머물 집이 우리 집 말고는 없었어. 국시 한 그릇을 말더라도 그냥 대충해서 내오지 않았제. 밀가루 방애를 찧으면 그중에서도 고운 속가루를 따로 받아 계란 흰자를 빼서 그걸로 반죽을 했제. 그렁개 국시 가닥이 얼마나 찰지고 맛난지 몰라. 닭을 잡아 뼉따구째 다져서 송이버섯 볶음을 하고, 그 귀한 민물참게장을 대접했응개 알 만허지. 쇠괴기랑 도야지 괴기는 단골로 대주는 칼잽이들이 있었어. 그 좋은 괴기로 장조림을 해서 밥상에 내놓응개 얼매나 대접이 극진했는지 몰라. 밥상 물리고 나면 일본차를 주전자에 끓여서 내놓고……."

이런 집안에서 자랐기 때문일까? 아내는 친정에 비하면 턱없이 가난한 우리 집안에 시집을 왔어도, 음식을 조리하고 차려내는 것에 정성을 아끼지 않아 음식이 항상 정갈했다. 이 나이 되도록 내가 비교적 건강한 것은 순전히 아내의 음식 수발 덕이었다.

아재는 한씨 집안에 자주 출입하면서 아내의 조부와 약주도 나누고 바둑도 두는 막역한 사이가 되었다. 평소에 그 집안의 딸을 눈여겨봤던 아재는 중매를 자청하고 나섰다. 아재는 자신이 만나본 신랑감들에 대해서 아내의 조부께 이러쿵저러쿵 평을 늘어놓았다.

"전주에 사는 이씨 집안에 준수한 총각이 있다고 해서 직접 이것저것을 좀 알아봉개 가문이 괜찮으면 사람이 변변찮고, 사람이 괜찮으면 집안이 볼품없어서……."

며칠이 지난 후에 다시 한씨 집에 가서는 또 이렇게 얘기한다.

"임실 읍내도 몇 군데 가봤는디 신통치 않고, 전주 과수원집도 가보고 남원 읍내에 가서 장래가 창창한 신랑감도 만나봤는디 영 마음에 차지 않는구만이라우."

그러고는 뜸을 들이다 말했다.

"다만 남원군 이백면 양가리에 최정범이라는 청년이 살고 있는데 키도 훤칠허고 용모도 준수한 것이 정직하고 영리한 데다 효성도 지극해서……."

아재는 나를 신랑감으로 거침없이 소개했다. 아마 아재는 일찌감치 집안 조카인 내 배필로 그 한씨 가문의 장녀를 점찍어 두고 있었던 모양이다. 혼담은 일사천리로 무르익어 갔다. 아재의 의견에 호감을 느낀 아내의 조부는 일단 신랑감을 만나보자고 했다.

그런데 문제가 생겼다. 이미 우리 마을에는 아내 한옥연의 고종사촌 언니가 시집을 와서 살고 있었다. 이장 며느리가 아내인 한옥연의 고모의 딸이었기 때문에 아내의 조부에게는 외손녀가 된다. 만약 아내의 조부께서 양가리에 온다면 이장의 며느리인 외손녀에게 최정범이 어떤

젊은 시절의 최정범. ⓒ최정범

사람이냐고 꼬치꼬치 물을 것이고, 그렇게 되면 결국 내가 과거 좌익 활동으로 소년원에 복역했던 내력까지 모두 알게 될 것이 뻔했다.

더구나 아내의 고종사촌 언니 역시 '속아서 시집왔다'는 피해의식이 있었다. 처음 혼담이 오갈 때 중매쟁이는 신랑감이 남원군청에 근무하는 공무원이라고 소개했다. 그런데 막상 시집을 와보니 남편의 직업이 가을에 곡식을 공출할 때 쇠 주걱을 가마니에 푹 찔러서 곡물의 등급을 매기는 '나락

검사원'에 불과해 실망했다는 것이다. 공무(公務)를 담당하니까 공무원인 것은 맞지만, 아마도 혼담이 오갈 때 나락 검사원인 줄 알았으면 시집오지 않았을 것이란 얘기였다.

아재는 이장에게 며느리의 입단속을 당부했다.

"한씨 집안 규수를 무슨 일이 있더라도 우리 정범이 배필로 맺어주고 싶네. 근데 자네 메느리가 이러쿵저러쿵 아무 얘기나 다 혀불먼 혼사가 깨질 염려가 있응개 잘 부탁허네잉."

이장은 아들을 통해 며느리의 입단속을 시켰다. 드디어 아내의 할아버지가 우리 동네에 왔다. 아재는 우선 조부를 이장네 집으로 모시고 음식을 극진히 대접한 다음 우리 집에서 나를 선보였다. 그때 마침 우리 가족은 작지만 아담한 새 집을 지어 살고 있었기 때문에 처갓집 어른이 보시기에 부끄러운 모습은 아니었다. 농사도 먹고살 만큼은 짓고

있어 그리 구김살이 질 것은 없었다.

　사실 나는 그때까지도 처의 할아버지가 어떤 과정을 거쳐서 자신의 손녀 사윗감 후보로 나를 만나게 되었는지 그 이전의 사연을 전혀 모르고 있었다. 내가 지금의 아내와 결혼하게 되기까지 아재의 역할이 컸다는 사실은 나중에야 들어서 알게 되었다. 그렇다면 그 한씨 댁 어르신 눈에 나는 어떻게 비쳤을까? 아내가 후일담으로 들려준 이야기는 이렇다.

　"우리 할아부지가 남원 이백면에 가서 신랑감을 만나고 오셔서 아주 기분 좋아하셨지라우. 인물도 좋고 키도 훤칠하고 명주 바지 적삼을 채려입은 모냥이 기품이 넘치더라고 칭찬하셨당깨요. 거기다가 글을 써 보랑개 글도 아주 잘 썼제. 인물 잘생겼제, 배울 만큼 배웠으면 되았제 바랄 게 뭐가 더 있냐고 허시면서 밤새 술을 드셨지라우. 얼매나 기분이 좋으셨것소. 우리 아부지도 그 모습을 봄시롱 '아버님이 얼매나 좋으셨으면 저렇게 기분 좋게 약주를 잡수신다냐?' 그러시더랑깨요."

　아내의 말에 의하면 애당초 처가에서는 신랑감을 고를 때 재산은 고려대상이 아니었다고 한다. 오수(임실군 오수면)에 처가 소유의 농장이 있었는데 그 농장에 기와집도 한 채 딸려 있었다. 그래서 처조부의 계산은 손녀를 결혼시키고 나서 손녀사위에게 그 농장 관리를 아예 맡길 셈이었다고 한다. 만일 내가 전쟁 통에 빨치산 등 좌익 활동을 하지 않고 지극히 평범한 삶을 살기를 원했더라면, 내로라하는 부잣집의 사위가 되어서 처가로부터 물려받은 농장을 관리하면서 편하게 살았을 것이다. 하지만 그런 삶은 내 인생과는 거리가 있었다.

　결혼을 했다. 1949년 10월 25일, 양력으로는 12월 14일이었다. 물론 혼례식은 전통에 따라 신부 집에서 치렀다. 아내는 지금도 당시 처갓집에서 그 결혼식을 얼마나 성대하게, 그리고 정성 들여 준비했는지를 애기할 때면 으레 "결혼식 준비하느라고 넉 장을 봤다"라는 말을 빠뜨리지 않는다. '넉 장'이란 네 군데의 오일장, 즉 남원장·임실장·오수장·전주장을 두루 돌면서 혼수를 준비하고 손님 접대를 위한 장을 봤다는 뜻이다.

결혼식을 올린 후에 처가에서 닷새를 머문 다음 신부는 거기에 두고 나 혼자만 집에 왔다. 신부의 가정형편이 가난한 경우 혼례를 마치고 초야를 치른 다음 신부를 바로 시댁으로 보내고 형편이 좀 나은 집은 신부를 닷새쯤 처가에 머물게 했다가 보내기도 했으나, 좀 산다는 집의 경우 길게는 1년쯤 신부를 친정에서 데리고 있다가 보내기도 하는 것이 당시의 풍습이었다. 나는 식을 올린 지 닷새 만에 본가로 돌아갔고, 신부는 아예 다음 해 가을걷이가 끝난 후 우리 집에 오기로 했다. 물론 내가 처가에 가끔 왕래하면서 각시를 상봉하는 것은 허용되었다.

그런데 결과를 말하자면, 나는 혼례식을 치른 지 3년이 넘어서야 아내를 집으로 데리고 왔다. 결혼한 지 약 6개월 뒤에 전쟁이 터졌기 때문이다. 나와 아내의 신혼 생활은 처음부터 순탄치 않았다.

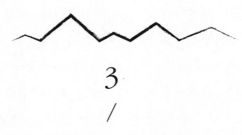

3

/

6·25 전쟁, 그 격랑 속으로

나는 인공기를 들었다

아내가 아직 친정에 머물고 있는 상태였기 때문에 아직까지는 결혼을 했다는 사실이 실감나지 않았다. 그때 난 약관을 막 벗어난 스물두살의 청년이었다. 하지만 나는 결혼 전과는 다른 막중한 책임감을 느끼고 있었다. 물론 당시에는 근면하고 성실하기로 소문난 아버지가 집안일을 도맡으셨지만, 언젠가는 그 가장의 역할을 고스란히 내가 맡아야했다. 부모와 조부모를 모셔야 하는 것은 물론 머지않아 처자식까지 거느려야 한다고 생각하니 어깨가 무거웠다. 그래서 결혼 전과는 또 다른각오로 아버지의 농사일을 도왔다.

해방이 되었다고 하지만 농촌 현실은 아직 크게 달라진 것이 없었다. 광복 직후인 1945년 10월, 종래의 고율 소작료를 수확량의 3분의 1 이

하로 제한한다는 군정법령 제9호가 발표되었다. 이와 같은 소작료 조정 등 농지정책에 대한 논의는 군정이 끝나고 정부를 수립한 이후에도 정치권에서 수없이 진행되었다. 그리고 이 과정에서 지주가 소유한 농지에 대한 개혁입법이 만들어지기도 했으나 한민당계 지주 출신 국회의원들의 의도적인 입법 연기 활동 등으로 인해 제대로 된 농지개혁이 이루어지기가 어려운 상황이 이어졌다. 농림부에서는 농지개혁법에 따라 소작농의 자작지화(自作地化)를 추진한다고 했으나 그 양도(讓渡) 절차와 조건 등이 지주에게 유리한 쪽으로 진행되고 있었고, 본격적인 시행 이전에 전국적인 실태 조사를 실시한다고 했지만 그마저 자꾸만 연기되는 형국이었다.

따라서 1950년 6·25 전쟁이 발발하기 직전까지, 적어도 내가 사는 이백면 양가리의 소작농이 처한 형편은 일제 강점기의 그것과는 큰 변화가 없었다. 당시 우리 집에서 자작(自作)한 논은 600평(약 세 마지기)이었는데, 여전히 3000평 정도의 논은 소작으로 짓고 있었다. 또한 소작농지의 지주는 여전히 운봉 출신의 그 만석꾼이었다.

하지만 달라진 점은 있었다. 예전에는 해마다 가을이면 지주 쪽에서 사람을 보내 작황을 간평한 다음 소작료를 책정했고, 그러면 소작인이 추수를 하고 나서 책정된 만큼의 소작료를 곡식으로 냈다. 그리고 그것을 일제가 현물(쌀)로 가져가고 그 쌀값을 돈으로 환산해서 지주들에게 지급했다. 해방 뒤에도 소작료를 징수하는 방식은 똑같았으나 다만 중간에 일제의 역할이 빠지고 지주가 직접 쌀을 거두어 간다는 점만 달랐다.

1950년 6월 25일, 나는 이른 아침부터 동네 '갯골'이라는 곳에 있는 이웃집 논에서 친구들과 함께 품앗이 김매기를 하고 있었다. 볏논의 김을 맬 때 보통 초벌매기는 논바닥의 김(잡풀)을 호미로 파는 식으로 작업을 하고, 재벌매기는 많이 자란 무성한 풀을 손으로 뽑아내는 식으로 일을 했다. 재벌매기를 할 때쯤 되면 나락이 무릎 위쪽까지 훌쩍 자라 있어서 김매기를 마치고 나면 볏 잎에 스친 목 언저리가 온통 벌겋게 달아오르기 일쑤였다.

김을 매다가 잠시 논둑으로 나와 앉아 땀을 식히고 있는데 갑자기 비행기 몇 대가 짧은 간격으로 굉음을 내며 날아갔다.

"먼 일이다냐?"

"긍개 말여, 먼 놈의 비향기 소리가 저렇게 크디야."

"비향기가 저렇게 나찹게 날아댕긴 건 첨 보네."

"아, 정범이 자네는 일본에 징용도 갔다 왔는디 저런 비향기는 자주 봤을 거 아녀?"

친구들의 시선이 내게 쏠렸다. 나라고 갑작스럽게 창공을 휘젓고 지나간 그 비행기의 정체를 알고 있을 리 없었다. 다만, 삿포로에 가는 도중 도쿄에 잠시 머물렀을 때 기종은 다르지만 미군의 B-29 폭격기가 굉음을 내며 날아가던 순간이 떠올랐다. 방금 지나간 비행기가 미군 전투기일 것 같다는 생각이 들었다. 전투기의 출현은 그 뒤로도 이어졌다. 때로는 높이 때로는 아주 낮게, 때로는 북쪽으로 때로는 동쪽으로 날아갔다. 우리는 김매기를 작파하고 서둘러 집으로 돌아갔다가 라디오가 있는 친구네 집에 다시 모였다.

"어메, 어쩌까이. 전쟁이 나부렀다네. 인민군이 38도선을 넘어 서울로 내려왔디야!"

마을에서 유일하게 트랜지스터라디오를 갖고 있던 친구가 흥분한 목소리로 외쳤다. 라디오에서는 속보가 방송되고 있었지만 너무 짧은 내용만을 되풀이하고 있었다.

……긴급 뉴스를 말씀드립니다. 오늘 새벽 공산 괴뢰군이 38도선 전역에 걸쳐 전면 공격을 개시했습니다. 그러나 우리 국군이 반격을 가해 괴뢰군을 격퇴했습니다. 국민 여러분은 안심하십시오……

뒷날 알려진 바에 의하면 전쟁 발발에 대한 첫 뉴스가 전파를 타던 이 시각에 실제로는 인민군이 38도선을 돌파해 남쪽으로 진격하고 있었다고 한다. 그러나 당시 나는 '아! 전쟁이 났구나' 하는 생각만 했을 뿐, 당장 눈앞에 손에 잡히는 피해가 없었기 때문에 다음 날에도 들로 나가서 농사일을 계속했다. 전라도의 시골 마을에 살고 있던 내가 전쟁의 급박한 진행 과정을 알지 못했음은 당연한 일이었다. 아래는 당시 초전(初戰)의 상황을 훗날 따로 공부해 요약한 것이다.

1950년 6월 26일 아침, 신성모 국방장관이 방송에 나와 "국군이 인민군을 물리치고 북진 중에 있다"라는 내용의 담화를 발표했다. 사흘째 되던 날인 6월 27일 새벽에 비상 국무회의가 열렸지만 이승만 대통령은 이미 열차 편으로 은밀히 서울을 탈출한 뒤였다. 대전에 도착한 이승만은 곧 특별담화를 녹음해 6월 27일 밤 9시부터 서울중앙방송국의 전파로 이 담화를 전 국민에게 송출했다. "우리 국군이 지금 용감하게 적군을 물리치고 있습니다. 국민과 공무원은 정부 발표를 믿고 동요하지 마십시오. 대통령인 본인도 서울을 떠나지 않고 국민과 함께 서울을 지키고 있습니다." 이승만은 다음 날인 6월 28일 새벽 2시 30분 아무 예고도 없이 한강대교를 폭파시킨다. 쉰 대 이상의 차량이 물에 빠지고, 피란길에 올라 다리를 건너던 500명 이상의 시민들이 사망했다. 이때 이미 서울은 인민군 치하에 들어갔다. 7월 3일, 한강을 건넌 인민군이 파죽지세로 남진했다.

사실 나는 전쟁 초기에는 상황이 어떻게 돌아가는지를 거의 파악하지 못하고 있었다. 그런데 닷새가 지나고 일주일이 경과하자 내가 사는 남원의 상황도 긴박하게 돌아가기 시작했다. 남하중인 인민군이 곧 남원에 입성할

서울 시내를 질주하는 북한군 전차.*

것이라는 소식이 들려오자, 경찰은 물론이고 면 직원을 포함한 지방 행정관서에서 일하던 사람들이 줄줄이 관청을 비우고 모습을 감췄다. 일제 강점기 친일을 했던 사람들 일부도 부랴부랴 보퉁이를 쌌다. 그러나 다른 주민들은 별다른 동요 없이 평상을 유지하고 있었다.

전쟁이 발발한 지 일주일쯤 지났을까. 같은 동네 출신인 안승진이 나를 찾아왔다. 그는 나보다 나이가 두 살 위였는데, 과거 나와 좌익운동을 함께했던 사람이었다.

"곧 인민군이 올 텐디, 그때까장 우리가 가만히 있어도 될랑가 모르겠네."

"긍개 뭔가 혀야 한다고 생각은 허는디 뭐설 어떻게 혀야 할지 모르겠구만이라우."

"인자 세상이 바뀔 텐디, 일제 때 일본 놈들 앞잽이 노릇을 혔던 놈들부터 손봐야 쓰겄어."

"근디요. 그것도 좋지만 시방 경찰들도 다 숨어버리고 없당깨요. 그렁개 시방 치안이 말이 아니랑깨요. 우리가 치안조직을 맹글어 질서유

• 앞의 책, 330쪽 재인용.

지를 먼저 혀야 헐 것 같은디요?"

"그려, 자네 말이 옳네그려. 그러믄 사람부터 모아보세!"

우리는 의기투합했다. 곧 이백면에서 우리와 뜻을 함께할 대여섯 명의 동지를 규합했다.

이후의 이야기를 계속하기 전에, 갑작스러운 전쟁 상황에 직면해 당시 나와 안승진 등의 동지들이 그 전쟁의 성격을 어떻게 받아들이고 있었는지, 그리고 남과 북에 각각 수립된 정부를 어떻게 이해하고 있었는지를 짧게라도 밝혀둬야 할 것 같다. 그래야 이후 인민군 치하가 되었을 때 우리가 왜 자발적으로 '인민위원회'를 다시 결성해 활동했고, 또 이후에 왜 우리가 빨치산 활동으로까지 나아가게 되었는지 그 배경을 이해할 수 있을 것이기 때문이다.

1948년, 남과 북에 각각 단독정부가 들어섬으로써 통일정부 수립은 물거품이 되었다. 더구나 내 눈에 비친 남녘의 이승만 정부는 너무나도 실망스러운 모습이었다. 해방 이후 독립운동에 투신했던 선각자들로부터 기초적으로나마 사회주의 세례를 받고서 그 '매력'에 경도되었던 나는 사회주의에 기반을 둔 평등세상이야말로 장차 들어설 해방조국의 이상적인 모습이라고 꿈꿨다. 하지만 현실에서는 그 반대 성격의 체제가 들어서고 말았다.

해방이 되었다고는 하나 친일 지주는 여전히 지주의 위세를 누리고 있었고 소작인은 변함없이 빈한한 소작농이었다(적어도 전쟁 발발 이전까지의 상황은 그랬다). 또한 미군정 치하의 상황에서 포고령 위반으로 소년원을 두 군데나 전전했던 내게 남쪽의 정부는 독립성을 상실한, 미국에 예속된 정부로밖에 보이지 않았다.

광복을 맞이했을 때 나는 당연히 일제 강점기에 일본에 아부해 권세를 누렸던 '부일협력분자'들이 해방된 조국에서는 철저히 응징될 것이라고 믿었다. 그런데 제헌국회에서 만든 '반민족행위특별조사위원회(반민특위)'가 친일분자들의 죄상을 밝혀 엄벌에 처하기는커녕, 이승만 정권의 방해공작으로 결국 1949년 10월에 특별검찰부 및 특별재판부와 더불어 해체되는 모습을 보고 나자 분노가 치밀었다. 일제에 의한 강제징용을 두 차례나 경험했던 청년의 눈으로 바라봤기에 그 실망감은 말로 표현할 수 없었다.

그렇다고 북쪽에 들어선 김일성 정권에 대해 정확한 정보를 갖고 있었던 것은 아니었다. 이리저리 흘러 다니는 소문만을 들었을 뿐이다. 다만 몇 가지는 알고 있었다. 북쪽에 들어선 인민공화국 정부는 당시 내가 매력을 느끼고 있던 사회주의를 지향한다는 것, 그리고 그 정권을 이끄는 김일성이 항일 무장투쟁을 했던 인물이라는 것, 그래서 항일투사들을 우대하고 일제에 부역했던 사람들을 철저히 색출해 처벌했다는 것, 남쪽의 정부가 미국의 '괴뢰정부'였던 데 반해 북한은 정부 수립 후 소련군이 바로 물러감으로써 외세의 개입 없이 독립정부의 위상을 갖출 수 있게 되었다는 것……. 나는 대체로 이렇게 들었고, 또 이렇게 이해하고 있었다.

특히 일제 강점기에 항일투쟁을 했던 사회주의 계열의 인사들이 대부분 북쪽으로 올라갔으니, 그런 사람들이 참여하고 있는 북조선인민공화국이라는 정권이 남녘을 해방시킨다면 통일조국을 이룰 수 있을 것이라는 믿음이 생겼다. 그런 생각을 갖고 있던 나와 내 동지들에게 38도선을 넘어 남하하고 있는 인민군은 쌍수를 들어 환영해야 할 해방군이었다. 나는 인민군이 통일전쟁에 승리하는 데 일익을 담당하겠다고 다짐했고, 그들이 입성하기 전에 내가 거주하고 있는 지역에서나마 사전 준비 작업을 열심히 하는 것이 그 방법이라고 생각했다.

전쟁이 발발한 지 일주일쯤이 되었을 때 경찰 등 공무원들은 관공서를 비우고 완전히 떠나버렸다. 인민군이 익산과 전주를 거쳐 남원을 점령한 때가 7월 20일쯤이었으니, 거의 20일 동안 이 지역은 치안과 행정이 공백 상태에 처해 있었다. 그래서 우리가 만든 것이 '자치위원회'였다. 자치위원회의 회원이라고 해봤자 대여섯 명에 불과했지만, 남원군에서 치안유지를 위해 자치조직을 결성한 것은 아마도 이백면이 가장 먼저였을 것이다.

치안유지 활동과 더불어, 전쟁의 진행 상황을 파악하는 일도 중요했다. 서울중앙방송에서는 '국군이 철통방어를 하고 있으니 국민 여러분은 안심하라'는 말만 되풀이하고 있었다. 답답한 시간이 이어질 무렵, 자치위원회 회원 중 한 명이 단파 라디오를 들고 나타났다. 그것으로 북한방송을 들을 수 있다는 것이었다. 그는 라디오를 듣고서 우리에게 수시로 전황을 알려줬다.

"이미 6월 28일에 서울을 점령혀부렀디야!"

"6월 30일에 인민군이 한강을 건넜단디?"

"7월 4일에는 김일성 수상을 인민군 최고사령관으로 임명했다네그려. 글고 최고인민위원회 상임위원회에서 남한의 해방지구에 토지개혁을 실시허겠다는 정령을 발표했다네."

"인민군 기갑부대가 대전을 점령해부렀단다."

단파 라디오를 통해 입수한 소식을 듣고 마음이 들떴다. 우리는 주로 야외에서 모임을 가졌다. 이백면과 남원읍의 경계에 요천(蓼川)이라는 하천이 있었는데, 그 요천의 폐문마을 어름에 섶 다리가 놓여 있었다. 그쪽 인근의 야산 소나무 밑이 우리가 모임을 갖는 장소였다. 수시로 비행기가 왕래하고 있었기 때문에 우리는 탁 트인 개활지를 피해 언제라도 은폐가 가능한 산자락의 소나무 그늘을 아지트로 택했다.

7월 중순이었던 것으로 기억된다. 그날도 우리는 비행기의 관측을 피해서 소나무 밑에 앉아 인민군이 언제 올 것인지, 인민군이 남원에 당도하면 무엇을 어떻게 할 것인지에 대해 이야기를 나누고 있었다. 모임을 주도한 사람은 안승진이었다.

"쉿! 저그 봐라. 군인이그마이!"

누군가 다리 쪽을 가리키며 속삭이듯 말했다.

"참말로 군인이네."

"총을 들고 있구마잉."

"혹시 인민군인가?"

"그럴 리가 없어. 인민군이라면 저그서 올 리가 없제."

"그러믄 국방군?"

우리는 바닥에 납작 엎드린 채로 그의 동태를 주시했다. 전시에 장총까지 소지하고 나타났으니 틀림없는 군인이었을 텐데 언뜻 보기에 복장은 군복 차림이 아닌 것 같았다. 섶 다리를 건너는 그 군인을 선봉으로 해 그 뒤로 줄줄이 부대가 들이닥칠 줄 알았는데 가만히 지켜보니 달랑 혼자였다. 장총 한 자루를 어깨에 멘 모양이 꼭 무슨 패잔병 같았다. 아니면 부대를 이탈한 탈영병 같은 느낌이 들기도 했다. 우리는 긴장했다. 우리 쪽에도 총이 한 자루 있기는 했다. 모임을 이끄는 안승진이 치안을 유지하려면 총이 있어야 한다면서, 어디서 구했는지 녹슨 칼빈 소총 한 자루를 가지고 다녔다. 탄약은 있는지, 격발은 제대로 되는지 쏘아보지 않아서 알 수가 없긴 했지만.

그 정체 모를 군인은 섶 다리를 건너 조금 더 걸어가더니 골짜기의 콩밭 언저리에 앉아서 휴식을 취했다. 그 사이에도 미군 전투기가 간헐적으로 날아다니고 있었다.

"최정범! 자네가 접근해서 저놈을 잡아오게!"

안승진이 나를 지목했다. 우리는 군사조직도 아니었고 일개 자치조직일 뿐이었는데, 내겐 그의 말이 마치 전시에 지휘관이 내린 공격명령처럼 엄중하게 느꼈다.

"우리가 뒤에서 매복을 허고 지켜볼 텡개 자네가 알아서 해봐."

"알것습니다!"

난 두말없이 몸을 일으켰다. 당시에 나는 힘이 넘치고 동작도 날렵했으므로 경계심 없이 퍼져 앉아 쉬고 있는 군기 빠진 사내 하나쯤이야 때려눕힐 자신이 있었다. 나는 몸을 낮추고 조심스럽게 소나무 밑에서 걸어 나와 콩밭으로 넘어가 엎드렸다. 6월이라 콩밭은 한창 우거져 있었다. 콩밭 이랑에 엎드려 포복으로 전진해 적당한 거리까지 다가갔다고 판단한 나는 들고 있던 막대기를 들어 올려 마치 소총인 듯 그를 향해 겨누면서 소리쳤다.

"손들엇!"

깜짝 놀란 그 병사가 두 손을 들고 벌떡 일어났다.

"사, 사, 살려주세요!"

그 병사는 겁에 질려서 온몸을 떨었다. 우리는 병사에게 다가가 무장을 해제했다. 총과 약간의 탄약도 획득했다.

"나는 죄진 것 없응개 살려주쇼잉."

"괜찮응개 손 내려. 당신 죽이려는 거이 아닝개 걱정허지 말고."

그제야 그 남자가 안도의 한숨을 내쉬었다.

그는 장수군 사람이었는데 국방경비대에 끌려갔다가 군대에 편성되었다고 했다. 인민군이 남하한다는 말을 듣고 겁이 나서 도망쳐 나와 고향으로 가는 길이라고 했다. 우리는 그에게 장수로 가는 지름길을 알려줬다.

맨손에 막대기를 들고 수행한 내 첫 전투는 매우 성공적이었다. 우리가 노획한 소총은 '99식(구구식) 소총'이었다. 이 소총은 일본군이 무장해제 된 뒤 한반도에 남겨놓고 간 소화기의 일부였다. 당시 일본군이 사용했던 화기 중에는 구구식 소총 외에도 '38식(삼팔식) 소총'도 있었다. 이 소총들은 국군의 전신인 국방경비대 등에 유입되어 유용하게 활용되었다. 길이는 M-1 소총보다 길었고 사정거리도 더 길었으나 연발사격이 불가능한 단발식이었다.

그 일이 있은 후 우리는 모임의 이름을 군대식으로 고쳤다. '야산대(野山隊)'가 그것이었다. 병정놀이 수준이라고 비웃을지 모르지만 그래도 야산대는 소총을 무려 두 자루나 확보한 무장투쟁이 가능한 게릴라 조직이었다. 누가 알아주든 말든 우리는 그렇게 생각했다.

"시방 인민군이 전주를 접수했다. 내일 선발대가 남원에 들어올 것이다!"

야산대의 대장인 안승진이 기다리던 소식을 전해줬다. 우리는 가슴이 두근거렸다.

"우리 야산대가 내일 읍내에서 인민군 환영대열에 참여할 텐디 빈손으로 갈 수는 없제잉?"

"긍개 뭘 갖고 나가야 헌다요?"

"깃발을 들고 나가자."

"깃발이요? 우리 야산대 깃발?"

"아니, 인공기 깃발."

"인공기를 어디서 구헌다요?"

"우리가 시방 만들어야제!"

우리는 안승진의 지휘하에 인공기 제작에 들어갔다. 북쪽에서는 '공화국 국기'라고 부른다는 그 깃발을 우리 손으로 직접 그리게 될 줄은 꿈에도 몰랐다. 파란색, 빨간색, 파란색을 위에서 순서대로 비율에 따라 배치하고 그 사이로 두 개의 가느다란 흰색 선을 그렸다. 빨간색이 칠해진 부분 좌측에 오각형의 별도 그렸다. 안승진이 연필로 밑그림을 잡아주지 않았으면 어림도 없는 작업이었다.

"인공기에는 왜 별이 들어 있다요?"

"오각형의 별은 공산주의 사회의 건설을 의미하는 것이고, 가운데 붉은 색은 공산주의의 혁명 정신을, 위와 아래의 파란색은 평화를 상징하는 것이구면."

"인공기, 아니 공화국 국기는 언제부터 사용한 것이다요?"

"해방 직후에는 북녘에서도 태극기를 사용했는데, 남북이 따로따로 정권을 수립하면서부터 이 깃발을 사용했다고 그러더라."

다음 날 우리는 직접 그린 깃발을 앞세운 채 국방경비대 탈영병으로부터 빼앗은 구구식 소총 하나를 높이 치켜들고서 당당한 보무로 남원 읍내로 나갔다.

이윽고 싸이카 부대가 등장해 환영 인파 앞에 멈춰 섰다. 경기관총이 장착된 소련제 3인승 오토바이 행렬을 사람들은 싸이카 부대라고 불렀다. 차량에서 인민군 장교가 내리더니 사람들을 향해 큰 소리로 말했다.

"동무들, 수고했소!"

환영 나온 사람들도 화답했다.

"남조선 해방을 위해 내려오신 인민군 동지들을 환영합니다!"

인민군 장교가 인공기를 치켜든 우리 앞에 와서 특별히 감사를 표했다. 야산대 대장 안승진이 자랑삼아 말했다.

"우리는 스스로 야산대를 조직해서 당신들을 맞이하려고 준비하고 있었습니다!"

우리는 그들과 긴 얘기를 나누고 싶었으나 그들은 본대에 앞서 선발대로 왔기 때문에 남원에서 하룻밤만 묵고 전라남도를 향해 떠난다고 했다. 그 후속부대는 사흘 뒤에야 남원에 도착해 진주했다.

첫날 환영행사를 마친 우리는 읍내에서 잘 수는 없었으므로 일단 마을로 돌아왔다. 다음 날 다시 읍내로 나갔더니 각 면에서 그동안 은신해 있던 좌익들이 대거 몰려나와 있었다. 그들은 전황에 관한 정보도 교환하고 앞으로의 전세를 점치는 등 이야기꽃을 피우고 있었다. 인민군의 전도에 대해 모두 낙관적이고 희망적으로 이야기했다. 누군가 정리하듯 이렇게 말했다.

"이런 속도로 진격해 내려가면 며칠 안 가서 부산까지 해방시킬 수 있을 것이다!"

인민재판에 선 사람들을 구명하다

한바탕 환영식이 끝나자, 이백면 소재지 과립리에 사회주의 활동가들이 모였다. 야산대 대원은 물론이고 그동안 이백면에서 자치위원회 활동을 해오던 사람들과 숨어 지내던 활동가들까지 모두 모였다. 우리는 그 자리에서 '이백면 인민위원회'의 결성을 결의했다. 새로 결성한 인민위원회의 위원장으로는 안승필이 천거되었다. 이 사람은 당시 40

대였는데 한학에 조예가 깊었고, 일찍이 좌익 활동을 해온 사람이었다. 야산대 대장 안승진과는 같은 집안의 사람이었다.

"인민군의 남하 소식을 듣고 관내 경찰과 지방행정관서의 공무원들이 피란한 바람에 이 지역은 치안과 행정 업무가 모두 공백 상태에 빠졌습니다. 그런 가운데 우리가 나름대로 최소한의 치안과 질서를 유지하기 위해 활동을 해왔습니다. 그러나 이제는 사정이 달라졌습니다. 이제 우리 고장은 명백히 조선민주주의인민공화국 군대에 의해 해방이 된 것입니다. 따라서 이제부터 우리는 주인의식을 가지고 새로운 자치조직을 만들어서 능동적으로 활동을 해나가야 합니다. 우선 치안을 확보하는 것이 일차적인 활동 목표이며……."

나중에 '남원군 인민위원회'와 '전라북도 인민위원회'가 생기게 되지만, 그런 상급 단위의 조직이 만들어지기 이전에 우리가 맨 처음 자체적으로 면 단위의 인민위원회를 만든 것이다. 우리는 늘 그렇게 앞서 나갔다.

나는 이백면 인민위원회 자위대장의 직임을 맡았다. 내가 통솔할 자위대원으로 대여섯 명의 청년들이 배치되었는데 모두 나보다 나이가 위였다. 자위대의 첫 번째 임무는 치안유지였다. 이 임무 중에는 북쪽에서 내려온 피란민들에 대한 검문검색도 포함되어 있었다. 남원군 이백면은 조선시대에 응령역참(應嶺驛站)이 있던 곳으로, 구례·운봉·장수로 통하는 교통의 요지였을 뿐만 아니라 경상도 함양을 거쳐 거창·대구 방면으로도 통하는 삼남대로였다. 따라서 북쪽에서 인민군에 밀려서 부산을 포함한 경상도 지역으로 내려가는 피란민들은 반드시 이곳을 거쳐 가게 되어 있었다.

자위대는 이백면 지서 앞에 검문소를 차리고 검문검색을 실시했다.

피란민 중 과거 경찰에 몸담은 적이 있는 사람 등 '반동분자'를 색출하라는 명을 받았으나 자기 입으로 그것을 실토하는 경우는 거의 없었으므로 대부분의 피란민들을 그냥 통과시켰다. 우리는 주로 무기를 소지했는지의 여부만 조사했다. 경찰관으로 근무하던 사람이 권총을 숨긴 채 피란민 대열에 섞여 검문소를 지나다가 붙잡힌 경우도 있었다.

그런데 그 무렵 우리 지역에 '무서운 사람들'이 나타났다. 그들은 자신들의 소속을 '백두산부대'라고도 하고 혹은 '압록강부대'라고도 했다. 물론 국방군이든 인민군이든 내부에 그런 군사조직은 없었다. 그렇다고 그들이 북에서 내려온 사람들이라고 볼 수도 없었다.

인민군은 38도선을 돌파해 남하하면서 대전교도소나 전주교도소 등에 수감되어 있던 죄수들 중 좌익 활동을 하다가 미군정 포고령 위반 등의 혐의로 잡혀서 옥살이를 하고 있던 사상범들을 대거 석방했다. 그냥 석방해서 방면하는 데에 그치지 않고, 그들에게 형무소에서 교도관들이 소지하고 있던 일제 구구식 소총 등을 지급해 무장을 시켰다. 인민군은 그들을 군대에 편제하지 않고 별도의 조직으로 각 지방에 파견했는데, 그들이 자기들 마음대로 압록강부대니 백두산부대니 하는 호칭을 갖다 붙인 것이다. 이백면은 시골의 작은 면 단위 지역에 불과했지만 교통의 중심지이다 보니, 바로 그 석방된 무장 사상범이 열다섯 명이나 파견되었던 것이다.

자칭 압록강부대는 이백면과 남원읍의 중간 지점인 폐문리의 요천 기슭에다 막사를 설치하고 주둔했다. 주 임무는 반동분자를 숙청해 남쪽을 인민공화국으로 편입하기 위한 사전 정지작업을 하는 것이었다. 그런데 문제는 그들의 과격성이었다. 미군정과 이승만 정부로부터 부당하게 탄압받고 억울하게 옥살이를 했던 그들은 매우 격앙된 상태였다.

"이 마을 주민들 중에 일제 때 친일을 했던 사람이나 무고한 인민을 괴롭혔던 사람이 누구인가?"

그들은 마을을 돌면서 '반동분자' 색출에 열을 올렸다. 폐문리에 살던 사람 중 일제 강점기에 친일하면서 가난한 사람들을 모질게 했던 사람이 압록강 부대원에게 붙잡혀 야산에서 총살을 당했다는 소문이 들려오기도 했다.

문제의 그 압록강부대 사람들이 우리 마을을 찾은 것은 그들이 폐문리에 막사를 꾸린 지 며칠이 지난 뒤였다.

"내가 압록강부대의 중대장인데 당신이 이백면 인민위원회 자위대장이오?"

"그렇소."

중대장이라는 사람이 매서운 눈빛으로 나를 쏘아보았다. 첫눈에 봐도 인상이 고약했다.

"흐음, 이백면 인민위원회 자위대원 중에는 과거에 한청에 가담해 활동한 사람도 있다고 들었는데……."

'한청'이란 이승만이 자신의 지지기반을 확대하기 위해 만들었던 대한청년단이라는 우익단체를 일컫는 말이다. 내가 한청에 가입했던 사실을 백두산부대 사람들은 알고 있는 것 같았다. 나는 전혀 주눅 들지 않고 당당하게 말했다.

"한청에 가담했다는 그 장본인이 바로 자위대장인 나요."

"이백면 인민위원회에서 자위대장이란 막중한 임무를 맡고 있는 간부로서 그런 경력은 비판 받아야 할 행적이 아니오?"

"한청 가입은 당시 거부할 수 없는 의무사항이었기 때문에 선택의 여지가 없었소. 살아남기 위해 안 나갈 수가 없었던 것이오."

"선택의 여지가 없었다? 우리는 미군정이 포고령으로 우리의 행동을 옭아매려고 했을 때 감옥행을 선택했소."

"나는 이미 어린 나이에 포고령을 위반해 소년원을 두 번이나 갔다 온 사람이오."

"아, 그래요?"

내가 포고령 위반으로 소년원 다녀온 이야기를 꺼내자 그 중대장이라는 사람의 태도가 갑자기 달라졌다. 알고 보니 그 사람은 익산군 함열 사람이었다. 나는 내친 김에 그들에게 경고 삼아 이렇게 말했다.

"여기 이백면의 사정은 누구보다 우리가 잘 압니다. 그러니 당신들이 앞뒤 사정도 모르면서 마음대로 사람들을 잡아다가 반동이라 해서 응징하려고 해서는 안 됩니다. 그렇게 되면 인심을 잃게 됩니다. 우리가 할 일이 무엇입니까? 인민공화국 건설을 위한 기반을 다지는 일 아닙니까? 가장 큰 기반은 민심을 얻는 것입니다. 이백면의 치안은 우리가 담당하고 있으니 무슨 일이 있거든 일차적으로 우리에게 얘기를 해주시오."

중대장이라는 사람이 마지못해 고개를 끄덕거렸다.

며칠 뒤, 어떤 청년이 헐레벌떡 자위대 사무실로 뛰어 들어왔다.

"우리 아부지 좀 살려주쇼잉!"

"그거이 무신 말이여? 아부지가 어떻게 됐는디?"

"지는 평촌 마을에 산디요, 우리 아부지가 지금 마을회관에 잡혀갔는디 인민재판에서 곧 처형당할 거라고 그런디요!"

"누가 잡아갔는디 그래요?"

"모르겠어라우. 빨간 완장을 찬 사람들인디……."

압록강부대의 대원들이 잡아간 것이 틀림없었다. 나는 서둘러 평촌 마을의 회관으로 달려갔다. 그곳에서는 이른바 '인민재판'이 진행 중이었다. 회관 마당에 나이 많은 한 남자가 무릎을 꿇은 채 고개를 숙이고 울고 있었다. 압록강부대 대원 중 하나가 그의 죄목을 큰 소리로 읊고 있었다. 이후에 일은 뻔했다. 회관 마당에 모여든 사람들 중에서 누군가 "옳소!" 하고 선동을 하면 평소 그에게 불만을 가지고 있던 사람들이 호응을 할 것이고, 그렇게 되면 그 노인은 반동으로 몰려 처형당할 것이 분명했다.

압록강부대 대원이 열거한 비판 항목을 들어보면 '장리(長利)쌀로 폭리를 취함으로써 인민을 수탈한 죄'였다. '장리쌀'이란 춘궁기나 흉년에 쌀을 꾸어주었다가 가을에 돌려받을 때에는 원곡의 절반에 해당하는 만큼을 이자로 받는 것이다.

나는 인민재판을 중단시켰다. 재판을 주도하던 사내가 언짢은 표정으로 나를 쏘아보았다. 그러나 나는 개의치 않았다.

"이 재판을 진행하는 책임자가 누구요?"

"난데, 왜 그러시오?"

"압록강부대 대원이오?"

"그렇소. 내가 압록강부대 소대장이오. 당신은 누구요?"

"나는 이백면 인민위원회 자위대장이오."

"나한테는 인민재판을 통해 반동분자를 처단할 권한이 있소. 방해하지 마시오."

"당신네 중대장한테 못 들었소? 적어도 우리 면에서는 이런 식으로 일처리를 하지 않기로 약속했는데? 이분은 물론 과거에 이 마을에서 부유하게 살았던 건 사실이오. 그래서 장리쌀을 꾸어주고 가난한 사람들에게 좀 모질게 대한 건 부인할 수 없지만, 그것은 당시의 세태이기도 했소. 높은 이자를 받은 것은 비판받아야 하지만, 굶주린 사람들에게 곡식 꾸어준 것 자체가 죄는 아니잖소? 누군가가 사감(私感)을 갖고 발고한 것을 이런 식으로 몰아서 희생시키면 안 됩니다."

그는 묵묵히 듣고만 있었다.

"또한, 설령 일제 때 경찰을 했던 사람을 찾아냈다 하더라도 적어도 우리 이백면 관내에서는 증거가 입증된 다음에 벌을 주든가 말든가 해야 할 것이오. 당신네 중대장한테 약속을 받은바 있지만, 그 어떤 경우에도 이런 식의 재판으로 처형을 속행하기 전에 일단 우리 자위대로 먼저 데려오시오. 그러면 이 고장 실정을 잘 아는 우리가 규명을 해주겠소."

나는 하마터면 총살형을 당할 뻔한 그 노인을 극적으로 구출했다. 다른 지역에서는 이른바 '인민재판'을 통해 무고한 희생자가 많이 나왔다고 하나, 적어도 내가 자위대장을 맡고 있던 이백면에서는 그런 식으로 억울하게 희생된 사람은 없었던 것으로 기억한다. 압록강부대를 향한 내 태도가 워낙 단호했던 탓인지, '그 어떤 경우에도 인민재판으로 누군가를 처형하기 전에 일단 우리 자위대로 먼저 데려오라'는 내 말은 끝까지 지켜졌다.

그런데 참으로 난감한 사안이 발생했다. 우리 마을의 여원치(女院峙) 고개에서 검문검색을 하던 압록강부대의 한 대원이 '거물 반동자' 한 사람을 체포해 자위대로 압송해온 것이었다. 이백면 채곡마을에 사는 김준식이라는 사람이었다. 나보다는 너덧 살 위였는데 평소 친분이 있던 것은 아니었으나 그런 사람이 있다는 것 정도는 들어서 알고 있었다. 그는 해방 후인 1947년에 경찰에 입문해 6·25 전쟁이 일어났을 당시에는 경사 계급으로 전라북도 경찰국에 근무하고 있었다. 그런데 이 사람이 피란길에 나서서 여원치를 넘다가 검문에 걸렸다는 것이다. 게다가 하필이면 쌀자루 속에 감췄던 권총이 발각된 것이다. 참으로 난감한 상황이었다.

　나는 일단 중대장을 만났다.

　"악질 경찰에다, 무기까지 적발되었으니 저 자는 재판이고 뭐고 할 것 없이……."

　재판이고 뭐고 할 것 없이 바로 총살을 시켜야 한다는 것이었다. 하지만 나는 무슨 수를 써서라도 그를 구명해야 한다고 다짐했다.

　"저 사람은 악질 경찰이 아닙니다."

　"무슨 소리요?"

　"내가 저 사람을 잘 압니다. 저 사람은 일제에 협력해 인민을 괴롭힌 적이 없습니다. 해방 후에 경찰에 입문했어요."

　"해방 후에 경찰에 투신했더라도, 미군의 앞잡이가 되어 좌익 인사를 잡으러 다닌 것은 죄가 아닙니까? 자위대장은 포고령 위반으로 옥살이를 했다면서 왜 저런 반동분자를 편드는 것이오?"

　"저 사람은 도 경찰국에서도 경리계에서만 근무했습니다. 좌익 쪽 인사들에게 피해를 준 적도 없었고, 사상범을 다룬 적도 없었습니다. 그러니 일단 석방해서 가고 싶은 대로 가게 해줍시다."

　"자꾸 이렇게 나오면 안 되는데……. 그러면, 무기를 소지한 현직 경찰을 그냥 풀어줬다가 나중에 문제라도 생기면 최정범 당신이 책임을 질 테요?"

　"책임지겠습니다. 일단 내가 이 사람에 대해서는 보증을 하겠습니다."

　"나중에 상부에서 문제를 삼으면, 자위대장이 신원을 보증했기 때문에 무죄 방면했다, 이렇게 이야기하겠소. 그러니 당신이 보증서 한 장을 써주시오."

"좋습니다. 그렇게 하지요."

이렇게 해서 채곡마을의 김준석이라는 사람을 구명할 수 있었다. 그는 비록 무기를 몰래 소지한 채 적발된 현직 경찰관이었지만, 도 경찰국에서 경리 업무만 주로 담당했다는 정보를 미리 입수한 것이 큰 도움이 되었다.

중대장이라는 사람은 자기들이 하는 일에 자꾸만 제동을 거는 나를 못마땅하게 여기는 기색이 역력했다. 하지만 내가 내세우는 논리는 변함이 없었다. 우리가 지향하는 이상적인 세상을 만들기 위해서는 민심을 얻어야 하며, 그러려면 한 명이라도 억울하게 희생되는 사람이 없어야 한다는 점이 내가 세운 논리였다. 나는 이를 역설했고, 그들 역시 수긍할 수밖에 없었다.

뒷날의 이야기지만, 내가 지리산빨치산 조직에서 중책을 맡았음에도 검거 후 중벌을 면할 수 있었던 것은 심사 과정에서 내게 유리한 이야기를 해준 사람들이 많았기 때문이다.

"인공 치하에서 죽을 수도 있는 상황이었는데, 그때 최정범 저 사람 때문에 목숨을 건졌다."

사람들이 이렇게 증언을 해준 덕분에 나는 비교적 가벼운 벌을 받을 수 있었다.

나는 인민위원회 자위대장으로 활동하던 당시에도 특별한 경우를 제외하고는 잠은 집에서 잔다는 원칙을 정해두고 실천했다. 어느 날 집에 돌아왔더니 어머니가 은밀하게 나를 불렀다.

"평촌마을 어떤 영감이 찾아왔는디 뭔 놈의 도야지 괴기를 저렇게 많이 가져왔당깨. 니가 오면 보여줄라고 걍 내버려 뒀다."

상당히 많은 양의 돼지고기였다. 고기가 매우 귀한 시절이었다. 더구나 전쟁까지 터진 마당에 돼지고기라니. 예사롭게 취급해서는 안 될 물건임을 직감했다.

"어머이, 그 괴기 내일 그 집에 다시 줘버리쇼잉."

그런데 저녁에 집에 돌아와 보니 고기가 그대로 있었다. 어머니의 말씀에 따르면 아침에 보냈던 고기가 그날 낮에 다시 돌아왔다는 것이었다. 필시 무슨 사연이 있는 것 같았다. 나는 그 집 노인을 따로 만났다. 노인은 걱정스럽게 입을 열었다.

"사실 내 아들 놈이 순경인디요."

"아드님이 지금 어디 있는디요?"

"인민군 오기 전에 후퇴를 못 허고 시방 집에 숨어 있구만이라우. 경찰은 무조건 총살이라던디 어쩌야 좋을지 모롱개……."

"경찰이라고 무조건 죽인다요? 자수를 시키지라우."

"관찮을까라우?"

"제가 자위대장입니다. 무기를 갖고 자위대에 나와 자수허라고 허십쇼. 글고 나는 절대로 뇌물은 받지 않응개 괴기는 상하기 전에 가져가쇼잉."

얼마 뒤에 그 노인의 아들이 소총을 갖고 자위대 사무실에 왔다. 나는 그때 M-1 소총을 처음 보았다. 8연발 사격이 가능한 화기였다.

"당신한테 큰 죄가 없는 것을 인정합니다. 먹고살자고 경찰관이 되었고 특별히 사람들을 괴롭힌 적도 없더군요. 게다가 스스로 총을 반납하고 자수했으니 정상 참작해서 잘 처리해주겠소. 그만 돌아가시오."

나는 그를 안심시켜서 집으로 돌려보냈다.

얼마 뒤, 이곳 남원에도 인민공화국의 정식 기구가 꾸려졌다. 조선노동당 남원군당 사무소가 개설되었고 내무서(경찰서)와 보위부도 생겨났다. 새롭게 발족한 '조선노동당 남원군당 위원회'의 위원장은 김장록이었다. 그는 순창 출신으로 일찍이 좌익 활동을 해온 사람이었는데 우리의 야산대처럼 자체 조직을 만들어서 활동해온 인물이었다. 부위원장은 이북에서 파견된 이은수라는 사람이 맡았다.

나는 그때까지도 이백면 인민위원회 자위대장을 맡고 있었는데 모든 조직이 공식기구로 전환됨에 따라 자위대장이라는 직책 자체가 소멸되었다. 행정 조직도 새롭게 개편되었다. 인민해방군이 진주하기 전까지만 해도 남원경찰서를 중심으로 각 면에 지서가 있었지만, 이제는 남원내무서가 설치되어 각 면에 분주소가 생겼고 새로운 사람이 이백면 분주소 소장으로 임명되었다. 이제 나는 이백면의 치안유지 임무를 완전히 내려놓은 것이다.

그 무렵 나는 조선노동당 남원군당으로부터 소환령을 받았다. 당시 모든 인사 관계 업무는 군당에서 관장했는데 내게 새로운 보직을 주려고 하는 것 같았다. 그런데 그 전에 당원 심사를 받아야 했다. 조선노동당에 가입하려면 누구나 심사 과정을 거쳐야 했다. 가자마자 자술서를 쓰라고 했다.

"이 양식대로 자술서를 작성하시오."

자술서 양식에는 성명과 주소 등의 인적사항 외에도 과거에 어떤 활동을 했는지, 어떤 조직에 몸담았는지 따위를 기술하게 되어 있었다. 문제는 우익단체인 대한청년단 활동 경력이었다. 당원 심사위원회의 위원장, 부위원장 등이 내 '한청' 활동 이력을 문제 삼았다. 그것은 좌익 활동가로서는 변절 행위에 해당한다며 강하게 질타했다. 살기 위해 어쩔 수 없이 가담할 수밖에 없었다는 상황논리도 통하지 않았다.

"올바른 사상을 가졌다면 청년단 가입 제의를 거절하고 도망이라도 쳤어야지!"

그렇게 논박하는 데에야 변명의 여지가 없었다. 그런데 나는 한청 활동 이력의 불리함을 상쇄할 만한 투쟁경력이 있었다. 미군정 포고령 위반으로 재판을 받고서 소년원 생활을 한 대목이었다. 그래서 당원 자격 심사위원회에서 내린 결론은 '후보 당원'이었다. 일정 기간 준당원으로 있다가 정식 당원이 될 수 있다는 것이었다. 그 결정에 불만은 없었다.

나는 내무서 감찰계에 배치되었다. 지금의 경찰서 수사계에 해당한다. 내가 맡은 보직은 감찰계장 밑의 반장이었다. 요즘으로 치면 팀장쯤으로 이해하면 될 것이다. 그런데 내가 반장으로서 부여받은 임무가 재미있었다.

"최정범 반장이 수행할 임무를 하달하겠다. 해방 이후 미군정기의 혼란한 상황을 틈타서 일본 놈들이 남기고 간 적산을 슬쩍 자신의 명의로 가로채 차지하고 있는 자들이 있다. 그것을 조사하라!"

해방이 되면서 일본인들은 수많은 재산을 남기고 귀국했다. 그렇게 남은 재산은 자연히 국가에 귀속되었는데, 이 적산(敵産)을 개인 소유로 명의를 변경해 불법 소유하고 있던 자들이 많았다. 그들을 색출하라는 명이었다.

첫 번째로 처리해야 할 임무는 솜 공장 창고에서 사라진 솜을 찾아 국고에 귀속하는 일이었다. 일제는 농민들로부터 강제로 공출한 목화에서 씨를 뺀 솜을 방직공장으로 보내기 전에 잠시 창고에 보관 중이었는데, 어수선한 사회 분위기를 틈타서 누군가 그 솜을 슬쩍 빼 간 것이었다. 남원읍 향교리에 사는 아무개가 솜을 빼돌린 장본인이라는 정보를 입수했다. 그를 찾아서 내무서 감찰계로 소환했다.

"속캐(솜) 공장 창고에서 속캐를 빼돌린 일이 있지라우?"

"예."

"그 속캐는 일제가 농민들에게 수탈헌 것이요. 그렁개 그 속캐 주인은 누구요?"

"농민들 것이구만이라우."

"그런디 왜 몰래 가져갔능교?"

"잘못했구만이라우. 죽을죄를 지었구만요."

"그 속캐 시방 어디 있소?"

"몰래 숨겨놨는디 금세 가져오것구만이라우."

너무 쉽게 자백을 하는 바람에 일은 쉽게 끝났다. 경찰 수사관 역할은 그때가 처음이자 마지막이었다. 당시 회수한 솜은 남원내무서(남원경찰서) 창고에다 보관해두었지만 이후 그것을 누가 어떻게 처리했는지는 알 수 없었다.

9·28 후퇴, 결국 빨치산의 길로

당시 인공은 남원을 통치하면서 내무서 말고도 보위부라는 곳을 설치했다. 내무서가 잡범들의 일반 범죄를 수사했다면 보위부는 사상범과 정치범을 다뤘다. 어쨌든 나는 내무서의 반장으로서 나름대로 열심히 근무하고 있었다. 그런데 남원 지역은 후방임에도 불구하고 미군의 B-29 폭격기가 눈에 띄게 자주 출현하고 있었다. 남원 읍내 향교리 철길 부근에는 전투기 폭격으로 깊은 웅덩이가 패어 있었다.

8월 중순 무렵 낙동강 전선에서는 치열한 전투가 전개되고 있었다. 전선에 투입된 인민군에게 탄약을 공급하는 일을 수행해야 했는데 그

때문에 남원 지역 주민들이 된 고생을 했다. 저 멀리 이북에서 낙동강 전선으로 탄약 등의 보급품을 공급하려면 철도를 이용해야 했다. 낮 시간에 운송을 했다가는 폭격을 맞을 위험이 있기 때문에 전쟁 물자를 보급하는 기차는 주로 야간에 움직였다. 그러나 선로는 남원역까지가 끝이었다. 남원역에 하역된 탄약은 순전히 인부들이 등짐을 져 전선까지 날라야 했다.

탄약의 무게는 어마어마했다. 한 사람이 그 무거운 탄약을 계속해서 지고 갈 수는 없었다. 많은 인부가 동원되어 서로 번갈아가며 돌려 들어 운반을 했다. 남원역에서 운봉을 거쳐 경상도 함양으로 보급품을 운반해주는 것이 남원군 인민위원회의 임무였다.

남원군 인민위원회에서 각 면 인민위원회에 필요한 인원을 할당했다. 거기서 다시 각 마을에 인원을 할당해 인부를 징발했다. 등짐으로 탄약을 나르는 작업 역시 미군의 전투기 공격을 피해서 주로 밤에 이루어졌다. 그 탄약 운반 작업에 투입할 인력을 조달하는 임무를 우리 집안 형인 최공범이 담당했다. 말하자면 그는 인력동원부장이었다. 어느 날 형이 나를 찾아왔다.

"동생, 나 좀 쪼께 도와주소."

"아니, 성님은 인력동원을 맡았는디 나가 도울 일이 뭐 있다요?"

"모르는 소리 허덜 말어. 침침한 밤에 등짐 지고 탄약 운반허기가 어디 쉬운 일이당가? 인부들이 아조 죽을 지경이네."

"먼 탄약을 운반한다요?"

"소총, 박격포 탄약이여."

"그런디 지가 뭘 도와야 하는디요?"

"나야 평복을 입고 댕기지만, 자넨 내무서 소속이라 제복에 계급장이랑 견장도 달고 있응개 말씨가 잘 먹히잖혀."

"아이고 성님도, 그거이 머시 그럴랍디어."

"탄약을 가지러 온 인민군 장교들이 인부들을 너무 험하게 다룽개 불만들이 많혀. 그렁개 인부 구하기가 어렵게 생겼어. 내가 말해봤자 씨도 안 먹힌단 말이여. 그렁개 동생이 인민군 장교들한테 얘기 좀 잘 혀봐."

낮에 근무하고 밤에는 자야 했던 나로서는 밤에 탄약수송 작업 현장에 나간다는 것이 쉬운 일은 아니었다. 그러나 집안 형님의 청을 외면할 수는 없었다.

정말 현장에 나가 보니, 인민군 장교들은 '오늘 밤엔 몇 명의 인부들을 어디로 보내라' 하며 명령을 하달하듯 고압적인 태도로 간부들에게 지시하고 있었다. 동원된 인부들도 매우 혹독하게 다루고 있었다. 가만히 볼 수만은 없었다. 내가 나섰다.

"이보시오. 우리가 동원하는 사람은 한정되어 있고 체력도 한계가 있는데, 그렇게 숨 쉴 틈도 없이 부리면 되겠소?"

내 질책에 장교들도 자신들의 요구가 무리했다는 점을 인정했으나, 전선의 상황이 급박해 어찌 할 수 없는 사정을 토로했다. 그런데 탄약수송을 서둘러 달라고 숨넘어가게 볶아대던 그들이 9월 하순으로 접어들자 갑자기 조용해졌다. 낙동강 전선에 무슨 변화가 있는 듯했다. 내무서장이 긴급지시를 내렸다.

"오늘은 긴급회의가 있으니 모두 퇴근하지 말고 대기하라."

아무래도 분위기가 심상치 않았다.

회의장에 모인 내무서원들의 표정에 긴장감이 흘렀다. 이윽고 내무서장이 입을 열었다.

"지금 우리 인민군대가 후퇴를 해야 할 상황에 직면했다. 낙동강 전선에서 후퇴해 다시 제2전선을 38도선 부근에다 구축하기 위해 우선 춘천에 집결할 것이다. 따라서 우리 내무서원들도 이곳을 떠나 춘천까지 이동해야 한다. 철수 준비를 서둘러라."

국방군 입장에서 표현하자면 인천상륙작전으로 인한 '9·28 서울수복'이었지만, 인민군 입장에서는 '9·28 후퇴'였다. 인민군의 본격적인 후퇴가 시작된 것이다.

철수 준비를 서두르고 있는데 내무서장이 나를 불렀다.

"남원내무서의 간부회의에서 결정된 상황을 알려주겠다. 이곳을 떠나 춘천으로 이동하는 과정에서 우리를 인솔할 총책임자로 최정범, 자네를 임명하기로 결정했다."

"알겠습니다."

사양하거나 못 하겠다고 뒤로 뺄 상황이 아님을 직감했다. 나는 그들이 왜 내게 인솔 지휘자의 책임을 맡겼는지 알지 못했다. 일단 젊으니까 다른 이들에 비해 전투력이 더 있어 보이고 지리에도 밝아 보여서 임명한 것이 아닐까 생각했다.

춘천을 향해 출발했다. 남원내무서와 각 면 분주서 인원들까지 모두 60여 명이었다. 나는 옷을 갈아입을 새가 없었으므로 근무할 때 입던 제복을 걸친 상태로 행군을 시작했다. 가족에게 떠난다는 소식을 전하지도 못했다. 남원 읍내에서 이백면의 우리 집까지 이십 리 길이었다.

나는 북상 루트를 정할 때 국도에서 멀리 떨어진 지름길을 선택했다. 남원을 출발해 밤티재(율치)를 넘어 보절면 시묘동을 지나 장수군 산서면을 통과하는 행군을 결정했다. 내무서장과 간부 한두 사람은 스리쿼터를 타고 이동하기로 했다. 그들은 나중에 내가 이끄는 무리와 약속된 지점에서 만나기로 했다.

행군은 생각보다 더디게 진행되었다. 내무서원들 중에는 장거리 행군을 힘들어하는 사람들이 있어서 그 움직임이 내 마음 같지 않았다. 그러니 밤 시간에 부지런히 걸어야 했다. 소로를 택해 적의 눈에 띄지 않게 움직인다고 했지만 아무래도 낮 시간은 위험했다. 혹시 우리의 행렬이 미군 정찰기에 발각되는 날이면 큰일을 당할 수도 있었다. 남원군 보절면과 장수군 산서면 사이 골짜기에 시묘동이라는 작은 마을에 이르자 벌써 날이 새버렸다. 산서면의 경계지점에서 나는 결단을 내렸다. 돌아서서 일행을 향해 말했다.

"잘 들으시오. 이제 겨우 하룻밤을 행군했소. 앞으로 행군해야 할 길은 멀고 험하오. 낮 시간에도 움직여야 하는데 지금처럼 60여 명이 함께 몰려다니다가 미군 전투기의 표적이 되는 날이면 우리는 몰살당하고 말 것이오. 자, 여기서 집으로 돌아갈 사람들은 돌아가도 좋소!"

사람들이 놀란 눈길로 나를 쳐다봤다. 나는 그들을 강제로 묶어둘 생각은 전혀 없었다. 게다가 많은 인원이 한꺼번에 움직이는 것은 위험천만한 행위라고 판단했다. 사람들에게 선택의 여지를 주는 것이 합리적인 결정이라고 생각했다.

그들은 술렁였다. 집으로 돌아갈 사람들과 작별인사를 나눴다. 집으로 돌아간 사람들은 훗날 빨치산이 되지 않았다. 참으로 중요한 갈림길이었다. 나는 집으로 돌아가고 싶어 했던 사람들에게 귀가 조치했던 내 결정을 지금도 후회하지 않는다.

갈 사람은 가라고 했는데도 끝까지 나와 함께하겠다고 남은 사람이 거의 절반에 이르렀다. 어떻게 하든 소조(小組)로 움직여야 위험부담이 덜할 터인데 30여 명이 함께 행군을 하게 되었으니 상황이 난감했다. 하지만 그들을 억지로 떼어내서 쫓아버릴 수는 없는 노릇이었다.

우리는 보절면의 끝자락 산골 시묘동으로 들어갔다. 20여 호가 모여 사는 작은 마을이었다. 진주 강씨 집성촌으로, 제19대 국회의원 강동원의 선산이 있고 조상들을 모시는 제각이 있는 마을이 바로 시묘동이다. 일단 마을회관에 짐을 풀었다. 그곳에는 수매미(收買米)가 고스란히 보관되어 있었다. 수매미란 인민군이 접수한 마을의 각 인민위원회에서 그해 가을에 추수한 곡식을 주민들로부터 돈을 주고 수매해 마을회관에 군량미로 비축해둔 쌀을 뜻한다. 우리가 머문 그 마을은 아직 국방군이 수복하지 않았기 때문에 곡식이 고스란히 남아 있었던 것이다. 우리는 회관에서 밥을 지어 먹고 낮에는 천황봉 골짜기로 들어가 숨어 지내다가 밤에는 다시 회관에 와서 잠을 잤다.

불길한 예감이 들었다. 지금 상황으로는 도저히 춘천까지 갈 수 없었다. 강원도 춘천까지는 엄청난 거리였고 이동 과정에서 위험부담이 너무 컸다. 설사 춘천까지 간다고 해도 상황을 예측하기 어려웠다.

"여기 시묘동은 국방군의 미수복 지역이니까 당분간 여기서 지내다가 상황을 봐서 지리산에 들어가 빨치산 투쟁을 합시다!"

거기서 나는 처음으로 '빨치산'이라는 단어를 입에 올렸다. 6·25 전쟁이 일어나기 전에도 좌익 활동가들이 지리산에서 빨치산 투쟁을 했다는 이야기를 들은 적이 있었다. 빨치산이 뭔지도 모르는 사람들도 이런 내 제안을 지지했다. 그러나 산속으로 들어가 빨치산 투쟁을 하자면 다른 무엇보다 무기도 있어야 했다. 그리고 인원도 어느 정도는 확보해야 했는데 남원내무서에서 출발할 때 가지고 온 무기라고는 구구식 소총 한 자루가 전부였다.

궁리 끝에 떠오르는 생각이 있었다. 당시 밤이면 낙동강 전선에서 후퇴한 인민군 군사 몇이 산발적으로 산을 타고 올라와서 춘천을 향해 이동하곤 했다.

'맞아, 그들을 잡자!'

빨치산 투쟁을 위한 무기와 인원을 확보하기 위해서는 그 방법밖에는 없었다. 그날 밤, 나는 낙동강 전선에서 후퇴해 북쪽으로 올라가는 인민군들이 지나갈 길목을 가로막고 앉아서 기다렸다. 역시 후퇴하는 인민군 무리가 눈앞에 나타났다.

"동무들! 내 말을 들어보시오. 동무들이 이런 식으로 가서는 도저히 춘천까지 갈 수 없소."

"그래서 어쩌란 말이오?"

"우리는 여기서 빨치산 투쟁을 준비하고 있소. 우리와 함께 빨치산 투쟁을 할 사람은 여기 남으시오."

"뭐, 빨치산? 그게 뭔데!"

대부분의 반응이 그랬다. 그런데 하룻밤을 자고 나니 인민군의 반응이 나왔다.

"빨치산 투쟁, 우리도 하겠소!"

그들 중 가장 계급이 높은 사람은 인민군 중좌 이상윤이었다. 나이는 서른 살이어서 나보단 조금 위였다.

"내가 이래 봬도 잠깐이었지만 중국 팔로군에 몸담은 적이 있습니다. 그러다 해방이 되어서 인민공화국이 건국되자 인민군에 자원을 했지요. 인민군 제6사단에 배속되어서 낙동강전투에 참여했는데, 이대로 북으로 물러갈 수는 없소. 받아주시오."

그 외에도 인민군 장교 너덧 명을 포함해 우리와 함께하겠다고 나선 인원이 30여 명이나 되었다. 나는 천군만마를 얻은 기분이었다.

"여러분을 환영합니다. 그러면 당장에 부대 편제부터 하지요."

"최정범 동무와 함께 남원에서 온 전사들이 1소대, 낙동강 전선에서 올라온 우리가 2소대로 합시다."

"아니요. 후방에서 활동하던 우리가 2소대를 맡겠습니다. 낙동강 전선에서 고생했던 동무들이 1소대를 맡아주십시오."

"허허허, 좋습니다. 최정범 2소대장!"

"인원은 소대급에 불과하지만 지휘관의 호칭은 중대장으로 합시다, 이상윤 1중대장님!"

"알았소. 우리는 무적의 빨치산 전사가 되는 것이오. 최정범 2중대장!"

우리는 그렇게 의기투합했다.

그렇게 빨치산 2개 소대가 결성될 무렵, 남원 지역은 대부분 국방군에 의해 수복되었다. 우리가 머물고 있던 시묘동은 산간오지인 탓에 여전히 미수복 상태여서 우리는 마을회관에서 지낼 수 있었다. 하지만 시묘동이 미수복지라는 사실이 국방군에 알려져 곧 군대가 들이닥칠 것이라는 소문이 나돌았다. 당시 남원에는 국군 11사단이 주둔하고 있었다.

11월 초순의 어느 날, 국방군이 시묘동마을을 공격할 것이라는 정보가 입수되었다. 이상윤 중대장과 나는 대응 작전을 숙의했다. 그들이 마을을 습격하기 전에 일찍 피해버린다면 맞부딪칠 일이 없어서 피해도 입지 않겠지만 그건 너무 싱거울 것 같았다.

아침에 마을을 벗어나서 인근을 정찰하니 역시나 보절면 소재지 쪽에서 우리가 머물고 있던 시묘동마을을 향해 군인들이 올라오고 있는 모습이 보였다. 그들은 아직 우리가 마을회관에 거처하고 있는 것으로 알고 회관을 습격할 태세를 갖추는 듯했다.

야전경험이 풍부한 이상윤 중대장이 제안했다.

"저들이 지금 마을로 진격해오고 있습니다. 우리는 마을을 빠져나가 저쪽 야트막한 둔덕에다 1개 소대를 매복시킬 것입니다. 최 중대장하고 나는 일부 병력만을 빼내서 저쪽 중간 아래쪽 콩밭에 매복하는 것이 좋을 것 같습니다."

그의 작전에 나도 호응했다. 국방군은 능선을 타고서 우리가 거쳐했던 마을 쪽으로 긴 행렬을 이루며 전진하고 있었다. 그 사이에 주력부대에서 떨어져 나온 나와 이상윤 중대장 일행은 밑으로 뻗은 골짜기를 통해서 그들 행렬의 중간 지점까지 내려갔다.

드디어 그들 행렬의 선두가 마을에 당도했고, 그 뒤로 이어진 긴 행렬의 병사들이 모두 엎드려 총구를 마을 쪽으로 향한 채 사격자세를 취했다. 이윽고 기관총 소리가 울려 퍼졌다. 하늘에 대고 공포를 쏜 것이었다. 매복한 내 바로 앞쪽에 있던 기관총 사수도 하늘에다 의미 없는 총질을 해대고 있었다. 한참 만에 총소리가 멈췄다.

"다 빠져나가고 개미 새끼 한 마리 안 남았군!"

국방군은 우리가 이미 다 철수했다고 판단했다. 엎드려 있다가 다시 고개를 들어보니 내 맞은편에 있던 기관총이 보이지 않았다. 국방군 행렬은 마을에서 철수해 자신들의 철수 차량을 대기해놓은 보절면 사촌 방향으로 내려가고 있었다.

나는 이상윤 중대장을 돌아보며 말했다.

"지금 저들이 철수하는데 다 빠져나갈 때까지 그냥 보고만 있을 수는 없지 않소? 저 후미 대열을 공격합시다."

그러자 이상윤도 즉각 찬동했다. 우리는 철수하는 행렬의 등 뒤에서 사격을 시작했다. 느닷없는 총소리에 병사들이 혼비백산했다. 군인들이 사라진 후 겁 많은 병사 몇이 미처 도망치지 못하고 바닥에 납작 엎드려 있었다.

"일어서!"

엎드려 있던 병사 넷이 벌떡 일어나 손을 들었다. M-1 소총 네 자루를 회수했다. 조사해보니 경상도 쪽에서 갑자기 징집되어서 훈련도 제대로 못 받은 채 작전에 동원된 사람들이었다.

"이 사람들, 산으로 데리고 갈까요?"

이상윤 중대장이 나를 돌아보며 말했다.

"아이고, 우리 먹고살기도 어려운데 입을 늘려서 어쩌게요. 그만 보내줍시다."

우리는 무기만 빼앗고서 그들을 풀어줬다.

토벌군이 물러가자 우리는 다시 시묘동마을로 내려와 임시로 주둔했다. 그곳이 이미 국방군에게 노출되어버렸기 때문에 오래 머물 사정이 못 되었다. 게다가 낮에는 산에 가서 잠입해 있다가 밤이 되면 마을로 내려와 잠을 자는 불안정한 생활을 길게 이어갈 수는 없는 노릇이었다. 진로를 어느 방향으로 잡아야 할 것인지를 두고 숙의가 거듭되었다.

바로 그때, 순창의 회문산으로 들어가 있던 전북도당으로부터 연락이 왔다. 군사를 이끌고 즉각 회문산으로 들어오라는 명령이었다.

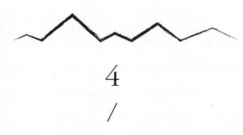

4

/

우리의 아지트 지리산 달궁

회문산에서 지리산으로

회문산으로 들어오라는 명령을 갖고 온 사람은 바로 조선노동당 남원군당 위원장 김장록이었다. 인민군이 남원읍에서 철수할 때 그와 우리는 따로 움직였기 때문에 서로의 행방을 모르고 있었다. 막연히 춘천으로 후퇴하라는 명령만 있었으니 모르는 것이 당연했다.

그런데 어떻게 위치를 알아냈는지 위원장이 우리 앞에 나타난 것이다. 그가 환한 표정을 하고 내 손을 덥석 잡았다. 나도 반가웠다.

"그런데, 지금 어디에서 오시는 길입니까?"

"말도 말게. 순창 회문산으로 갔다가 도당(道黨)으로부터 호된 질책을 받고 부랴부랴 이쪽으로 찾아왔네."

"회문산에 전북도당이 있습니까?"

"그렇다네. 전북도당이 전주에서 후퇴하면서 순창의 회문산으로 들어갔다는 말을 듣고 나도 우선 그쪽으로 달려갔지. 명색이 군당의 위원장이라는 사람이 당원들은 어디에 갔는지도 모른 채 혼자 나타났으니 질책을 받을 만도 하지. 당장 남원으로 가서 당원들을 데리고 오라고 해서 겨우 수소문한 끝에 이쪽으로 온 것이라네."

그때 내가 중대장으로 있던 남원군당 조직은 낙동강전투에서 후퇴 중이던 인민군 수십 명을 보충해 전체 인원이 100여 명에 이르고 있었다. 김장록은 그 모습을 보고는 매우 흡족해 했다. 당시 우리는 나름대로 군사 편제를 꾸리고 있었고, 약간이나마 무기도 확보해 전투력을 갖추고 있었다. 하지만 보절면의 시묘동에서 아군의 위치가 적에게 노출된 이상 한시바삐 그곳을 벗어나야 했다. 다행히 국방군이 어디까지 세력을 뻗었는지에 대한 대강의 정보는 알고 있었다.

"우선 천황봉을 넘어 산동으로 갑시다."

보절면에서 산동면으로 가자면 해발 900m인 천황봉을 넘어야 했다. 보절, 사매, 덕과 사람들은 천황봉이라 불렀고 산동 사람들은 만행산이라 불렀다. 우리는 밤 시간을 이용해 산을 넘었다. 그렇게 해서 도착한 곳이 산동면 대상리였다. 거기서 만행산 산자락을 타고 4km쯤 더 가면 귀정사(歸政寺)라는 사찰이 있는데 그 사찰 인근 마을들이 아직 국방군의 발길이 닿지 않은 해방구였다. 우리는 모처럼 안전한 주둔지를 찾았다 싶었다.

그러나 얼마 지나지 않아 국방군 토벌대가 그 지역으로 압박해 들어오고 있다는 정보가 입수되었다. 김대중 정부의 '진실화해위원회'의 조사 보고에 의하면 그 무렵에 전차대대를 포함한 국군 11사단과 경찰 추격대가 빨치산의 거처를 제거하기 위해 남원군 대강면 강석마을의 주민 대부분을 '공비토벌'이라는 명목하에 죽인 것으로 기록되어 있다. 물론 당시로서는 우리를 압박해오는 부대가 어느 사단의 무슨 부대인지는 알지 못했다.

"아직 산내 지역은 안전할 것이니 그쪽으로 가자!"

우리는 산내면으로 방향을 잡았다. 전쟁이 발발한 해 초겨울 무렵이었을 것이다. 그해 겨울은 일찍부터 폭설이 잦았고 날씨도 추웠다. 눈이 쌓인 길을 야간에 행군하다 보니 낙오자가 나오기도 했다. 토벌군에 대한 두려움은 둘째 문제였다. 대원들은 추위와 배고픔을 더 견디기 힘들어했다. 그 추위 속에서도 밀려오는 졸음을 참기 어려웠던지 어떤 대원들은 아예 눈을 감고 비몽사몽 중에 발걸음을 옮기기도 했다. 큰 사고가 일어날지도 몰라 앞뒤 사람들의 옷자락을 서로 붙잡거나 아예 잡아매고 걸었다.

우여곡절을 겪으면서 우리는 귀정사를 뒤로하고 고남산을 넘어 산내로 들어갔다. 산내에는 다행히 아직 국방군이 들어오지 않은 상태였으나 전라남도 지역에서 올라온 토벌대가 이미 남원군 외곽지역 일대를 조여오고 있었다. 우리의 해방구는 자꾸만 협소해져 갔다.

산내 지역에서도 불안정한 상태로 한 달 이상을 지냈다. 그러다가 토벌군의 공격이 턱밑에 이르자 서둘러 다시 산동 쪽으로 퇴로를 잡았다. 귀정사 인근의 오지마을은 아직 해방구였으므로 그곳으로 갔다가 여의치 않으면 전북도당이 있는 회문산 쪽으로 들어갈 셈이었다.

그런데 산내를 떠날 때 군당 위원장인 김장록이 무리한 제안을 했다.

"아무래도 저걸 가져가야겠어."

"저것이라니요?"

"직사포 말이야. 우리 화력이 형편없으니까 저놈을 우리가 가져다가 거치를 해놓으면 든든하지 않겠어?"

김장록이 말한 무기는 소련제 45mm 직사포였다. 낙동강 전선에서 후퇴하던 인민군이 산내면 매동리 언덕의 밭에다 거치해놓았던 것인데, 북쪽으로 후퇴하면서 가지고 갈 엄두를 내지 못하고 그냥 철수해버린 것이다.

"저 육중한 대포를 든 채 험한 산길을 간다는 것도 무리지만, 가지고 간다 해도 써먹을 일이 있겠습니까?"

나는 그의 제안에 회의적이었다. 앞으로 우리가 국방군과 전투를 벌인다면 주로 게릴라전이 될 것이고, 게릴라전의 생명은 기동성인데 그 둔중한 대포를 가지고 어떻게 기민하게 움직일 수 있겠는가? 직사포를 갖고 가봤자 크게 쓸모가 없어 보였다. 그러나 군당 위원장의 명령이니 거역할 수 없었다.

시간이 촉박했으므로 우리는 일단 해체작업을 서둘렀다. 바퀴는 바퀴대로, 포신은 포신대로 분리했다. 문제는 야간에 험준한 산길을 따라 이동해야 한다는 점이었다. 각자 개인 장구를 챙기기에도 힘든 지경이었는데 그 무거운 중화기를 메고 가는 일은 쉽지 않았다. 하는 수 없이 마을 사람들을 징발해 운반했다.

우여곡절 끝에 분해된 직사포를 천황봉까지 운반했다. 해발 900m가 넘는 천황봉 고지에 45mm 직사포를 조립해 턱 거치해놓으니 일단 폼은 났다. 탄약도 몇 발 가져왔으니 상황이 발생하면 우리도 대포를 쏠 수 있다고 생각했다. 그러나 천황봉 고지에서 그 직사포를 조준해 쏠 수 있는 상황은 생기지 않았다.

이후 김장록 위원장이 내게 말했다.

"아, 그때 내가 참 무모한 짓을 했어. 그 직사포는 우리한테는 아무 짝에도 쓸모가 없었는데……."

김장록 위원장은 그 후에도 모든 전략이나 작전을 일단 나와 상의한
뒤 시행했다. 당시 내가 책임지고 진행한 일 중에서 실패한 사례는 거
의 없었다. 김장록 위원장도 그 점을 인정했다.

우리가 도착한 곳은 순창군 동계면의 용골산이었다. 용골산은 회문
산 외곽에 있었다. 그곳에서 우리는 전북도당 사령부의 외곽부대를 경
비하는 임무를 맡았다. 이때 임실군당 역시 우리처럼 지역 출신 좌익들
과 낙동강전투에서 후퇴하다가 합류한 인민군을 규합해 회문산에 들어
와 있었다. 내가 속한 남원군당 유격대는 '남원부대', 임실군당 유격대
는 '임실부대'로 불렸다.

우리가 도착해 보니 회문산의 전북도당은 이른바 '병단(兵團)' 체제를
갖추고 있어서 산하에 여러 병단을 거느리고 있었다. 사실 각 병단은
기껏 오륙십 명으로 편제된 작은 부대였다. 그중에는 '기포병단'도 있었
고 '벼락병단', '번개병단', '카투사병단', '탱크병단', '독수리병단' 등 그
이름이 다양했다. 당시 빨치산 활동을 했던 이태(李泰, 본명 이우태)는 자
신의 체험 수기•에서 본인이 '독수리병단'에 소속되어 회문산 일대에
서 지냈던 일들을 상세히 기록한바 있다.

전북도당 사령부는 회문산의 해발 780m의 장군봉 밑 대수말에 자리
하고 있었고, 그 주변에서 도당 사령부 직속의 보위병단이 일차적으로
호위를 하고 각 군당 유격대(독립중대) 및 예하병단이 겹겹이 포진해 경
계를 하고 있었다. 내가 이끄는 유격대의 주둔지 '멀터'는 작은 마을이
었다. 이곳은 아직 국방군이 들이닥치지 않은 그들의 미수복지구였다.

• 이태, 『남부군』(두레, 2003).

전북도당 사령부

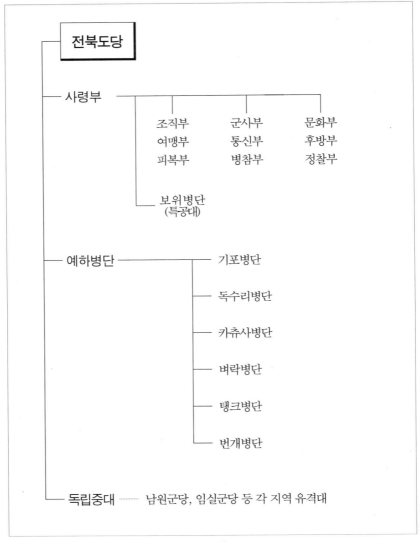

이 조직도는 ≪커버리지≫의 정찬대 기자가 쓴 특별연재 「한국전쟁, 민간인 학살의 기록」을 참조해 작성했다.

대원들은 군용 막사가 따로 없어서 민가에 거주했기 때문에 여러 집에 흩어져 머물렀고, 낮에는 근처 고지에 올라 경계태세를 갖췄다. 그렇게 한동안 하는 일 없이 무료한 날들이 이어졌다.

그리고 드디어 작전 지시가 떨어졌다. 임실 옥정호의 댐을 경비하는 경찰부대를 습격하라는 명령이었다. 섬진강 상류에 일제가 건설한 옥정호는 칠보발전소가 있어 경찰부대가 요새를 구축해 경계를 하고 있었다. 남원군당 유격대는 공격 준비를 완료했다. 본격적인 작전이 전개된다면 남원유격대의 특공대장인 내가 선봉에서 전투를 이끌어야 했다. 조금은 긴장이 되었다. 도당 차원에서 벌이는 작전인지라 다른 부대와 협력 체제를 갖추는 것 또한 중요했다.

그런데 밤이 깊어 자정이 지나도록 상부로부터 아무런 지시도 없었다. 산에서 밤을 꼬박 새웠다. 다음 날 오후에 군당 위원장이 맥 빠지는 명령을 전달해줬다.

"작전은 취소되었다. 원대 복귀하라는 명령이다."

옥정호 경찰부대의 요새에서 우리 도당 사령부까지는 거리가 멀지 않았다. 만약 우리가 경찰부대를 공격한다면 사령부가 군경의 공격목표가 될 것은 뻔했다. 그래서 작전을 취소한 것이다. 생각해보니 일리가 있었다. 우린 다시 본거지로 돌아왔다.

그런데 얼마 뒤 놀라운 소식이 전해졌다. 마을 주민이 청취한 단파라디오 정보에 의하면 중공군이 참전해 대대적인 공세를 벌이고 있다는 것이다. 더 놀라운 것은 국방군이 그 기세를 당해내지 못하고 남쪽으로 밀려 내려오고 있다는 소식이었다. 국방군의 1·4 후퇴가 시작된 것이다. 우리는 기분이 들떴다. 마을 주민들도 이전보다 더 협조적으로 우리의 지시를 따랐다.

"우리는 조국을 위해 싸우고 있는 인민군이다. 곧 인민군 정규군이 내려오면 남조선은 해방될 것이다. 인민군은 이 땅에 평등세상을 만들어나갈 것이다. 그러니 우리가 머무는 동안 협조해달라."

이렇게 말하면 다들 수긍하고 도움을 줬다. 만일 주민의 협조가 없었다면 우리는 지탱하기 어려웠을 것이다. 중공군의 참전으로 인민군이 곧 서울을 접수하고 머지않아 대전을 거쳐 전주까지 밀고 내려올 것이란 희망 섞인 전망과 예측이 퍼지기 시작했다.

"됐다! 이제 우리도 전시체제에서 평화체제로 전환해야 한다!"

남원군당 위원장이 상부의 지침을 전했다. 전시체제에서 내가 속한 조직은 '남원군당 유격대'였다. 이 유격대는 대대편제를 본떠 특공중대, 1중대, 2중대, 3중대로 이루어졌는데(명칭은 중대였지만 각 중대 인원은 거우 이삼십 명에 불과했다) 나는 특공중대장이었다. 나이가 가장 젊고 전투력이 뛰어나 그런 보직을 부여한 것이다. 특공중대장은 언제 어디서든 적이 나타나면 대원들을 이끌고 가장 먼저 출동해야 하는 비상대기조의 지휘관이었다.

그런데 평화체제로 전환한다는 것은 무슨 의미였을까? 예전의 남원, 그러니까 인민군에 의해 해방되었던 당시의 상황으로 되돌아가서 지역의 행정을 장악할 수 있는 체제를 갖춘다는 의미였다.

남원이 다시 해방될 경우, 남원군당 위원장과 각 면의 인민위원장, 내무서장을 맡았던 사람들이 되돌아가서 제 역할을 하면 되었다. 다만 농민동맹·민주청년동맹·부녀동맹 등 외곽 단체를 조직하고 이끌 사람들은 새로 선임해야 했다. 이 중에서 특히 민주청년동맹 위원장의 경우 대민 선전활동 등을 지휘해야 하므로 그 역할이 가볍지 않았다. 그리고 그 자리는 내가 맡게 될 자리였다. 따라서 남원이 다시 해방되면 나는 특공중대장 직을 내려놓아야 한다.

그런데 이른바 '평화체제'의 조직에서 특수 직책을 맡았던 특별한 인물이 한 명 더 있었다. 낙동강전투에서 후퇴하던 중 남원군당 유격대에 합류한 팔로군 출신의 중대장 이상윤이 바로 그 사람이었다. 그는 이북 출신으로서 남원과는 아무런 연고도 없었지만 남원이 해방될 경우 기꺼이 군사부장을 맡기로 했다.

이상윤은 빨치산 활동을 하면서 고락을 함께 나눈 동지였지만 단둘이 신상 문제 등 사적인 대화를 나눠본 적은 없었다. 따라서 나는 그의 가족관계나 그가 지향하는 바가 무엇인지 전혀 알지 못한다. 개인적인 일은 서로 말하지도 듣지도 않았다. 일종의 불문율이었다. 다만 그는 낙동강전투에 대해서는 가끔 그 치열했던 상황을 상기하곤 했다.

"내가 속한 인민군 주력부대가 대구 북부 지역인 팔공산 일대에 진을 치고 있었지. 그런데 미군 전투기들이 하도 폭탄을 퍼부어대는 바람에, 낮 시간에는 바깥으로 나갈 엄두를 내지 못하고 그저 참호 속에만 처박혀 있었어. 쌍방이 각각 방어선을 치고 대치한 상태에서 간헐적으로 전투가 벌어지기는 했지만 초반에는 전면전이라기보다는 국지전 성격이었지. 그런데 어느 순간 미군이 공격수단을 바꾼 거야. 갑자기 화염방사기를 사용해 공격해 들어오는 바람에 우리는 속수무책으로 당했다네. 그때 정말 많은 전사들이 희생되고 말았지."

비록 그는 낙동강 전선에서 수많은 동지를 잃고 후퇴한 처지였으나 '남조선 해방'을 향한 그의 투쟁의지는 매우 강고했다.

이제 머지않아 남원 지역이 해방될 것이었고 인민군이 남원에 입성해 치안과 행정을 장악할 조직을 갖추게 될 것이라는 희망이 있었다. 그러나 전선에서 시시각각 들려오는 소식은 절망적이었다. 1월 4일 무렵에 인민군과 중공군이 서울을 점령했고 1월 7일에는 수원을 해방시킨 다음 계속 남하하고 있었으나, 그 이후의 승전보는 더 이상 들려오지 않았다.

전열을 정비한 유엔군이 반격을 개시한 것이었다. 인민군과 중공군은 보급 상황이 여의치 않아서 후퇴를 택하지 않을 수 없는 처지에 놓였다. 설상가상으로 회문산에 대한 토벌군의 공격이 전보다 강해졌다. 우리가 꿈꾸었던 남원 해방에 대한 꿈은 무너지고 있었다.

한편, 이상윤은 군사부장의 역할을 제대로 해보고 싶었던지 어느 날 새로운 의욕을 천명하고 나섰다.

"아무래도 앞으로 빨치산 투쟁을 해야 할 것 같은데, 그러자면 무기나 탄약을 자체 조달하기 위한 노력을 해야 하지 않겠소?"

"무기하고 탄약을 어떻게 확보하자는 것이오?"

"게릴라전에서 소총 다음으로 중요한 것이 바로 수류탄입니다. 내가 왕년에 팔로군에 몸담았던 경험을 살려서 수류탄을 만들 터이니 폭약을 준비해주시오."

"폭약을 어디서 어떻게 구한단 말입니까?"

"M-1 소총의 탄환을 분리해서 거기 들어 있는 폭약을 꺼내 모아주면 됩니다."

이상윤은 자신이 야전에서 만들어본 경험이 있다면서 함석을 뚝딱뚝딱 두드려서 수류탄의 외형을 만들었다. 무기나 탄약 조달이 여의치 않은 처지에서 자체적으로 수류탄을 제작할 수 있다면 부대의 전투력을 높이는 데에 크게 기여할 것이 분명했다.

이상윤은 자신이 만든 수류탄 모형의 내부에 M-1 실탄에서 빼낸 폭약을 집어넣고 한참 동안 여러 과정을 거치더니 정말 수류탄을 만들어냈다. 그는 다 만든 수류탄을 들고 우리 앞에 섰다. 우리는 반신반의했다. 수류탄 제조법을 공부한 것도 아니고 그 방면에 지식을 갖춘 사람도 아닌데 어떻게 제조할 수 있었는지 궁금했다.

"자, 수류탄 투척 시범을 보일 테니까 모두 모이세요!"

남원군당 유격대원들이 호기심 어린 표정으로 모여들었다. 이상윤은 의기양양했다. 드디어 그가 자신이 만든 수류탄을 손에 쥐었다.

"자, 여길 보세요. 물론 안전핀도 있습니다. 먼저 투척할 방향과 거리를 가늠하고 나서 이렇게 안전핀을 뺀 다음……."

이상윤이 이렇게 말하면서 안전핀을 빼는 순간 갑자기 수류탄이 터지고 말았다.

퍼엉!

이상윤 군사부장이 비명을 지르며 나동그라졌다. 사람들이 놀라서 혼비백산했다. 조금 뒤에 쓰러진 이상윤에게 달려가 보니 선혈이 낭자했다. 수류탄을 쥐었던 손목은 잘려 나가 보이지 않았다. 이날 이후로 그에겐 '외팔이'라는 별명이 붙었다. 그렇다고 그가 낙담해 의기소침하거나 신세를 한탄한 것은 아니었다. 이상윤은 그렇게 한쪽 팔을 잃고도 팔로군 출신의 지휘관답게 당당했다.

인민군의 불리한 전황을 알리는 소식들이 북쪽 전선으로부터 계속해서 내려왔다. 인민군이 서울을 버리고 다시 북상하고 있다는 것이었다. 게다가 군경 합동 토벌군이 회문산 쪽으로 압박해 들어오고 있었으므로 이제 전북도당 사령부도 회문산을 떠날 계획을 세우고 있었다. 그렇다면 어디로 갈 것인가? 빨치산 활동을 하려면 규모가 큰 지리산으로 들어가야 했다. 내게 이런 명령이 떨어졌다.

"최정범 민청 위원장이 대원 몇 명을 데리고 지리산에 선발대로 들어가야 되겠다. 우리 남원군당이 주둔할 수 있는 비트를 확보하고 기다려라!"

'비트'란 비밀아지트를 일컫는 말이다. 비밀의 '비' 자와 아지트의 '트' 자를 합친 것이다. 아지트(agit)라는 단어는 원래 '혁명운동지령본부(agitation)'를 일컫는 소련 말이었다. 유격대원들은 의무반을 '환자트'라고 불렀고, 지명 뒤에 '트' 자를 붙여 '뱀사골트', '달궁트'라고 부르기도 했다. 나는 회문산에서 남자 대원 서너 명과 부녀자 당원 서너 명을 인솔해 지리산으로 향했다. 우리가 일단 목표로 잡은 비트 후보지는 지리산 중에서도 달궁 쪽이었다.

어둠을 틈타 회문산을 출발한 우리는 순창 구림을 거쳐 동계 섬진강을 건너 풍악산을 넘어 대산면으로 이동했다. 대산면에서 다시 교룡산 허리를 넘어 갈치에 당도하니 아침이 되었다. 낮에는 움직일 수 없어 왕치 근처 야산에서 은신을 했다. 어둠이 깔리자 발길을 재촉했다. 갈치를 출발해 이른 저녁에 부모님이 계시는 이백면의 우리 집 근처에 도착했다. 불현듯 부모님이 보고 싶어졌다. 수없이 망설이다가 이내 발길을 돌렸다.

가재재를 넘어 운봉을 거쳐 고기리에 도착하니 새벽녘이었다. 날이 밝아오자 우리는 또다시 은신처에 몸을 숨기고 저녁이 오기를 기다렸다. 다시 정령치를 넘어 드디어 달궁에 이르렀다. 지름길만 걸었는데도 사흘이 걸렸다. 이때부터 지리산 달궁은 남원군당의 비트가 되었다.

보급투쟁, 정령치를 넘고 넘어

내가 머물렀던 비밀아지트의 위치는 현재의 산내면 달궁마을이다. 애당초 달궁을 거점으로 삼고자 했던 데에는 여순사건 주역들이 그 지역에서 빨치산 투쟁을 했다는 사실이 크게 작용했다.

1948년 10월, 여수에서 제주도 출병을 거부했던 김지회(金智會)와 홍순석(洪淳錫) 등이 토벌군에 쫓겨 숨어든 곳이 바로 뱀사골과 달궁 계곡이었다. 결국 김지회 등은 이듬해 4월에 뱀사골 계곡 입구의 반선 마을에서 사살되었는데 우리가 달궁에 도착했을 때는 그로부터 2년이 채 지나지 않은 시점이었다. 따라서 군이 주민들을 모두 소개해버려 민가는 텅 비어 있었다.

달궁마을에서 오른쪽의 광산골로 진입하는 들머리 쪽에는 꽤 높은 봉우리가 하나 있는데, 그곳에는 예전에 목기를 깎던 사람들이 기거하던 움막이 남아 있었다. 그 움막의 바닥은 온돌까지 놓여 있어서 우리가 임시 거처로 삼기에 그만이었다.

움막을 임시 거처로 정한 나와 선발대는 장차 남원군당이 모두 옮겨올 경우 병력이 주둔할 막사를 어디에 마련하는 것이 좋을지 탐색에 들어갔다. 마침 좋은 자리가 보였다. 달궁마을에서 오른편 망바위 방향으로 향하면 하점골 계곡이 시작되는데 사람들은 그곳을 광산골이라고 불렀다. 일제 강점기 성업했던 니켈광산 자리였기 때문이다. 그 골짜기 아래 쪽으로 꽤 넓은 길이 나 있으니 막사를 지을 터로는 안성맞춤이었다. 새 비트를 성공적으로 물색했다는 소식을 회문산의 남원군당에 보고한 후 모든 유격대원을 달궁에 들어오게 했다.

광산골에 본격적인 비트 설치 작업이 시작되었다. 터를 다듬고 숲이 우거진 곳은 베어냈다. 시설에 필요한 목재는 인근에서 가져왔다. 막사 설치 작업은 일사천리로 진행되었다. 1~3중대의 막사를 각각 하나씩 설치하고, 따로 지휘부가 들어설 막사도 세웠다. 산중에 지은 야전 막 사였지만 우습게 볼 건 아니었다. 막사를 짓는 데에 필요한 목재가 인 근에 지천으로 널려 있었고 겨울 추위를 이겨낼 수 있는 구들장이 막사 마다 바닥에 놓여 있었다. 여기에 울타리까지 둘러치고 나니 제법 그럴 듯한 야전 진지가 완성되었다.

이제 새로운 비트를 조성해 자리를 잡았으니 편제를 다시 짤 필요가 있었다. 애당초 남원이 해방될 것을 예상하고 그려놓았던 이른바 평화 체제의 조직안은 그야말로 휴지 조각이 되어버렸다. 그러니 민청 위원 장으로 활동하려던 내 구상도 허사가 되어버렸다.

달궁 광산골에서 새롭게 편성한 남원군당의 지휘부 편제는 다음과 같았다.

위원장: 김장록
군사부장: 이정수
참모장: 김용선
작전부장: 최정범
휘하 1중대장, 2중대장, 3중대장

참모장 김용선은 남원읍 출신인데 군사 관련 경험이나 지식은 별로 없었으나, 지모가 남달랐고 당에 대한 충성심이 높았다. 그런 점이 높 이 평가되어 참모장에 임명되었다. 군사부장 이정수는 산동면 출신인 데 나보다 두어 살 위였다. 일제 강점기에 일본군에 강제로 징용되어

달궁마을 앞 주둔지였던 광산촌계곡을 가리키는 최정범. ©강동원

만주에 파병되었다가 해방 전 소련군 포로가 되었다. 소련에서 몇 달 동안 억류되었다가 해방이 되자 풀려나 고향인 남원으로 귀환했다.

회문산에서 군사부장의 직책을 맡았다가 수류탄을 제조하던 중 부상을 입은 외팔이 이상윤은 절단된 손목을 치료해야 했으므로 전북도당에 남아 있었다. 그런데 어느 날, 도당에 남아 있던 이상윤이 대단한 보급투쟁 성과를 올렸다는 소문을 전해 들었다.

남원역에서 서도역으로 가다 보면 산성역을 지나 계동고개가 있다. 사매와 대산의 경계 지역인 계동고개에 전라선 철길이 있었는데 오르막길 경사가 있어 기차가 지날 때면 서행을 했다. 일제 강점기에 강제로 징용을 당해 끌려가던 조선 청년들이 바로 이 서행 지점에서 뛰어내려 탈출을 하는 사례가 잦았다. 6·25 전쟁 때에는 대부분 군수용품이 운송되었는데, 외팔이 이상윤이 이 서행 지점에서 군수품을 탈취하는 데 성공했다는 소문이었다. 전북도당 의무병단에서 치료를 받아 손목을 완치한 이상윤이 대원 몇 명을 거느리고 계동고개에 잠복해 있다가 열차로 수송 중인 군수품을 탈취한 것이다. 하지만 나는 그가 어떤 작전으로 무슨 군수용품을 얼마나 탈취했는지는 모른다.

아무튼, 부대 편제와 주둔지도 잘 정비되었으니 이제 본격적인 전투에 나설 차례였다. 우리가 당면한 가장 중요한 전투는 생존을 위한 보급품 확보, 즉 '보투'였다. 남원군당 보급투쟁의 주요 거점은 남원군 산내면과 주천면 사이에 있는 해발 약 1200m 고지의 정령치였다. 보급품 확보를 위해 나가고 돌아오는 길에 항상 이 정령치를 넘어야 했다. 우리는 먹고살기 위해 그야말로 정령치가 닳도록 넘어 다녔다.

보급투쟁은 주로 남원군의 지리산 주변 마을로 한정할 수밖에 없었다. 오늘은 산내면 어느 마을, 내일은 인월면 어느 마을, 그다음에는 아영면이나 주천면 어느 마을 하는 식이었다. 비트가 있는 달궁에서 가까운 마을들은 대개 집이 비어 있어 자주 들락거려 봤자 소득을 기대할 수 없었다. 따라서 보급투쟁의 대상 지역은 점점 멀어질 수밖에 없었다. 이 점이 우리에게는 가장 큰 애로였다.

"동무들, 민심을 잃으면 우리는 살아남지 못합니다. 인민을 상대할 때는 절대로 폭력을 행사해서는 안 되고 폭언을 해서도 안 됩니다. 가급적 공손한 말로 협조를 구해야 합니다. 이런 지침을 어긴다면, 비트로 돌아와 혹독한 자아비판을 받을 것입니다."

항상 그렇게 사전 교육을 철저히 실시한 다음 출발했지만, 그런 지시 사항들이 온전히 잘 지켜지기를 기대할 수는 없었다.

"우리는 지리산에서 온 사람들입니다. 조국해방전쟁을 수행 중이니 협조해주시기 바랍니다."

또한 우리가 이렇게 공손한 태도로 깍듯이 이야기를 해도 결국은 강제로 곡식을 달라는 것이었으니 주민들이 위압감을 느낄 것은 당연한 일이었다. 주민들도 피차 먹고살기 힘든 처지였다. 내색은 하지 못했겠지만 속으로 욕을 많이 했을 것이다. 우리도 그런 사실을 모르지는 않았다.

'우리는 지금 조국해방전쟁을 수행하기 위해 불가피한 투쟁을 하고 있는 것이다.'

이렇게라도 스스로 위안을 하지 않으면 빨치산 투쟁을 하는 명분이 사라져버릴 것이었다. 적어도 내가 인솔해 보급투쟁을 나가는 경우, 대원들이 주민을 겁박해 양식이나 물품을 강탈한 일은 없었다. 하지만 결과적으로는 인민의 것을 빼앗아 오는 것과 다름없었으니 마음은 편치 않았다.

보급투쟁에 나설 때에는 나름대로 전략이 필요했다. 어느 마을에 식량이 있는가? 그 마을에 다른 대원들이 근래에 다녀온 적이 있는가? 보급품을 확보한 후 비트까지 운반하는 데에 장애요소는 없는가? 이런 모든 것을 고려해야 했다. 그리고 다른 무엇보다 가장 중요한 것은 인근의 경찰지서나 군경의 초소 등을 미리 파악하는 일이었다. 경찰이나 군인들이 보급투쟁 진행 중에 마을로 들어올 수도 있기 때문이다. 이렇게 인근을 정찰한 뒤, 무장한 대원들이 외곽에서 경계를 서고 비무장 대원들이 마을에 들어가 주민들로부터 보급품을 구했다.

경찰이 주민들을 마을에서 쫓아내 버려서 빈집들만 있는 경우도 많았다. 이런 마을에서는 감춰둔 곡식을 찾아내야 했는데 그 일이 쉽지가 않았다. 이런 경우도 있었다.

"부엌이며 광이며 다 뒤져봤는데도 좁쌀 한 됫박 찾을 수 없습니다."

"마당 구석이나 뒤뜰에 땅을 파고 묻었을지도 모르니까 그쪽도 잘 살펴보게."

"김장독에 김치는 있는데 쌀은 없습니다."

"하는 수 없지. 김치라도 챙겨 가자고."

그래서 허탕을 쳤다 생각하고 다른 집으로 가려고 했는데, 비어 있는 줄 알았던 외양간에서 '음매' 하는 소리가 들려오는 것이 아닌가! 아마도 군경에 의해 소개되는 과정에서, 주민들이 서둘러 떠나다 보니 미처 소를 끌고 가지 못하고 남겨둔 모양이었다. 모양새를 보니 송아지 티를 한참 벗은 암소였다.

"요놈 끌고 가면 우리 대원들 모처럼 몸보신할 수 있겠는데요!"

예상 밖의 횡재에 대원들은 흥분을 감추지 못했다. 하지만 그 소 한 마리는 서둘러 몸을 피한 그 집주인에게도 소중한 재산일 것이었다. 우리라고 왜 미안한 마음이 없었겠는가?

"영수증을 남기고 가자."

우리는 보급투쟁에 나설 때 늘 영수증 용지를 갖고 다녔다. 만약에 집주인으로부터 쌀 한 가마니를 받아 올 적에는 현물로 쌀 한 가마니를 영수했음을 확인하는 증서를 써 줬다. 앞으로 공화국 세상이 오면 반드시 변상해줄 것이니 잘 보관하라는 말과 함께.

귀댁의 소 한 마리를 우리가 빌려 갑니다. 조국해방전쟁을 수행하는 과업에 소중하게 사용하겠습니다. 후일 인민공화국의 이름으로 배상하겠습니다.

대충 이렇게 작성한 영수증을 안방의 방문 틈으로 밀어 넣었다. 뒷날 주인이 돌아왔을 때 그 영수증 한 장이 일말의 위로가 되었을까? 우리는

'남조선 해방'의 그날이 오리라는 믿음에 아무런 의심도 없었다. 그런 믿음이 없었다면 그토록 엄혹한 고초를 겪으면서 어떻게 빨치산 투쟁을 이어갔겠는가. 우리는 며칠 동안 소고기국을 먹을 수 있었다. 먹고 남은 소고기는 지리산의 차가운 계곡에 보관하니 상할 걱정이 없었다.

빨치산에게 보급투쟁은 가장 기본이 되는 일상의 임무였으나, 겨울철에는 특히 그 고초가 말이 아니었다. 모든 보급투쟁은 야간에 이루어졌다. 비트가 있는 광산골에서 어스름 저녁에 출발하면 정령치를 넘어 보투 대상의 마을에 당도하는 시각은 대개 새벽 두 시나 세 시 무렵이었다. 작전이 원만하게 수행되어서 보급품을 성공적으로 확보한다 해도, 그것을 짊어지고 돌아오는 행군은 떠날 때보다는 배로 더 힘들고 더뎠다.

정령치를 넘기 전에 이미 날이 새버리는 경우도 있었고, 또 어느 때는 정령치 인근에서 밤을 지새우기도 했다. 지리산 고지대는 산 아래 평지와는 달리 영하 20~30도를 넘나들 만큼 살인적으로 추웠다. 다행히 나무가 지천이어서 모닥불로 동사(凍死)를 면할 수는 있었지만 몸 앞쪽을 대고 불을 쬐면 등허리가 얼음장이 될 판이고, 돌아서서 쬐면 콧날에 고드름이 맺힐 지경이었다.

1951년 4월 무렵에 회문산에 있던 전북도당 사령부가 결국 지리산 뱀사골로 거점을 옮겼다. 뱀사골 계곡을 따라 한참 들어가면 '석실(石室)'이라는 곳이 있는데 거기에서 한참을 더 들어가는 지점에 사령부를 세웠다. 남원군당이 비트로 삼고 있는 광산골에서는 고개 하나를 넘어서 조금 올라가면 닿을 수 있는 곳이었다. 지리산에 먼저 들어와서 자리를 잡고 있었던 남원군당이 그 지역 일대의 지리를 도당보다 더 잘 아는 것은 당연했다. 그래서 초기엔 남원군당이 전북도당을 먹여 살려야 했다. 보급투쟁에 나서는 유격대원들의 발걸음은 고행이었다.

우리는 달궁 막사를 비밀아지트라고 부르고 있었지만 영원히 그곳이 비밀아지트가 될 수는 없었다. 국방군은 물론 미군 쪽에서도 우리가 달궁 지역에서 빨치산 활동을 하고 있다는 사실을 간파하고 있었다. 어느 시기부터 미군의 정찰기가 달궁 상공을 선회하는 일이 잦아졌다. 그러나 늘 그러다 사라졌을 뿐, 우리를 공격하지는 않았기 때문에 크게 두렵지는 않았다.

지금의 '달궁주차장' 한쪽에는 수백 년 수령의 느티나무 한 그루가 서 있다. 그곳은 남원군당 빨치산들이 모임도 갖고 토론도 하고 씨름대회도 하고 기념식도 하던 광장이었다. 그해 여름 어느 날 동지들과 함께 느티나무 아래 앉아 담소를 나누고 있었는데 미군 정찰기가 상공에 나타났다.

"구라망이다!"

"구라망이 나타났어!"

우리는 그 소형 전투기를 '구라망'이라고 불렀다. 그런데 사실 그 전투기의 정확한 이름은 '지옥의 고양이'라는 뜻을 가진 '헬캣(Hellcat, 정식 명칭은 'Grumman F6F Hellcat'이다)'이었다. 이 헬캣을 제작한 미국의 회사 이름이 '그루먼(Grumman)'이었기 때문에 사람들은 전쟁 통에 상공을 휘젓고 다니는 미군 전투기를 그냥 모두 뭉뚱그려서 그루먼의 일본식 발음인 '구라망'이라고 불렀다.

"이 자식들아, 남의 나라 일에 간섭 말고 빨리 꺼져라!"

"옛다, 구라망! 엿이나 먹어라!"

우리는 미군 정찰기의 동태를 주시하면서 그렇게 중얼거렸다. 바로 그때 비행기가 고도를 낮췄다.

따다다다!

갑자기 기관총알이 쏟아졌다.

"엎드려!"

우리는 혼비백산했다. 나는 일단 자세를 낮춰 엎드렸다가 포복해 바위 옆으로 몸을 피했다. 비행기는 어느 능선으로 멀어졌다가 다시 한번 우리 머리 위로 나타나 기관포를 쏘아댔다.

"어이쿠!"

나도 모르게 비명을 질렀다. 전투기에서 쏜 기관포 탄알이 내가 숨었던 바위를 때렸고, 그 파편이 내 엉덩이와 다리에 맞은 것이다. 처음에는 통증을 전혀 느낄 수 없었는데 잠깐 사이에 엉덩이가 피로 끈적거렸고 다리에도 피가 흥건히 고였다. 나는 동지들의 부축을 받아 급히 환자트로 옮겨졌다. 전투기가 선회할 때 제대로 대피를 해야 했는데 만만하게 봤다가 부상을 입고 말았다.

다행히 달궁 비트에는 간호원도 있었고 페니실린 등 비상약품도 갖춰져 있었다. 불행 중 다행이었다. 양쪽 엉덩이와 다리 등 다섯 군데에 파편이 박혔는데 그것들이 모두 깊이 파고들어 가 있어서 빼내기가 쉽지 않았다. 결국 파편 한두 개는 살 속에 박힌 채로 그대로 아물었다.

1951년 겨울, 내가 아직 환자트에서 치료를 받고 있을 때 지금의 달궁 야영장 쪽에는 이현상(李鉉相)의 남부군이 잠시 주둔하고 있었다. 이태는 소설 『남부군』에서 그 시기 지리산 일대 조선노동당의 각 지역별 분포를 이렇게 기술했다.

같은 지리산이지만 경남도당 부대는 경남 관내인 천왕봉 동쪽 중산리 골에서 대원사골에 걸친 일대를 근거지로 했고, 전북도당은 남원 관내인

이현상의 남부군 주둔지. 지금은 달궁주차장이 들어서 있다. ⓒ강동원

뱀사골과 달궁 언저리를 전전했고 반야봉에서도 남원 쪽에만 빨치산의 아지트가 자리하고 있었다. 전남도당은 칠갑산·유치산·백아산·광양 백운산 등지가 근거지였지만 지리산으로 이동할 때에는 구례·광양 측면인 피아골과 노고단 근방만 드나들었다. 지역 당이 아닌 남부군의 경우는 어디든 자유롭게 다니며 행동했지만 주로 다른 도당의 주거지점 밖인 세석을 중심으로 백무골·거림골·대성골을 가장 빈번히 이용했다.

그러니까 이 시기 남조선의 각 도당이 모두 지리산권으로 몰려들어와 있었고 당시 남부군의 총사령관이었던 이현상 역시 지리산으로 거점을 옮겨 왔다는 말이다. 당시 전북도당 위원장은 방준표였는데 그는 교사 출신으로서 일찍이 모스크바 유학을 마치고 돌아온 인물이었다.

"이현상 사령관 주재로 도당 위원장회의가 개최되는데 동무도 참석하라는 명령이다."

환자트에서 치료를 받고 있는데 내게 이런 명령이 하달되었다. 당시 나는 일개 군당의 작전 담당자에 불과했는데 도당 위원장 같은 고위 지휘관들이 모인 회의에 참석하라니 의아했다. 알고 보니 그 자리에서 운봉지역의 해방작전을 위한 전략회의도 논의될 예정이라고 했다. 그래서 전북도당 산하의 남원군당 작전부장인 나도 호출을 받은 것이다. 나는 지팡이를 짚고 절룩거리며 회의에 참석했다. 그 자리에서 처음으로 이현상

남부군 사령관 이현상.

을 보았다. 건장하고 당당한 신체에 날카로운 눈매를 지닌 인물이었다.

"우리가 이번에 수행할 운봉 해방작전은 하루에 끝나지 않을 것이오. 최정범 동무는 남원군당 유격대를 이끌고 가서 남원읍 쪽에서 운봉으로 나오는 길목을 지키시오. 경찰이나 군 지원대가 오면 그들을 차단하는 임무를 담당하시오."

나는 사령관으로부터 하달받은 지시사항을 묵묵히 받아들였다. 그러나 회의장을 나오다가 아무래도 한마디 해야겠다는 생각이 들어서 조심스럽게 이현상 사령관에게 다가갔다.

"사령관님, 죄송합니다만 제 의견을 한 가지 말씀드려도 되겠습니까?"

"무슨 얘기든 해보시오."

조직의 위계가 시퍼렇게 살아 있었고 눈앞에 말로만 듣던 남부군 사령관 이현상이 버티고 있었기 때문에 얘기를 꺼내기가 망설여지는 것이 사실이었다. 그러나 나는 그 자리에서 사령관이 피력한 해방투쟁 전략에 대한 내 의견을 담담히 말했다.

보급투쟁에 나선 지리산빨치산이 주 이동로로 택했던 고기삼거리. ©강동원

"우리가 수행하려는 작전은 정규전이 아니라 유격전입니다. 유격전을 수행할 때는 동쪽에서 소리치고 서쪽을 친다는 이른바 '성동격서(聲東激西)' 전략이 유효한 것으로 알고 있습니다. 그리고 그것이 우리 빨치산이 지금까지 구사해 성과를 거두어온 작전인데, 지금 사령관님이 지시하신 대로 전투를 펼치면 아무래도 아군의 희생이 많지 않을까 우려됩니다. 이 점을 좀 고려해주셨으면 하는 게 제 소견입니다."

그러자 사령관 이현상이 대답했다.

"동무의 말도 옳아요. 그러나 경우에 따라서는 우리가 당당하게 세를 과시했을 때 그것이 전선에 미치는 영향도 큰 것이오. 때론 아군에게 미치는 사기와 영향력을 생각해서 정규전처럼 작전을 펼쳐야 상대를 교란시킬 수 있는 것이오."

그러나 나는 여전히 게릴라식 기습작전이 빨치산 작전에 더 유효하다는 생각을 버리지 못했다. 작전 당시 지리산 인근의 군경 초소나 경찰지서 등은 벽돌을 쌓아서 아예 요새를 구축하고 있었고 그 주위를 다시 뾰족하게 깎은 목책으로 이중 삼중의 방어막을 쳐놓았기 때문에, 기습공격이 아닌 정면 대결 형식으로는 승산이 적었다. 적어도 내 생각은 그랬다.

운봉 해방작전은 예정대로 결행되었다. 그 작전에서 남원군당은 당초 명령대로 남원에서 운봉으로 진입하는 여원치에서 경계를 섰다. 그 때문에 나는 실질적인 공격 작전이 어떤 방식으로 진행되었는지 상세한 내막은 알지 못했다. 이틀 동안 계속된 운봉 해방작전은 결국 성공했다. 운봉토치카를 점령한 후 하루 종일 보급투쟁에 나섰다. 운봉에서 고기삼거리를 거쳐 정령치를 넘어 달궁까지 하루에 두 번씩 보급품을 날랐다.

아무도 우리에게 빨치산이 되라고 말하지 않았다

미군 정찰기의 공격에 의한 부상은 생각보다 긴 시간 동안 나를 괴롭혔다. 살 속에 박힌 파편 때문에 통증이 가시지를 않았다. 나는 대부분의 시간을 일단 환자트에서 치료받으며 지냈다. 그런데 어느 날 김장록 위원장이 환자트에 찾아와 조심스럽게 입을 열었다.

"우리 남원군당이 이 상태로는 아무래도 문제가 있소. 당신이 와서 대원들의 사기를 좀 북돋워 줘야겠소."

위원장이 나를 찾아온 저간의 사정을 어느 정도는 짐작하고 있었다. 작전부장인 내가 부상을 치료하느라 환자트로 물러나 있는 동안 부대원을 이끌고 보급투쟁에 나서는 임무는 1중대장이 맡아 수행하고 있었다. 당시 1중대장 이름은 기억나지 않는다. 그 역시 이북 출신이었고 낙동강전투에서 후퇴하다가 합류한 인물이었다.

그는 인민공화국에 대한 충성심이나 남조선 해방에 대한 열의와 투쟁의지는 누구에게도 뒤지지 않았다. 다만 지리산 일대, 특히 남원 지역의 지리에 어두웠고 대원들에 대한 장악력이 다소 부족했던 것 같다.

"1중대장이 대원들과 보급투쟁을 하면서 어려움이 많다고 들었소. 현장 통제가 쉽지 않고 경찰의 공포탄 소리 한 방만 들려도 대원들이 혼비백산한다고 하오."

하지만 그것은 중대장의 지휘통솔만 탓할 일은 아니었다. 진짜 문제는 전황이 불리하게 진행되고 있는 현실에서 찾아야 했다. 빨치산에 대한 인민들의 인식 또한 점점 안 좋아지고 있었다. 보급투쟁 환경 자체가 녹록지 않았던 것이다.

"제가 복귀한다고 크게 달라지겠습니까?"

다른 무엇보다 아직 몸이 온전하지 않았다. 나는 이렇게 얼버무리고서 잠시 물러나 있으려고 했다. 하지만 위원장의 권유가 완강했다.

"그래도 일단 보급투쟁을 이끌어주시오."

사정이 그 정도라는데 개인의 안위만 생각할 수는 없었다.

"예, 그럼 해보겠습니다."

물론 나는 몸이 아직 완쾌되지 않은 처지였다. 하지만 조직 활동에서 가장 중요한 요소인 보급에 문제가 생겼으니 나서지 않을 수 없었다. 그렇게 나는 다시 보급투쟁에 나섰다. 위원장의 간청으로 오랜만에 나선 보투였으므로 성공하지 않으면 안 되었다. 일단 보급투쟁에 나설 지역을 신중히 물색하고 치밀하게 작전을 세웠다. 보투 목적지를 결정한 후 대원들에게 맨땅에 지도를 그려가며 작전을 지시했다.

"이번 보투 지역은 주천면의 호경마을이다. 고기리에서 구룡계곡을 타고 내려가면 끝자락에 육모정이 있고 지척에 호경마을이 나온다. 소재지에 지서가 있는데 마을까지 거리는 1.5km 정도다. 따라서 무장을 갖춘 대원은 나와 함께 지서와 마을의 중간 지점에 매복한다."

야음을 틈타 유격대를 인솔해 현지로 이동한 나는 우선 보급품을 확보할 비무장 대원들을 마을로 들여보냈다. 그러고는 무장 대원들을 데리고 마을과 지서의 중간 지점에 매복했다.

대원들이 동네에 들어가 보급품 확보 작업을 시작했다는 사실은 따로 보고를 받지 않아도 저절로 알 수 있었다. 특별한 신호가 있었기 때문이다. 개 짖는 소리가 그것이었다. 개 짖는 소리가 들려온 지 30여 분이 지났을 무렵, 흰옷 차림의 사람 몇 명이 마을을 빠져나가는 게 보였다. 지서에 신고를 하러 가는 사람들이었다. 주민들은 우리가 협조를 구할 대상이지 싸울 대상이 아니었으므로 그들을 제지하거나 공격하지 않았다. 신고를 받고 출동하는 군경만이 우리의 전투 대상이었다.

나는 잠복해 있는 대원들에게 지시했다.

"이제 조금 있으면 지서에서 경찰 병력이 마을로 올 것인데, 그들은 틀림없이 일렬로 행군할 것이다. 그들이 나타났다고 섣불리 발포를 해서는 안 된다. 내가 권총으로 공포를 쏘면 그때 발포하라."

다시 대원들과 함께 매복했다. 잠복 상태가 길어지자 어두운 들녘에서 그쳤던 풀벌레 소리가 다시 요란하게 이어졌다. 보급투쟁에 이골이 난 나 역시 그 시간은 긴장의 연속이었다. 대원들은 무리 없이 보급품을 확보하고 있는지, 마을 사람들의 신고를 받은 지서는 어떻게 대응할 것인지 궁금했다.

이윽고 경찰들이 일정한 간격을 유지한 채 일렬로 행군해오는 모습이 보였다. 30명은 넘어 보였다. 기관총을 멘 경찰의 모습도 어렴풋이 비쳤다. 행렬의 선두 병력은 그대로 보냈다. 잠시 후 대열의 중간쯤에 있던 대원들이 우리 앞에 이르렀을 때 나는 총을 꺼냈다.

탕!

일단 공포 한 발을 쏘았고 곧이어 우리 대원들의 발포가 이어졌다. 경찰 병력이 혼비백산했다. 우리는 정조준해서 사격하지 않았다. 그 덕분에 사상자는 나오지 않았지만 야간에 갑자기 울려퍼진 총성은 그들을 공포에 떨게 하기에는 충분했다. 경찰 병력은 칼빈 소총을 손에 들고 뛰었지만 메고 있던 기관총은 팽개치고 도망쳤다. 기관총은 우리의 노획물이었다.

그렇게 경찰부대가 줄행랑을 쳤으므로 유격대의 보급투쟁 임무는 성공적으로 끝이 났다. 우리는 다시 마을로 향했다. 나는 대원들과 한 가지 작전을 더 모의했다.

"방금 경찰 병력 대열 선두에서 이동하던 사람들 몇 명은 틀림없이 마을 쪽으로 도망을 쳐 어딘가에 숨어 있을 것이다. 그 자들을 유인해 잡아보자."

우리는 마을에 들어가 미리 짠 대화를 큰 소리로 외쳤다.

"어이, 김 순경! 빨치산들 다 물러갔어. 괜찮으니까 나와. 지서로 돌아가자구!"

정말로 두 명의 경찰 대원이 소총을 어깨에 걸치고서 어둠 속에서 나타났다.

"꼼짝 말아!"

무장을 해제한 후 취조를 해보니 그들 역시 경찰에 의해 동원된 주민들이었다. 당시에는 정규 경찰들도 훈련이 제대로 되어 있지 않아서 기습적인 총소리 한 방만 울려도 다들 도망치기에 바빴다. 의용경찰이나 임시 차출된 사람들의 나약함은 더 심했다.

주천면 호경마을에서 보급투쟁이 성공함으로써 나는 상부로부터는 지도력을 인정받았고 대원들의 신망도 두터워졌다. 심지어 내가 사정이 있어서 보급투쟁을 인솔하지 않는다는 사실이 알려지면, 비무장 대원들 중 괜히 배가 아프다는 등의 꾀병을 앓는 사람들이 나타나기도 했다. 공공연히 이렇게 말하는 대원들도 있었다.

"부대장님이 인솔하면 안심이 되지만 다른 사람이 인솔하면 두렵습니다."

나는 원래 보직이 남원군당 유격대의 작전부장이었다. 하지만 시간이 지나면서 대원들이 줄어드는 바람에 중대 단위의 편제가 없어져 버렸다. 그래서 대원들은 나를 그냥 '부대장'이라고 불렀다. 내가 실질적으로 전체 대원들을 통솔하게 된 것이다. 그렇다고 내가 지휘한 보급투쟁이 언제나 순조로웠던 것은 아니었다.

이런 일도 있었다. 우리는 야간에 목표를 정해놓고 이동할 때 반드시 정찰대를 먼저 보냈는데, 제일 난감한 경우는 앞서 출발했던 정찰대로부터 이런 연락을 받는 경우였다.

"길을 잃어버려 어딘지 어딘지 모르겠습니다."

그때는 8월 무렵이었다. 남원의 산동 지역으로 보급투쟁을 나갔는데 당시 상황이 워낙 아슬아슬했기 때문에 지금도 그 기억이 생생하다. 나는 부대원들과 정령치에서 마상고개 쪽으로 내려가는 지름길을 타고 있었다. 대원들을 이끌고 야간행군을 할 때면 나는 언제나 행렬의 중간쯤에 위치했다. 부대원들의 동향을 파악하기가 쉽고 전체 부대를 지휘하기가 용이하기 때문이었다. 그런데 이동하던 부대가 갑자기 멈춰서는 것이었다.

"왜 안 가는 것인가?"

"길을 잃어버렸습니다."

난감한 상황이었다. 어슴푸레 달이 비치고 있었고 우리가 움직이는 기척을 알아챘는지 건너편 엄계마을에서 개 한 마리가 짖었다. 이윽고 온 동네 개가 따라 짖기 시작했다. 이렇게 개 짖는 소리가 점점 커지면 공포심도 커진다.

무슨 일인지 알아보기 위해 서둘러 앞쪽으로 갔더니 선두에서 행군하던 대원이 걸음을 멈춘 채 갈피를 잡지 못하고 있었다. 달빛이 약하게나마 비치고 있었고 멀지 않은 곳에 마을의 불빛이 보였으므로 그쪽으로 방향을 잡아 가면 될 터인데도 대원은 "길을 모르겠습니다"라고만 말했다. 이런 경우는 진짜 길을 모르는 것이 아니라, 겁을 먹어 심리적으로 위축된 상태를 의미하는 것이다. 사방을 둘러보니 전방의 마상고개 쪽에서 하얀 형상이 얼핏 달빛에 스쳤다.

'아, 저기 토벌대가 잠복하고 있구나!'

그렇게 직감한 나는 대원들에게 움직이지 말고 자기 자리에서 대기하고 있으라고 명한 다음, 네댓 명을 데리고 고개를 올랐다. 우리가 예정대로 행군을 했다면 양쪽이 5m 이상의 깎아지른 절벽인 협곡을 지나게 되어 있었다. 그런데 바로 그곳에 경찰들이 우리를 공격하려고 잠복하고 있었던 것이다.

나는 숨어 있는 경찰 뒤쪽으로 조심스럽게 접근했다. 드디어 달빛에 비친 사람이 보였다. 얼핏 여남은 명은 되어 보였다. 우리가 가진 무기라고는 내가 가진 권총 한 자루뿐이었다. 평소에는 늘 기관총까지 무장

했으나 하필 그날은 소총도 지참하지 않았다. 그들이 눈앞에 들어왔을 때 나는 허공에 권총을 쏘며 소리쳤다.

"꼼짝 말고 손들어!"

그들은 전방만을 주시하고 있다가 갑자기 등 뒤에서 총소리가 울리자 들고 있던 수류탄을 아무렇게나 내던지고 도주했다. 그 순간 대원 한 사람이 수류탄 파편에 맞아 그 자리에서 절명했다. 우리는 시신을 수습해 길가 언덕에 대충 매장했다. 고향이 정확히 어디인지 가족 관계가 어떻게 되는지 따위는 알지 못했다.

고락을 함께하던 대원을 잃었으니 분명 슬픈 일이었지만, 그런 감상에만 빠져 있다면 빨치산 투사가 아니었다. 만일 매복해 있던 그들을 발견하지 못하고 대원들과 그대로 협곡으로 들어갔다면 훨씬 더 많은 희생자가 발생했을 것이다. 대열의 중간쯤에서 행군을 인솔하던 나 역시 틀림없이 수류탄에 맞았을 것이고 내 주검은 협곡에 방치되었을 것이다. 아무튼 우리는 그날 밤 끝내 산동의 보급투쟁을 완수하고 달궁으로 돌아왔다.

그동안 사람들은 내게 자주 물었다. 생사를 넘나드는 빨치산 활동을 왜 자청했느냐는 것이다. 그럴 때마다 내 대답은 한결같았다. 나는 조국 해방을 위해 싸우는 전사였다고. 국방군 같은 정규군은 전장에서 지휘관의 명을 따르지 않거나 군율을 어기면 처벌을 받는다. 즉, 명령 체계에 의해 움직인다. 하지만 빨치산 전사들은 엄격한 군율의 통제 없이도 일사불란하게 움직였다. 그들은 강제로 징집된 병사가 아니라 자발적으로 나선 전사들이었다. 이는 오직 '조국해방'이라는 사명감 때문이었다. 그것이 싫으면 당장이라도 산에서 내려가면 그만이었다.

1951년 여름, 나는 이백면 출신의 한 인사로부터 집안 소식을 들었다. 부모님이 지서에 구금되어 있다는 소식이었다. 하지만 그런 소식을 들었다고 해서 의기소침할 수는 없었다. 그럴 바에는 차라리 산을 내려가서 자수하는 편이 나았을 것이다. 나는 그해 초에 있었던 거창양민학살사건 소식을 여러 경로로 전해 들었기 때문에 '빨치산은 자수해봤자 죽음을 면치 못한다'는 사실을 잘 알고 있었다.

그럴 때마다 적개심이 타올랐으나 가족 때문에 빨치산 생활을 청산하거나 경찰에 투항할 생각을 해본 적은 없었다. 사실 당시 나는 신혼 중이었다. 지금도 아내가 그 시절을 회상할 때면 그저 죄인처럼 고개를 푹 숙일 뿐이다.

결혼식을 올린 뒤 아내는 일단 처가에 머무르고 있었다. 1949년 말에 혼인했던 아내는 1950년 가을 무렵에 친정에서 시집으로 올 예정이었다. 그런데 전쟁이 터졌고 아내를 데리러 왔어야 할 나는 감감무소식이니 아내와 처갓집에서는 예삿일이 아니었을 것이다. 하지만 내가 딱 한 차례 처가에 얼굴을 비친 적이 있었으니, 1950년 가을의 일이다.

그해 9월은 인천상륙작전에 의해 국방군이 서울을 수복하고 인민군이 낙동강 전선에서 후퇴하던 때였다. 내가 속한 남원군당 역시 남원을 떠나 춘천으로 후퇴했는데, 그때 잠시 보절면 시묘동에서 지냈다는 이야기는 앞에서 밝혔다. 당시 처가가 있던 임실군 지사면은 시묘동에서 그리 멀지 않았다. 독수공방하고 있을 아내가 그리웠다. 나는 한밤중에 처갓집을 찾아갔다.

전쟁 통에 소식을 모르던 사위가 자정 무렵에 느닷없이 나타났으니 아내는 물론 처조부모님과 장인 장모님이 얼마나 놀라셨는지 알 만했다. 처가 어른들은 궁금한 것이 한두 가지가 아니었을 것이다. 어른들은 서둘러 나를 아내가 기거하던 방으로 안내하고 편히 쉬라고 했다.

갑자기 나타난 신랑을 맞이한 아내도 반가운 마음에 아무런 말이 필요 없었다. 모처럼 달콤한 신혼의 꿈을 꾸었다.

나는 미명이 오기 전에 처갓집을 나왔다. 또다시 이별을 해야 하는 아내의 손을 꼭 잡고 이렇게 말했다.

"조금만 고생하면 좋은 세상이 올 것이오. 내가 바로 그 좋은 세상을 만드는 사업 때문에 동분서주하고 있으니 조금만 참으시오."

그 시기에 이미 나는 좌익사범으로 검거 대상자 명단에 올라 있었기 때문에 처가가 있는 지산면 지서에서는 혹시 내가 처가에 오지 않을까, 감시의 눈길을 거두지 않고 있었다. 그러던 차에 내가 밤중에 감쪽같이 다녀갔고 경찰은 나를 잡지 못했으니, 경찰서장이 길길이 뛰며 분노했다고 한다. 그들은 이후부터는 노골적으로 처가에 드나들면서 식구들을 괴롭혔다. 아내는 1951년 정초의 상황을 이렇게 회상했다.

"전쟁 통이라고는 하지만 우리 집에서는 설날을 맞이해서 여느 해처럼 분주했어요. 떡국은 물론 약과도 만들고 엿까지 고았죠. 칼잡이들 시켜서 막 잡은 소고기도 들여와서 설날에 찾아올 세배 손님들 맞이할 준비를 했어요. 그런데 바로 그 정월 초하룻날에 경찰이 우리 집으로 들이닥치더니 나한테 남편을 내놓으라면서 총을 들이댄 거예요. 얼마나 놀랐던지 몰라요."

놀란 것은 아내만이 아니었다. 특히 나를 손녀사위로 맞이하는 데에 결정적인 역할을 했던 처조부는 충격으로 거의 제정신이 아니었다.

경찰은 아내를 끌고 집을 나섰다. 처조부가 눈 쌓인 언덕길을 쫓아오면서 소리를 질렀다.

"내가 잘못 봤다. 다 내 잘못이니 차라리 내 눈을 빼 가라, 이놈들아!"

'잘못 봤다'는 말의 뜻은, 좌익에 물든 나를 위험한 청년인 줄 모르고 손녀사위로 들였다는 자탄이었다.

지서 유치장은 잡혀 온 사람들로 만원이었다. 그래서 경찰은 아내를 방공호로 파놓은 토굴 속에 가두었다. 입구에 거적문이 달린 토굴이었다. 신문이 시작되었다.

최정범이는 언제 다녀갔나?

"작년 9월에 다녀갔습니다."

어디로 갔나?

"한밤중에 왔다가 새벽에 갔는데 어디로 간지 모릅니다."

그리고 또 언제 왔나?

"그 뒤로 온 적 없습니다."

똑바로 말하지 못해!

경찰은 윽박질렀지만 내가 아내에게 어디로 간다고 밝히지를 않았으니 아내를 아무리 윽박지른들 얻어낼 것이 없었다. 경찰은 을렀다 달래기를 반복했다.

"차림새를 보니 부잣집에서 귀하게 자란 색시 같은데 이 무슨 고생이오? 어디 있는지 실토를 하고 집에 돌아가야지요."

"아무리 그래 봤자 난 아는 게 없습니다."

아내에 대한 경찰의 신문은 나흘이 넘도록 계속되었다. 처조부는 토굴 속에 갇혀 있는 손녀를 보고서 전 재산을 털어서라도 빼내 오고야 말 것이라면서 통곡을 했다.

아내는 잡혀간 지 닷새 만에 풀려나 집으로 돌아갔다. 결국 아내는 친정에서 4년을 살았다. 내 큰 딸은 1951년생으로 벌써 60대 중반을 넘어선 나이가 되었다. 이 아이가 바로 1950년 가을 한밤중에 처갓집에 다녀오면서 얻은 아이였다.

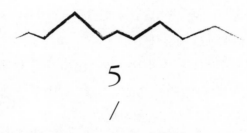

5
/
남조선 해방의 꿈은 멀어져 가고

수력발전용 제너레이터를 확보하라

1951년 4월 무렵에는 전북도당이 뱀사골로 사령부를 옮겼다. 남원군당이 아지트를 둔 달궁의 광산골에서 고개 하나만 넘어가면 닿을 수 있는 거리였다. 도당 사령부가 남원 관내인 뱀사골에 들어와 있으니, 남원군당은 자연히 도내의 다른 군당들과는 달리 '직할군당'과 같은 구실을 해야 했다. 아니나 다를까, 어느 날 김장록 군당 위원장이 나를 불렀다.

"지금 도당 사령부에 다녀오는 길인데 사령부로부터 과제 하나를 지시받았소."

"예, 말씀하십시오."

"동무도 알다시피 여긴 지리산 계곡이라 물이 풍부합니다. 이 계곡물을 이용해서 발전을 하겠다는 것이 도당 사령부의 계획이오."

"계곡의 물을 이용해 수력발전을 한다고요? 아니, 그럼 뱀사골 비트에 전깃불을 켜겠다는 얘깁니까?"

"그것까지는 아니지만, 지금 본부(북조선)에 무전 연락을 해야 하는데, 지금으로서는 아무런 동력이 없으니까 할 수가 없는 상황이오. 그래서 전기를 생산해 교신을 하려는 것이오."

"하지만 우리 남원군당에는 그 방면의 기술을 가진 사람이 없는 것으로 알고 있는데요. 우리에게 부여된 과제가 무엇입니까?"

"소형 발전기를 만드는 데 필요한 다른 재료는 다 있는데, 딱 한 가지가 없다는 것이오."

위원장이 지목한 것은 자동차의 제너레이터(generator)였다. 제너레이터는 자동차가 움직일 수 있도록 모든 기계 장치에 전류를 공급해주는 자동차 내부의 발전 장치다. 그것을 우리 남원군당에서 구해주면 좋겠다는 것이었다. 그 모터를 확보하자면 자동차 한 대를 습격해야 할 것이었다. 만만치 않은 보급투쟁이 될 것이 분명했다.

나는 이렇게 말했다.

"자동차 내부에서 모터를 뜯어 와야 하는데, 어차피 이 보급투쟁은 밤에는 불가능합니다."

"그렇다면 대낮에 자동차를 습격해서 그 부품을 떼어내는 일이 가능하겠습니까?"

"가능하게 만들어야지요."

일단 대답은 이렇게 호기롭게 했으나 내심 걱정이었다. 이번 보급투쟁은 민가에 가서 곡식을 구해 오는 일 따위와는 비교할 수 없을 만큼 그 목적이 특수했기 때문에 전보다 훨씬 더 치밀한 작전을 세워 수행하지 않으면 안 되었다. 더구나 김장록 위원장은 물론 도당 사령부에서도 내 능력을 과신하고 있었기 때문에 부담감이 더 컸다.

작전에 참여할 군당 대원들과 회의를 했다. 우선 작전을 수행할 장소를 정해야 했다. 물론 자동차가 지나다니는 도로를 골라야 하겠지만 신중하게 선정해야 했다. 평소 자동차 통행이 활발한 지점이 대상이었지만 자동차 왕래가 너무 잦은 지역도 문제였다. 제너레이터를 해체하는 사이에 다른 차들이 지나가면 들키기 십상이었다.

"지금은 전쟁 통이라 민간 자동차는 구경하기가 어렵습니다."

"후생사업에 동원되는 군용 트럭이라면 어떨까요?"

작전지점에서 인근 지서까지의 거리, 그리고 많은 경찰 병력이 출동할 수 있는 경찰서까지의 거리를 잘 계산해야 했다. 설령 누군가 신고했을 경우 토벌대가 출동해 현장에 도착하기 전에 작전을 마치고 철수할 수 있어야 했다.

"이번 작전은 지금까지의 보투와는 다르게 낮에 실시가 되기 때문에 이동상의 어려움이 있습니다. 달궁 광산골에서 밤에 출발해 아침 무렵까지는 현장에 도착해 매복해 있어야 합니다. 그리고 차가 지나갈 때를 기다렸다가 습격해야 합니다. 이동 중에 노출되어서는 죽도 밥도 안 됩니다."

긴 논의 끝에 장소가 정해졌다. 운봉 방면이었다. 운봉에는 고려 우왕 때 이성계가 왜구를 물리쳤던 황산(荒山)이 있다. 거기에는 황산대첩을 기념하기 위한 비각이 세워져 있는데, 그 비각 앞에 마을이 하나 있다. 이름도 '비전(碑殿)마을'이다. 그 비전마을 앞 도로를 보급투쟁 현장으로 정했다. 자동차 통행이 잦은 곳이고 누군가 금세 신고를 해서 운봉면 지서 경찰이 출동한다 해도 어느 정도 시간을 벌 수 있는 지점이었다.

"자, 출정합시다!"

우리는 한밤중에 아지트를 떠났다. 100명이 넘는 대원이 총출동했다. 야간행군은 늘 하는 것이었으므로 어려울 것도 두려울 것도 없었다. 하지만 엉뚱한 불안감이 엄습했다. 이렇게 많은 대원을 이끌고 나가서 자동차 전기 모터 하나 뜯어 오지 못할까 걱정이 앞섰다. 그것은 내 체면이 걸린 문제였다.

예정대로 날이 샐 무렵 목적지 인근에 도착했다. 대원들을 이끌고 도로가 잘 내려다보이는 산기슭에 매복한 뒤, 전방을 가만히 관찰해보니 간헐적으로 지나다니는 차들 대부분이 군용 트럭들이었다. 그렇다고 병력을 수송한다거나 무기 등 군수품을 운송하는 차들은 아니었고 대부분이 후생사업(厚生事業)에 동원된 차량이었다.

군용차량이 민간인의 물건을 운송해주고 운임을 받는 일을 후생사업이라고 했다. 이는 불법이었지만 당시 군부대 전반에서 행해지고 있었다. 국가재정이 빈약해 국방비 조달이 힘들었기 때문에 나라에서 군인들의 복지를 감당하기 어려웠다. 군부대에서는 군용 트럭으로 민간인의 물품을 운반해서 받은 돈으로 부대 운영비를 자체 조달했다. 군용 트럭으로 운송하는 물자들은 산지(山地)에서 벌채한 목재부터 공장에서 만든 제품에 이르기까지 각양각색이었다. 군용 트럭을 아예 민간업자에게 빌려주고 일정액의 운임을 받거나 혹은 겨울에 쓸 장작을 운임 대신으로 받기도 했다.

후생사업 중인 군용 트럭 한 대를 목표로 정하기로 마음을 먹고 대원들과 세부 작전을 숙의했다.

"이 근처의 경찰부대 배치가 어떻게 됩니까?"

"황산에 '터주 갈매기'라는 암호명의 경찰이 주둔하고 있습니다."

"그렇다면 거리가 너무 가까운 것 아닙니까?"

"걱정할 것 없습니다. 황산에 주둔하고 있는 경찰은 불과 열 명 미만이기 때문에 우리를 섣불리 공격하려 들지 못할 것입니다."

"그렇다면 경찰 주력부대는 어디 있습니까?"

경찰 주력부대는 운봉에 비전마을에서 10리 정도 떨어져 있었다. 만일 황산에 있는 경찰이 운봉에 가서 신고를 한다고 가정할 때 주력부대가 비전에 도착하기 전에 트럭을 습격하고 제너레이터를 빼내야 했다.

드디어 작전을 시작했다. 나는 산기슭에 주력부대를 매복시켜놓고, 대원 중 가장 전투력이 뛰어난 특공대를 선발해 도로변의 배수로에 잠복시켰다. 그리고 특공대에게 지침을 내렸다.

"이제 저 앞에서 다가오는 트럭이 목표물이오. 내가 사격신호를 하면 자동차의 바퀴를 쏘시오. 그런데 반드시 다가오는 차의 앞에서 쏴야 합니다. 만일 차량의 후미를 사격했다가 명중이 되지 않는다면 그 차가 그대로 달아나 신고를 할 것이오. 그러면 우리의 작전은 실패로 끝날 것입니다."

준비는 끝났다. 얼마나 기다렸을까? 드디어 트럭 한 대가 다가오고 있었다. 역시 후생사업 중인 군용 트럭이었다. 트럭의 화물칸에는 사람들도 꽤 여러 명 타고 있었는데 전부 비무장 민간인들이었다. 나는 특공대 한 명에게 지시했다.

"자, 지금이다. 정조준해서 사격하라!"

빠앙!

M-1 소총의 탄환이 트럭의 앞바퀴에 명중했다. 긴 곡선을 그리며 차가 멈춰 섰다. 화물칸에 타고 있던 인부들이 겁에 질린 채 안절부절 못했다. 얼른 트럭에 접근해 그들에게 소리쳤다.

"전부 내려요!"

인부들이 순순히 내렸다.

"당신들 해치지 않을 테니까 빨리 가시오!"

인부들은 흔적도 없이 사라졌다. 자동차의 구조를 잘 아는 대원이 트럭의 보닛을 열고 제너레이터를 분리하기 시작했다. 제너레이터 해체 작업은 그리 오래 걸리지 않았다. 작전은 싱거울 정도로 별일 없이 끝났다. 우리는 트럭에서 분리한 제너레이터를 갖고 즉시 철수했는데, 한참 뒤에 산등성이에 올라서서 내려다보니 운봉에서 달려온 경찰 주력부대가 보였다. 그들은 우리가 작전을 수행했던 트럭 주위에 몰려들어 웅성거리고 있었다.

이렇게 획득한 제너레이터로 실제 발전기를 돌렸는지, 무선통신에 성공했는지는 알지 못했다. 다만, 최근 지리산 뱀사골탐방안내소에서 발간한 빨치산 관련 자료 「그들이 지리산으로 찾아든 까닭」이라는 제목의 책자에는 이런 내용이 있다.

뱀사골 계곡의 이끼폭포 일대에 조선노동당 전북도당 사령부가 있었다. 그들은 통신을 위해서 이 폭포에서 수력발전 시설을 만들어 전기를 일으켰는데 이는 세계 유격투쟁사에서 특기할 만한 일이다.

이때는 남부군 총사령관 이현상이 뱀사골을 떠난 뒤였다. 이현상은 뱀사골을 떠난 뒤 전라남도 백운산에 주둔하면서 곡성 해방작전을 지휘하다가 큰 피해를 당했다고 한다. 그 후 다시 지리산 피아골을 거쳐서 경상도 하동 방면으로 거처를 옮겼다고 하는데 자세한 내막은 알 수 없었다.

산내 해방투쟁

1952년도 가을에 실시한 보급투쟁은 조금 특별했다. 우리는 그것을 보급투쟁이라고 부르지 않고 '해방작전'이라고 불렀다. 실제로 우리는 산내면 소재지를 인민의 세상으로 해방시켰다.

남원군당이 있는 달궁이나 전북도당이 있는 뱀사골은 모두 행정구역 상으로는 산내면에 속해 있었다. 산내면 소재지는 대정리를 포함한 면 소재지 일대를 일컫는다.

유난히 그해 가을은 식량을 확보하는 일이 가장 시급했다. 아지트에서 비교적 가까운 마을들은 주민이 없어 텅텅 비어 있었고 그나마 주민이 있는 마을은 잦은 보급투쟁 때문에 나가봤자 성과를 기대할 수 없었다. 그렇다고 지나치게 멀리 떨어진 곳은 이동도 힘들고 위험 부담이 너무 컸다. 그래서 내린 결론이 아예 산내면 소재지 일대를 공격해 해방시킨 다음 안정적으로 식량을 확보하자는 구상이었다. 남원군당이 전북도당 사령부까지 먹여 살려야 할 형편이었다. 또 가을철에 조금이라도 식량을 확보해두지 못하면 춥고 힘든 겨울을 보내야 할 것이 뻔했다. 산내 해방투쟁은 고육지책으로 선택한 전략이었다.

"산내를 해방하라!"

당으로부터 공식적인 명령이 하달되었다.

그러나 나는 그 일이 결코 쉬운 일이 아니라는 것을 잘 알고 있었다. 우리가 산내 지역을 손금 들여다보듯 파악하고 있는 것처럼, 경찰부대 역시 뱀사골이며 달궁 일대를 잘 알고 있었다.

당시 경찰들은 산내면 지서에 요새를 구축해 철통같이 경비를 서고 있었다. 각 마을에서 차출한 의용경찰까지 합하면 그 수가 상당했다.

전면전으로는 승리를 장담할 수 없었고 설령 이긴다고 해도 막대한 희생을 각오해야 했다. 우리는 땅바닥에 막대기로 산내 지역의 지형을 그려가면서 전략을 짰다.

"현재 산내면 지서의 방어태세는 어떻습니까?"

"이 지점에 면사무소가 있는데, 여기에서 인월로 나가는 대정리 언덕에 지서가 있습니다."

"지난번에 정찰 나갔을 때 살펴보니까 지서 건물은 보이지도 않았습니다."

"건물이 보이지도 않다니요?"

"지서 건물 벽에 돌과 흙으로 겹겹이 방어벽을 쌓는 것도 모자라서 그 외곽으로는 목책을 둘러쳐 놨습니다. 함락하기가 쉽지 않을 겁니다."

산내면 면당 책임자의 정보에 의하면 각 마을에서 의용경찰을 차출해 그들에게 무기를 지급해 각각 자기 마을 주위에 매복해서 경계를 하고 있었다. 의용경찰들은 야간에 무기를 들고 대정, 중황, 중군, 내령, 입석 등 각자의 마을 주위에 매복해 보초를 서고 있다가 아침이 되면 철수했다. 의용경찰의 철수 시간은 정확히 알 수 없었다. 하지만 날이 밝으면 철수해서 산내면 지서에 근무 결과를 보고하고 총기를 반납한 후 귀가했다.

"됐습니다. 내일 바로 출정합시다."

나는 산내 해방적전의 전략과 전술을 결정했다. 산내면 지서를 정면으로 공격할 경우 아군과 적군 모두 많은 희생을 각오해야 했다. 그래서 서로의 피해가 가장 적은 방식을 택해 가능하면 피를 흘리지 않고 목적을 달성하고자 노력했다.

우리가 보유한 화기가 변변치 않았기 때문에 철옹성 같은 지서를 사이에 두고 공방을 벌일 경우 버거운 전투가 될 것이 뻔했다. 내가 세운 작전은 각 마을에 매복했던 의용경찰 대원들이 철수하는 때를 노리는 것이었다.

"미리 가서 잠복해 있을 곳은 산내면 지서에서 멀지 않은 매동마을입니다. 자, 갑시다!"

우리는 늦은 저녁 달궁을 출발해 야간행군을 시작했다. 아지트가 있는 광산골에서 매동마을까지는 40리가 조금 못 되는 거리였다. 현장에 도착한 시각은 새벽녘이었다. 주력부대는 산내면 지서 인근에 잠복시키고, 나는 소수의 특공대를 데리고 매동마을 의용경찰이 숨어 있는 매복지로 잠입했다. 가을철이라 사방이 마른 풀숲으로 둘러싸여 있어서 잘못하다가는 쉽게 발각될 수 있었다.

이윽고 희미하게 날이 밝아왔다.

"자, 본부에 철수 보고하러 갑시다!"

매복하고 있던 의용경찰 대원 중 대장 격인 사람이 하품을 하면서 일어섰다. 여기저기에서 대원들이 몸을 일으켰다. 아직 어둠이 깔려 있는 상태라 얼굴을 알아볼 수 있는 상황은 아니었다. 그들은 소총을 메거나 혹은 아무렇게나 어깨에 걸치고서 일렬종대로 움직이기 시작했다.

"따라붙읍시다."

내가 낮은 소리로 특공대원들에게 명령했다. 빨치산 대원들이 자연스럽게 의용경찰들의 꽁무니에 붙어서 뒤를 따랐다. 그들 중 누구도 철수하는 자기들의 대열 뒤쪽에 빨치산이 따라오고 있다는 사실을 알지 못했다. 어둠이 점점 밝아지고 있었지만 아무도 뒤를 돌아보지 않았으므로 돌발상황은 발생하지 않았다.

매동마을에서 철수한 의용경찰 대원들의 행렬이 목책과 방어벽으로

산내면 지서의 경찰 병력이 주둔했던 매동마을 건너편 언덕. ⓒ강동원

둘러싸인 산내면 지서 앞에 이르렀다. 맨 앞쪽에 있던 인솔자가 지서 출입문을 지키고 있던 경찰과 암호를 주고받더니 큰 소리로 말했다.

"매동마을 의용경찰대, 임무 마치고 철수했습니다!"

이윽고 문이 열렸다. 경찰대원들이 하나둘 안으로 들어갔다. 곧 뒤쪽에서 따라가던 우리 특공대원들이 뒤따라 들어가는 모습이 보였다. 숨막히는 순간이었다.

우리 특공대가 따라 들어간 순간 안에서 공포탄 소리가 연이어 들렸다. 그때를 기다려 바깥에 매복해 있던 빨치산 본대에서도 공포를 쏘아대며 지서를 습격했다.

"전부 손들어!"

"무기를 버려라!"

대원들의 쩌렁쩌렁한 목소리가 안에서 울렸다. 철수하던 의용경찰대원들은 물론이고 근무 중이던 경찰관들도 혼비백산했다. 나중에 들은 말이지만 숙직실에서 잠을 자던 지서장은 갑자기 들려오는 총소리에 놀라서 겉옷을 챙겨 입을 겨를도 없이 팬티바람으로 건물 밖으로 빠져나가서 인근 원천리마을 감나무 뒤로 피신했다는 소문이 돌았다. 이렇게 해서 산내 해방작전이 성공적으로 끝났다. 상대방도 우리도 단 한 명의 희생자도 내지 않았다. 부상자도 없었다.

나는 산내면 각 마을에 사람들 보내 주민들을 불러 모았다. 산내국민학교 운동장에 주민들이 가득 모였다. 물론 주민들은 동원령을 듣고 반강제적으로 소집되었다. 그러나 그들 모두 우리에게 적대적이었던 것은 아니었다. 이 시기에도 각 마을에는 예전에 만들었던 인민위원회의 조직원들이 아직 존재하고 있었고, 특히 산내 지역 주민들은 인공 치하를 경험한 적이 있었다. 일부 주민들은 전세가 다시 바뀐 걸로 알고 우리를 반겼다.

우리가 산내면 지서를 접수했다는 것은 빨치산이 산내면의 인민들을 해방시킨 것과 다름없었다. 즉, 산내는 우리 인민공화국의 해방구가 되었다. 따라서 그 의미를 인민들에게 널리 선전할 필요가 있었다.

산내국민학교에 인공기를 게양하고 조선인민공화국의 국가를 제창했다. 정식 명칭은 '애국가(愛國歌)'로, 인민공화국 정부가 수립되기 전인 1947년에 김일성 주석의 지시에 의해 만들어진 것으로 알려져 있다. 빨치산 대원들 중에는 미처 가사와 곡을 외우지 못한 사람이 태반이었다.

아침은 빛나라 이 강산
은금에 자원도 가득한
삼천리 아름다운 내 조국
반만년 오랜 력사에

찬란한 문화로 자라난

슬기론 인민의 이 영광

몸과 맘 다 바쳐 이 조선 길이 받드세

백두산 기상을 다 안고

근로의 정신은 깃들어

진리로 뭉쳐진 억센 뜻

온 세계 앞서 나가리

솟는 힘 노도도 내밀어

인민의 뜻으로 선 나라

한없이 부강하는 이 조선 길이 빛내세

노래를 제창하고 '조선민주주의인민공화국 만세'를 외치면서 비록 잠
깐이었지만 우리는 남조선 전체가 인민공화국 깃발 아래 해방된 것 같
은 기분을 느꼈다. 그러나 현실은 녹록하지 않았다.

"자, 확보한 식량을 달궁으로 운반하고 우리도 철수합시다!"

나는 미련 없이 떠날 채비를 했다. 주민 중에는 우리가 애써 접수한
지역을 순순히 포기하고, 만세까지 부르게 해놓고 한나절 만에 그냥 물
러가겠다고 하자 다소 의아해 하는 사람들도 있었다. 그러나 우리가 머
물 시간은 그때까지였다. 산내면 지서가 빨치산에게 습격당했다는 사
실은 아무리 늦어도 오전 중에 남원경찰서에 보고될 것이었다. 남원 본
서에서는 본격적인 토벌부대를 편성해서 출동준비를 할 것이 틀림없었
다. 그들이 당도하기 전에 산내 지역을 빠져나가야 했다. 물론 '산내를
해방시켰다'고 표현했지만 그것은 잠시 산내면의 치안을 우리가 장악

했다는 의미였다.

우리는 오후 늦게까지 남아 있다가 달궁으로의 귀로에 올랐다. 면 소재지에서 조금 떨어진 원천리의 모퉁이를 지날 때 장항리 인근에서 간간이 총소리가 들려왔다. 우리가 아직 산내에 있는 줄 알고 겁을 주기 위해 공포탄을 발사했던 것이다. 빨치산 유격대는 의기양양하게 달궁으로 향했다.

토벌군의 추격을 피해 운장산으로

도당 사령부와 남원군당 아지트가 함께 뱀사골에 있었던 탓에 남원군당이 도당의 직할부대와 같은 역할을 수행했다. 하지만 도당 사령부를 호위할 목적으로 편제된 직할부대가 따로 있었다. 반선마을에 거점을 두고 있던 그 직할부대에는 40명으로 편제되어 있었고 지휘관은 황의지(黃義智)라는 인물이었다. 황의지는 순창 출생으로 나보다는 다섯 살쯤 위였으며 해방 후 귀국해 좌익에 가담한 것으로 알려져 있었다. 좌익 활동 전에는 일제에 의해 강제 징집되었다가 소련군의 포로가 되어서 수용소 생활을 한 전력이 있다고 들었다.

1952년 초겨울, 전북도당은 군사 편제를 개편하는 작업을 시작했다. 전북도당 산하에는 각 지역에 열 개가 넘는 군당이 있었는데, 그 조직을 통폐합해 두 개의 사단으로 정비하는 작업이었다. 남원을 포함한 전라북도 동부 지역 군당 소속은 1사단으로, 고창군당과 부안군당 등 서부 지역은 2사단으로 편제를 개편했다.

1사단장으로 임명된 사람은 맹봉(猛峰)이라는 인물이었다. 일제 강점기에 만주에서 항일투쟁을 했던 군사경험이 풍부한 사람이었는데 그의 본명은 알려진 것이 없고 '맹봉'이라는 호로 불렸다. 그 호를 언제부터 사용했는지 알 수 없지만, '용맹스러울 맹(猛)' 자와 '봉우리 봉(峯)' 자는 지리산빨치산에게는 딱 안성맞춤인 호칭이었다.

물론 남원군당도 1사단에 편제되었기 때문에 맹봉의 지휘 아래 들어가게 되었다. 나는 사단의 참모장에 임명되었다. 사단 참모부 휘하에는 작전부서 등 지휘체계를 담당할 여러 조직이 필요했지만 편제 개편작업은 속도를 내지 못하고 있었다. 내가 속한 남원군당은 도당 사령부와 지척인 달궁에 주둔하고 있었지만, 1사단으로 편제가 바뀐 전북 동부권의 여러 군당(무주, 진안, 장수, 임실, 순창 등)은 각각 멀리 흩어져 있었기 때문에 각 군당의 지휘관들을 사단 사령부가 있는 뱀사골로 소집하는 데만 해도 여러 날이 걸렸다.

그런데 편제 개편작업이 채 이루어지기도 전에 군경의 대대적인 공세가 시작되었다. 지리산빨치산 토벌에 네 개 사단이 투입되었다. 1952년 가을에 시작된 토벌군의 공격은 겨울로 접어들 무렵 더 심해졌다. 당시 우리는 굶어죽지 않기 위해 보급투쟁을 하는 것 말고는 별다른 군사 활동을 못하고 있는 상황이었다. 그럼에도 불구하고 국방군이 네 개 사단이나 되는 대규모 병력을 투입했다는 것은 아예 빨치산의 근거지를 없애버리겠다는 목적이었다.

사태가 심각하게 전개되고 있었다. 어느 날 달궁의 남원군당 비트 바로 앞쪽에 M-1 소총의 총유탄(소총의 총구에 특수 발사 장치를 달아 발사한 유탄)이 터지는가 하면 달궁 계곡에 박격포가 떨어졌다. 상황이 급박하다는 사실은 밤이 되면 더 실감할 수 있었다. 전북도당 사령부가 있는 뱀사골을 중심으로, 그 주변의 봉우리들과 남원군당의 아지트가 있는 달궁 쪽으로 이어지는 고지마다 불빛이 환했다. 토벌군이 병풍처럼 우리를 포위하고 있는 형국이었다. 게다가 간간이 총유탄이며 박격포의 탄환이 근처로 날아와 터졌다. 비상상황이었다.

"대책을 세워야 합니다. 토벌군이 내일이라도 당장 밀고 내려올지 모릅니다."

"대책을 논의할 시간이 없어요. 당장 오늘 밤에 이곳을 떠나야 합니다."

"거의 모든 봉우리에 토벌군이 진을 치고 있는데 어느 방향으로 진로를 잡아야 합니까?"

"만약 모든 고지에 토벌군이 주둔하고 있다면, 어느 한쪽을 택해서 희생을 각오해서라도 결사 투쟁을 벌여야 합니다."

그날 밤, 뱀사골 인근에 있던 도당 사령부의 모든 대원이 남원군당 아지트가 있는 달궁의 광산골로 집결했다. 줄잡아 300여 명이나 되었다. 그 많은 대원이 토벌군에게 들키지 않고 밤새 지리산을 빠져나간다는 것은 만만한 일이 아니었다. 더군다나 도당의 군사들을 지휘해야 할 1사단장 맹봉은 지리산의 지형지물에는 어두웠다.

"이곳 지리를 잘 아는 참모장 동무가 인솔 책임을 지도록 하시오."

결국 내게 병력 인솔 임무가 떨어졌다. 포위망을 빠져나갈 계책을 내가 궁리해 결정하지 않으면 안 되었다. 책임감이 양 어깨를 짓눌렀다.

"정령치를 비롯한 대부분의 고지에 토벌대가 포진하고 있는데 좌측에 솟아 있는 '1050 고지'에는 불빛도 보이지 않고 인기척도 감지되지 않고 있습니다. 속칭 '도장골'을 경유해 나아가 그 고지로 방향을 잡고 빠져나가는 방법밖엔 없습니다."

우리는 일단 떠날 채비를 갖추면서 반야봉과 정령치 중간 지점인 1050 고지로 먼저 정찰대를 보냈다. 그러나 한참이 지났는데도 정찰대로부터 아무런 연락이 오지 않았다. 불안한 기운이 감돌았다. 만일 그들이 포로로 잡혀버렸다면 그 고지에 주둔하고 있는 토벌군과 정면으로 맞서서 고지탈환 전투를 치러야 했다. 한 시간 여가 지난 무렵, 다행히 정찰대가 돌아왔다.

"1050 고지에는 토벌군이 없습니다. 비었어요."

정찰대장의 보고를 듣고 나니 안도감이 들었다.

"자, 지금부터 계곡을 따라서 1050 고지를 향해 이동할 것입니다. 군데군데 얼음이 얼어서 미끄럽기도 하고, 마른 숲을 지나가려면 바스락거리는 소리도 날 테니 각별히 조심해야 합니다. 소총에서 딸그락거리는 소리가 나지 않도록 보행에 각별히 조심해야 합니다. 자, 출발합시다!"

우리는 새벽 다섯 시가 되어서야 이동을 시작했다. 서리가 내려서 춥고 길이 미끄러워 행군은 더디기만 했다. 어렵사리 1050 고지에 당도하고 보니 모두들 배고픔을 호소했다. 두 끼 이상을 굶은 채로 고지 정복 행군을 강행했기 때문에 모두 기진맥진한 모습이었다. 연기를 피우면 위치가 노출될 것이라는 사실이야 모르는 바 아니었으나 그렇다고 굶어 죽을 수는 없었다. 하는 수 없이 마른 나뭇가지를 주워서 밥을 지었다. 300여 명이나 되는 인원이 먹을 밥을 짓다 보니 연기가 공중으로 자욱이 피어올랐다. 어쩔 수 없는 일이었다.

대충 식사를 때우고 나니 오전 열 시쯤 되었다. 이때 갑자기 정찰기 두 대가 하늘에 나타나더니 한참 동안이나 상공을 선회했다. 조짐이 좋지 않았다. 1050 고지에 빨치산이 집결해 있다는 사실을 토벌군이 감지한 것 같았다.

"우리 위치가 노출된 것 같소. 어떻게 하면 좋겠소?"

사단장 맹봉이 내게 대책을 물었다.

"틀림없이 저들이 공격을 해올 것입니다."

"그럼 방어 대책을 세워야 하지 않겠소?"

"이곳 1050 고지는 남원과 구례의 경계 지점인데, 여기에서 토벌군이 주둔하고 있는 정령치까지는 2km쯤 됩니다. 여기 가만히 앉아서 토벌군이 공격해오기를 기다릴 수는 없습니다."

"그러면 어찌하자는 말이오?"

"정령치에서 우리 쪽으로 오려면 저쪽 능선을 타고 올 수밖에 없습니다. 그곳에 우리가 마중 나가 있다가 능선의 중간쯤에서 먼저 공격을 한다면 토벌군의 공세를 무력화할 수 있을 것입니다."

"상대는 경찰이 아니라 군인입니다. 작전을 치밀하게 세워야 할 것입니다."

토벌군과의 전투 역시 도당 참모장인 내가 지휘를 맡게 되었다. 당시 군사 현황은 1, 2, 3중대와 특공중대 등 네 개 중대였는데 중대장들은 모두 낙동강전투에서 후퇴하다 합류한 인민군 장교 출신들이었다. 나는 정령치에서 1050 고지에 이르는 능선의 중간쯤에 30명의 특공대를 미리 보내 매복시켰다. 그들을 직접 인솔해 매복할 지점까지 정해 줬다.

"토벌군은 틀림없이 이 능선 길을 따라서 일렬로 행군할 것입니다. 그러니 여기 매복해 있다가 공격을 하면 되는데, 대열의 선두를 공격하면 교전 시간도 오래 걸리고 성공 가능성도 높지 않습니다. 그러니까 대열이 지나기기를 기다렸다가 중간쯤에서 발포를 하면 저들이 우왕좌왕할 것입니다. 그때 저 위에서 대기하고 있던 우리 본대가 공격에 합세할 것입니다."

나는 그들에게 발포 시점에 대해 특별히 당부를 하고, 본대가 있는 위쪽으로 올라갔다. 오후 세 시 무렵 정령치에서 토벌군의 동태를 살피고 있던 정찰병의 전갈이 왔다.

"저기 토벌군이 오고 있습니다!"

예상했던 그 능선을 타고 군인들이 일렬로 오고 있는 모습이 훤히 내려다보였다. 내 예상은 적중했다. 나는 토벌대의 행렬이 아군 특공대가 잠복하고 있는 지점을 향해 다가오는 모습을 숨을 죽이면서 바라보고 있었다. 드디어 대열의 선두가 매복 지점을 막 통과하고 있었다.

바로 그때, 10여 명의 군인이 통과했을 무렵 갑자기 함성과 함께 총소리가 울렸다. 대열이 중간쯤 지날 때 발포를 하라고 그렇게 신신당부를 했는데, 조급하게 서두른 나머지 대열 선두 몇 명이 지나가자마자 발포를 해버린 것이다. 어쨌든 토벌대의 군사들은 혼비백산해 정신없이 도망치기 시작했다. 먼저 통과한 10여 명은 고립된 채 공포에 질린 모습으로 숲 속에 엎드렸고, 뒤따르던 군인들은 부리나케 방향을 바꿔서 자신들의 본대가 있는 쪽으로 도주해버렸다.

"고립된 토벌군을 생포하라!"

엎드려 있던 군인 모두 잡혀왔다. 그중에는 기관총 사수도 있었다. 생포한 적은 절대 살상하지 않는다는 것이 빨치산의 일관된 방침이었으므로 우리는 무기를 회수한 후 그들을 방면했다.

"자, 다들 돌아가시오."

그런데 그들의 반응이 의외였다.

"가지 않겠습니다. 차라리 여기 남겠습니다."

우리는 깜짝 놀랐다. 의용경찰도 아니고 명색이 군인이 빨치산 쪽에 남겠다니 놀랄 수밖에 없었다.

"아니, 그럼 우리하고 같이 빨치산 투쟁을 하겠다는 것이오?"

"지금 이대로 돌아가 봤자 총까지 빼앗겼으니 문책당할 게 뻔합니다. 그러니 우리를 받아주십시오."

알고 보니 그들은 말이 군인이지, 경상도에서 징발당해 총 쏘는 요령만 속성으로 배워 군대에 편입된 사람들이었다. 그들 중 일부는 빨치산 부대에 들어와 최후까지 따라다닌 사람들도 있었다. 하지만 나는 그들의 최후가 어떻게 되었는지는 알지 못한다.

토벌군과 한바탕 전투를 벌인 탓에 1050 고지에 더 이상 머물러 있을 수 없었다. 해가 지기를 기다려 야음을 틈타 고지를 빠져나가야 했다. 도당의 지휘부에서는 어느 쪽을 목적지로 할 것인지 숙의를 거듭했다.

"지리산이 토벌군의 목표가 되어버렸으니 어서 지리산을 벗어나야 합니다."

"인근의 산 중에서 지리산 다음으로 큰 산은 어딥니까?"

"진안에 운장산이 있습니다. 지리산에 비할 바는 못 되지만 높은 봉우리가 여럿 있습니다. 비트를 마련해서 주둔하기엔 부족함이 없을 것입니다."

이렇게 해서 완주 쪽의 운장산으로 행선지가 정해졌다. 인솔 책임을 맡은 나로서는 대원들에게 나약한 모습을 내비칠 수는 없었다. 나는 대원들을 독려했다.

"우리가 행군해야 할 루트를 설명하겠소. 이곳 1050 고지를 출발해 정령치, 고기리, 고남산, 산동 대상마을, 천황봉, 산서 대성리, 진안 마이산, 운장산 순으로 이동할 것이오. 동무들! 우리는 인민공화국의 해방 전사입니다. 따라서 이 행군은 조국해방을 위한 행군이니 한 사람도 낙오자가 있어서는 안 되오."

1050 고지를 벗어나 운장산으로 가는 과정은 지금까지 경험했던 어떤 행군보다 고통스러웠다. 대원들의 사기도 많이 떨어져 있었다. 우리를 섬멸하기 위해 토벌대가 지리산의 주요 고지를 점령하고 있는 형국이었다. 고육지책으로 지리산의 거점을 버리고 운장산으로 후퇴하는 상황에서 대원들은 불안감에 떨고 있었다.

다른 무엇보다 초겨울 한파가 몰아치는 추위에 기약 없는 장거리 행군을 해야 한다는 점이 가장 힘들었다. 뱀사골과 달궁에서 서둘러 빠져나오느라 군량을 비롯한 보급품을 제대로 챙기지 못해 보급 상태 역시 열악했다. 이처럼 우리의 대오는 어려움에 봉착해 있었다. 살을 에는 추위를 뚫고 계속된 야간행군은 대원들을 지칠 대로 지치게 했다.

중간점검을 할 때마다 대원의 수가 줄었다. 기력이 부족한 사람들은 도중에 낙오했다. 중화기를 들고 행군하던 대원 중 일부는 몰래 무기를 갖고 군경에 자수하기도 했다. 하지만 나는 놀라지 않았다. 토벌군의 공세가 나날이 거세지는 상황에서 사상무장이 덜 된 대원들의 선택은 어쩌면 당연한 일이었다. 나는 그들의 이탈을 이해했다.

운봉 고남산을 막 넘을 무렵 날이 밝았다. 산동면 등구마을 앞 요천에 집결한 우리는 간단한 요기를 마치고 행군을 서둘렀다. 우리는 산동 대상을 지나 천황봉을 향했다. 그런데 복병이 생겼다. 가는 길목에 산동면 지서가 있었다.

남원경찰서 산동면 지서는 원래 소재지인 태평리 국도변에 있었다. 하지만 우리가 행군할 당시에는 대상리 가는 길목 야산에 진지를 구축해 상주하고 있었다. 이 길은 지리산에서 천황봉을 갈 때 반드시 통과해야 하는 길목이었다. 경찰은 우리가 지나기를 기다리고 미리 손님 맞을 준비를 한 것이다.

"다른 우회로를 찾아보는 것이 어떻겠소?"

도당 간부들이 내게 걱정스레 물었다. 하지만 그쪽의 지리를 잘 아는 나는 우회할 수 있는 다른 길은 없을 것이라고 판단했다.

"이 길이 아니면 운장산에 갈 수 없습니다. 경찰의 총탄 세례를 받더라도 그 지점을 뚫고 가야 합니다. 최대한 신속하게 이동해야 합니다. 우리 대원이 많기 때문에 지서에 있는 경찰이 정면대결을 걸어오진 못할 것입니다. 본대인 남원경찰서 병력이 도달하기 전에 산자락에 붙어야 합니다."

그렇게 우리는 백주에 완전히 노출된 상태에서 행군을 강행했다. 지휘부는 행렬 후미에 위치했다. 대열을 갖춘 뒤 조심스럽게 이동을 시작해 산동면 지서 진지가 있는 지점에 이르렀다. 행렬이 지서 인근을 다 지나갈 때까지 아무런 반응이 없더니 그때서야 남원 방면에서 군용 트럭이 먼지를 일으키며 달려왔다. 산동면 지서의 연락을 받은 남원경찰서가 군부대에 지원을 요청한 것으로 보였다. 트럭에서 내린 경찰과 군인들이 우리 쪽을 향해 마구 사격을 해댔지만 대원들은 이미 산속으로 피신한 뒤였으므로 한 명의 희생자도 나오지 않았다.

다시 날이 저물었다. 우리는 산등성이로 은폐되어 불빛이 새 나가지 않을 만한 곳에 자리를 잡았다. 그리고 마른 가지를 주워 모아 불부터 피웠다. 하지만 우리가 움직일 수 있는 시간은 야간이었음으로 모닥불을 피워놓고 한가하게 시간을 보낼 수 없었다. 우리는 야음을 틈타 걷고 또 걸었다.

운장산 동북쪽의 명덕봉과 명도봉 주자천이 흐른다. 주자천을 따라 올라가면 계곡 양쪽이 깎아지른 기암절벽으로 이어진다. 이곳에서는 오로지 하늘과 돌과 나무와 구름만 보일 뿐이고, 햇빛은 하루에 반나절밖에 볼 수 없다고 해서 운일암반일암(雲日岩半日岩)으로 불린다. 우리는 드디어 운장산의 운일암반일암 계곡에 도착했다.

지친 몸을 바위에 기대고 잠시 휴식을 취했다. 그리고 인근 마을에서 어렵사리 요깃거리를 구했다. 계곡에 누워 울창한 삼림 사이의 하늘을 바라보니 그야말로 검은 구름장만이 시야에 들어왔다. 바람에 밀려 어딘가로 부산스럽게 떠돌아 흘러가는 구름, 우리의 처지가 딱 그러했다.

돌고 돌아 다시 지리산으로

토벌군의 추격을 피해 은밀히 이동했다고 생각했으나 경찰 쪽에서는 이미 우리가 운장산으로 들어왔다는 정보를 입수한 모양이었다. 얼마 뒤 계곡 입구에서 총소리가 울렸다. 도당 간부들이 모여 긴급회의에 들어갔다.

"군경이 이미 우리가 이쪽을 들어온 것을 파악한 것 같습니다. 긴급히 대책을 세워야 합니다."

"우리에게 선택의 여지가 있습니까? 우선 살아남아야 하니까 더 깊은 곳으로 대피를 해야지요."

"경찰이나 군부대가 마음먹고 공격을 해온다면 이곳 운장산에서는 아무 곳도 숨을 곳이 없을 것입니다."

"그럼 다른 곳으로 가자는 얘깁니까?"

"그래도 규모가 큰 지리산이 더 안전합니다."

우리는 결국 지리산으로 다시 돌아가기로 했다. 고난의 행군 끝에 운장산에 안착했는데 다시 또 행군에 나서기로 한 것이다. 달궁과 뱀사골을 떠날 때 이미 토벌군은 고지마다 진을 치고 있었다. 다시 그 지리산으로 들어간다는 것은 호랑이 아가리에 머리통을 집어넣는 격이었다. 앞길은 암담하기만 했다. 그것이 불가능한 도전이라는 것을 모두 알고 있었지만 아무도 내색하지 않았다. 무모한 도전이었지만 우선은 죽지 않고 살아남는 일이 더 중요했다.

다시 야간행군이 시작되었다. 운장산을 출발해 밤새도록 강행군을 했다. 진안에서 무주 쪽으로 가는 길에 고개가 하나 있는데, 걷다 보니 낮 시간대에 그 고개에 당도하게 되었다. 거기서는 국도를 건너야 했다. 그 많은 인원이 신속하게 건넌다고 할지라도 노출이 불가피했다. 더군다나 토벌군이 눈에 불을 켜고 우리의 자취를 추격하고 있었다.

"다시 밤이 오기를 기다린다면 그 전에 적에게 우리의 꼬리가 밟히는 것은 시간문제입니다. 자, 그러니 신속하게 이동합시다."

나는 대원들을 독려해 국도를 건너게 했다. 전 대원이 국도를 건너 안전지대에 대열을 갖추는 모습을 확인할 때까지 나는 맞은편에서 기다렸다. 본래 지휘부는 대열의 중간쯤에 위치해야 효율적이었지만 위험부담이 큰 낮 시간이었던지라 병력의 후미까지 안전하게 국도를 건너도록 독려하기 위해 내가 맨 뒤에서 따라가게 되었다. 이윽고 후미까지 무사히 국도를 건너자 속으로 잠시 안도감을 느꼈다. 행렬은 멈추지 않고 고지를 향해 골짜기를 넘어 오르막길로 접어들었다.

"저 아래, 트럭에서 군인들이 내리고 있어요!"

앞서 가던 누군가가 소리쳤다. 고개를 돌려 내려다보니 우리 행렬 후미의 바로 아래쪽 국도에서 군인들이 우리 쪽을 향해 사격자세를 갖추고 있었다.

"모두 자세를 낮추고 엄폐하라!"

그러나 이미 어지럽게 총소리가 들려온 뒤였다.

땅! 땅! 따다다!

순간 따끔한 충격과 함께 종아리와 대퇴부에 피가 흥건히 흘렀다. 군인들이 쏜 탄환이 왼쪽 다리의 종아리 뒤쪽을 뚫고 대퇴부에 박힌 것이다. 만약 M-1 소총을 맞았다면 훨씬 더 큰 부상을 입었을 것이다. 카빈소총을 맞아 그나마 다행이었다. 총알이 허벅지에 박혀 있기는 했으나 뼈를 다치지 않은 것은 큰 행운이었다.

나는 총상을 입은 다리를 이끌고 악착같이 비탈길을 올라갔다. 위험 지역을 벗어나는 것이 급선무였다. 한참을 올라가 해발 600~700m쯤 되는 곳에 이르자 날이 어두워지기 시작했고, 토벌대의 추격도 멈췄다. 잠시 멈춰 일단 전열을 정비했다.

간호원이 달려왔다. 간호원은 이북 출신으로 낙동강전투에서 후퇴하다가 전북도당에 합류했는데, 우리 도당에 있던 총 세 명의 간호원 중 한 명이었다. 우리는 그들을 '간호원 동무'라고 불렀다. 그때 나를 치료했던 간호원은 성이 안(安)인 동무였다.

그날 밤 다리에 박혔던 탄환을 어렵사리 빼낸 다음, 붕대로 동여매어 지혈을 하는 등 응급조치를 마쳤다. 통증이야 얼마든지 참아낼 수 있었다. 그러나 한시바삐 이곳을 떠나 지리산의 안전한 비트를 찾아 은신해야 할 텐데, 대원들을 인솔할 책임이 있는 내가 오히려 대원들의 이동을 지체하는 방해꾼이 되고 말았다. 하지만 의지와 인내력만으로 행군을 계속할 수 있는 처지가 못 되었다.

내 부상 상태를 살펴본 전북도당 위원장과 남원군당 위원장이 숙의 끝에 일단 나를 그곳에 남겨두고 부대를 이동시키기로 결정을 내렸다.

"동무는 이 상태로 행군을 계속해서는 안 됩니다. 간호원 동무 한 사람하고 연락병 겸 호위병 두 사람을 남기고 갈 테니 치료를 한 다음에 호전되는 것을 보아서 본대로 돌아오도록 하시오."

도당 본대는 다시 야간행군에 나섰다. 나는 간호원과 두 명의 연락병과 함께 그곳에 남겨졌다. 그러나 그것은 내가 살 수 있는 길이 아니었다. 우리의 행로가 경찰이나 군에 훤히 노출되었으므로 이제 날이 밝으면 토벌군이 이곳에 들이닥칠 것이 분명했다. 그렇게 되면 나는 죽거나 생포될 것이고, 만일 포로가 된다면 그들이 나 같은 '극렬 빨치산'을 살려둘 리 만무했다. 그래서 나는 결단을 내렸다.

"날이 밝으면 추격대가 이쪽으로 올라올 것인데 여기 앉아서 죽을 수는 없소. 우리도 본대를 따라갑시다!"

"이 몸을 해가지고 어떻게……."

간호원과 연락병은 한사코 말렸지만 나는 안간힘을 다해 몸을 일으켰다.

"미안하지만 다리가 온전치 못하니 두 동무의 신세를 좀 져야겠소. 오르막길에서는 한 사람이 앞에서 끌어주고 또 한 사람은 뒤에서 좀 밀어주시오. 내리막길에서는 내가 알아서 이동하겠소."

나는 도저히 가능할 것 같지 않는 행군을 시작했다.

아무리 건장한 두 남자가 끌고 밀고 한다지만 한쪽 다리가 거의 기능을 하지 못한 상태에서, 더구나 눈까지 쌓여서 미끄러운 산길을 기어오르는 행군은 그야말로 사투였다. 갈수록 다리의 통증은 심해졌지만 두 연락병 앞에서 고통스러운 모습을 내보일 수는 없었다. 나는 부러 그들에게 씩씩한 표정을 지어 보였다.

"자, 동무들! 여기서부터는 내가 혼자 내려갈 테니까 어떻게 가는지 잘들 구경하시오!"

나는 내리막 비탈길을 만났을 때 그들의 부축을 사양하고서, 아예 눈썰매를 타듯이 주르륵 아래쪽으로 미끄러져 내려갔다. 그러다 중심을 잡지 못해 눈밭에 나동그라지기도 했다.

날이 샐 무렵에 본대는 산서면 대성리에 이르렀는데 도당 위원장과 군당 위원장은 대열 후미에서 뒤따라오는 나를 발견하고는 깜짝 놀라 기겁을 하며 뛰어왔다.

"아니, 동무는 어떻게 그 몸을 해가지고 예까지 온 것이오?"

날이 새면 군경이 날랜 추격대를 편성해 우리가 남긴 자취를 따라 공격해올 것이 뻔했으므로, 나를 남겨두고 올라온 도당 간부들도 불안하고 걱정스럽기는 마찬가지였을 것이다. 하지만 내가 부상당한 몸으로 거기까지 따라올 것이라고는 상상도 하지 못했다는 표정이었다.

"야아, 최 동무의 투지는 알아줘야겠소!"

간부들이 내게 과한 칭찬을 늘어놓았다. 나는 다시 붕대를 풀고 치료를 받았다. 그날 밤에도 행군은 계속 이어졌고 장수군 번암면의 해발 907m인 속금산에 머물다가 다음 날 아영을 거쳐서 뱀사골에 있는 눈골에 이르렀다.

해발 800m의 고원에 자리 잡고 있는 눈골은 지나가는 구름도 힘에 겨워 누워서 쉰다는 뱀사골에 있는 마을로, '누운골'이라고도 불리는데 지금의 와운리(臥雲里)가 그곳이다. 와운리에는 천연기념물 제424호로 지정된 천년송이 있어 '천년송마을'이라고도 부르며 많은 관광객이 찾고 있다.

돌고 돌아서 다시 지리산 자락으로 찾아들었지만 예전의 지리산이 아니었다. 아무리 지리산이 크고 넓다 해도 군과 경찰이 빨치산 토벌을 위해 능선이며 고지 등 요소요소에 진을 치고 있었다. 이제 지리산은 춥고 배고픈 우리 빨치산이 안심하고 숨어들 만한 포근한 산자락을 내어주려 하지 않았다. 눈골은 전쟁 전에는 여러 채의 민가가 어우러져서 촌락을 이루고 있었다. 국방군은 전쟁 이후 모든 주민을 소개해버렸고 빨치산이 비트로 사용할 것을 염려해 가옥을 불태워 그저 황량한 빈터로 남아 있었다.

우선 불을 지피고 몸부터 녹였다. 배가 고팠다.

"나무에 감이 아직 남아 있어요!"

누군가 소리쳤다. 여기저기 감나무에 아직 떨어지지 않은 감들이 가지에 달린 채로 얼어 있었다. 나는 일단 감을 따 오게 한 다음, 반합을 모두 꺼내 거기에 물과 함께 담고 모닥불 위에 올려 끓이게 했다. 예전부터 산내 지역의 감은 열매가 작은 대신 씨가 없고 무척 달았다.

"동무들, 내 말 잘 들으시오. 감을 허겁지겁 급하게 먹으면 큰일 납니다. 체하지 않도록 천천히 조금씩 먹으시오."

그런데 아니나 다를까 한쪽에서 소동이 일었다. 대원 한 사람이 급한 마음에 녹인 홍시 두 개를 허겁지겁 먹다가 그만 기도가 막혀 쓰러진 것이었다.

"엎드리게 해서 등을 두드려!"

"간호원 동무들, 어떻게 좀 해봐!"

그러나 홍시에 막혀버린 기도를 뚫을 방도가 달리 없었다. 결국 그 대원은 두어 시간 만에 맥이 끊겼다. 이북에서 내려온 인민군 출신 전사였다. 그의 고향이 어디인지, 가족은 어찌 되는지, 어떤 경로로 인민군 전사가 되었고 낙동강전투에서는 어떻게 싸웠는지 나는 알지 못했다. 그가 왜 후퇴하는 행렬을 따라 북으로 올라가지 않고 빨치산 부대에 남아 지리산의 험곡(險谷)을 전전했는지, 그때 무슨 생각을 했는지, 나는 그에 대해 아무것도 아는 바가 없었다.

겨울이라 땅이 꽁꽁 얼어서 매장은 불가능했으므로 우리는 주변의 돌을 주워서 대충 그의 주검을 가리고, 나뭇가지들을 갖다가 위장했다. 그 이름 모를 빨치산 전사는 와운리의 돌무더기 속에 누움으로써 그야말로 구름 같은 삶을 마감했다. 우리는 와운리를 떠났다.

드디어 예전의 도당 아지트가 있던 뱀사골에 도착했다. 감회가 새로웠지만 감상에 젖을 여유가 없었다. 정탐하러 보낸 대원들에 의하면, 빨치산 토벌대가 아예 반선마을에 군용 트럭을 대놓고 뱀사골 쪽으로 공격해올 태세를 갖추고 있었다. 운장산으로부터 수백 명의 인원이 지리산으로 들어왔으니 빨치산이 뱀사골에 있다는 정보를 그들이 모를 리 없었다.

"이미 우리의 자취가 토벌군 쪽에 감지되었을 것입니다. 여기 더 머물러서는 안 됩니다."

"그럼 어떻게 하지요?"

"……."

이 물음에 과연 빨치산 대원들이 어떤 대답을 했을까? 대원들 중 투항하거나 자수하자고 말하는 사람은 아무도 없었다. 우리가 자수를 한다고 해서 살아남으리라 생각한 사람 역시 아무도 없었다. 아무 혐의도 없는 수많은 양민이 경찰이나 군에 체포되어 몰살을 당했다는 사실을 우리는 이미 알고 있었다. 거창, 산청, 함양, 남원 대강에서 벌어진 양민학살사건에 관한 소문은 파다했다. 양민도 그러했을진대 빨치산이 자수한다고 해서 살려줄 리는 없지 않았겠는가?

"당장 내일 산내 쪽에서 토벌군이 들이닥쳐도 이상할 것이 없습니다.

여길 신속히 떠나야 합니다. 이동합시다."

"우리가 지난번 이곳을 떠날 때도 확인했듯이 지금 지리산의 주요 고지는 모두 토벌군이 점령했습니다. 도대체 어디로 가야 한단 말입니까?"

"그동안 한 번도 안 가본 곳으로 갑시다."

사흘째 접어들자 반선마을 쪽에 주둔하고 있던 토벌군이 뱀사골로 진격을 해왔다. 우리는 부랴부랴 다시 행군에 나섰다. 그야말로 정처 없는 행군이었다. 어디가 어딘지도 모르고 계속해서 생소한 곳으로 밀려가다 보니 우리가 있는 곳이 어디쯤인지, 그리고 우리가 어느 방향을 향해 가고 있는지도 가늠할 수 없는 지경이 되었다.

이틀 동안 헤매다가 도착한 곳은 경남 하동 어느 골짜기였다. 아마도 피아골 하류 어디쯤이었을 것이다. 주로 지리산 반야봉의 남원 지역에만 밝은 나로서는 그곳의 산세며 계곡이 낯설었다. 산등성이로 올라가서 바라보니 작은 촌락이 보였다. 우선 해결해야 하는 문제는 양식을 구하는 일이었다. 대원들이 야간 보급투쟁에 나섰다. 나는 부상당한 몸이라 함께 갈 수 없었다.

한참 만에 보급투쟁에서 돌아온 대원들은 낙담한 모습이었다.

"동네가 텅 비어 있어서 식량을 구할 수가 없었습니다. 어느 집에 갔더니 감춰두고 떠난 나락(벼)이 조금 있어서 가져왔습니다. 이거라도 한 줌씩 보급하겠습니다."

우리는 한 줌씩의 나락을 대충 돌로 찧은 다음 입에 털어 넣었다. 그래도 먹고 살겠다고, 뉘가 반이나 섞인 생쌀을 으적으적 씹고 있는 동지들의 초췌한 모습을 바라보고 있으니 처연한 생각이 들었다. 며칠 동안 제대로 먹지 못했으므로 너나없이 모두 기진맥진해 있었는데, 경계병으로 나가 있던 대원으로부터 긴급한 보고가 들어왔다. 피아골 아래에서 토벌대가 진격해 올라오고 있다는 것이었다.

"갑시다."

"어디로요?"

"어디든 일단 왔던 길로 다시 갑시다!"

우리는 다시 뱀사골 쪽으로 향했다. 또다시 고단한 행군이 시작되었다. 의미도 목표도 희망도 찾을 수 없이, 그저 떠밀려 가는 행군이었다. 우리가 당면한 과제는 죽지 않는 것이었다.

다시 뱀사골 쪽으로 넘어오는 데 이틀이 걸렸다. 하지만 예전에 아지트로 삼았던 곳으로 갈 수는 없었다. 그곳은 반선마을에 진을 치고 있는 토벌대의 제1 목표지였을 것이다. 우리는 안전한 장소를 골라 잠시 머물러 휴식을 취했다. 하지만 급박한 상황이 벌어졌다.

"저기 마천 방면의 능선에서 군인들이 내려오고 있어요!"

"반대편 고지에서도 토벌군이 오고 있어요!"

사방의 고지를 점령하고 있던 군부대가 우리가 쉬고 있던 거처를 발견하고는 능선을 따라 포위망을 좁혀왔다.

우리는 어디로 어떻게 가자는 말을 주고받을 새도 없이 아무 데로나 마구 달아났다. 나는 일단 반선마을 쪽으로 방향을 잡아 도망쳤다. 군인들이 총을 쏘아대면서 요란하게 진격해오자 놀란 멧돼지들도 무리지어 도망을 쳤다. 힐끗 돌아보니 검은 놈, 누리끼리한 놈 등 털색이 저마다 다른 멧돼지 무리가 우리와 같은 방향으로 도망질을 하고 있었다. 그 와중에도 웃음이 났다.

정신없이 도망치다 보니 어느덧 반선마을 건너편의 부운치에 이르러 있었다. 그런데 아뿔싸, 주위를 둘러보니 평소에 붙어 다니던 내 연락병 한 명과 간호원 한 명만 곁에 있을 뿐 나머지 대원들이 보이지 않았다. 도당 본대로부터 완전히 이탈해버린 것이다. 나만 따로 분리되었는지, 아니면 도당 간부들과 유격대원들 모두 산산이 흩어져 버린 것인지 알 길이 없었다.

일단 부운치의 은폐된 장소를 골라서 숨을 골랐다. 다리의 부상당한 부위가 덧나서 통증이 점점 심해지고 있었는데 그래도 간호원과 연락병이 곁에 있어서 큰 의지가 되었다. 처음부터 나를 거들어준 안 간호원은 만주 팔로군에도 가담한 적이 있는 인민군 간호장교였는데 나보다는 두어 살이 위였다. 그녀는 투철한 사상으로 무장이 되어 있어서 나조차도 그녀에게 책잡힐까 봐 공화국에 대한 충성을 의심받을 만한 언행을 하지 않도록 늘 조심해야 했다. 연락병은 남원군 사매면 계동사람 장익균이었다. 당시 스무 살이 채 안 된 앳된 청년으로 나보다 일고여덟 살 아래였다. 지금은 나이가 여든이 넘었는데 2016년 현재 남원시내에 거주하고 있어 간혹 만나 정담을 나누고 있다.

"간호원 동무, 괜찮습니까?"

"예, 괜찮습니다."

"연락병 자넨?"

"저도 괜찮습니다!"

상황이 상황인지라 괜찮을 리가 없었겠지만, 나는 두 사람에게 뻔한 질문을 할 수밖에 없었다. 그들 역시 뻔한 대답을 했다. 죽어도 같이 죽고 살아도 같이 살자는, 동지애를 다짐하자는 문답이었다.

사방에 토벌군이 진을 치고 있으니 우선 그곳을 빠져나가는 것이 급선무였으나, 무턱대고 도망만 다닐 수는 없는 노릇이었다. 그래서 어디든 목표를 정해야 했다.

"잘 들으시오. 여기가 부운치라는 고개인데 우리는 이제부터 이곳 부운치를 넘어서 운봉으로 간 다음 다시 이백으로 갈 것이오."

"왜 그곳으로 갑니까?"

"부모님이 살고 있는 내 집이 있기 때문이오. 굶어 죽지 않으려면 일단 집으로 가는 수밖에 없소. 자수를 하는 일 따위는 절대로 없을 테니 걱정들 마시오."

나는 두 사람에게 앞으로의 행로를 일러주었다.

'집으로 간다.'

이 목표가 정해지자 조금은 기운이 났다. 그러나 문제는 사방에서 적이 조여오고 있는 상황에서 그곳을 어떻게 빠져나가느냐 하는 것이었다. 우리가 넘고자 하는 부운치의 양쪽에는 토벌대가 숙영을 하면서 아예 불을 훤하게 켜두고 있었다.

우리는 초저녁에 출발해 부운치 고지의 3부 능선까지 일단 접근을 했다. 거기서부터는 토벌군 초병들이 보초를 서고 있는 지점을 통과해 내려가야 했다. 눈이 하얗게 쌓인 데다 달까지 떠 있었기 때문에 초병의 관측을 피해서 언덕을 내려가기란 쉬운 일이 아니었다. 나는 언덕 위에 몸을 숨긴 채로 토벌대 초병들의 동태를 관찰했다. 그들은 한곳에 가만히 서서 경계를 하는 것이 아니라 총을 메고 일정 구역을 왔다 갔다 하면서 근무를 섰다. 요즘의 군대용어로 말하자면 움직이는 보초, 즉 동초(動哨)의 형식이었다.

나는 간호원과 연락병에게 비상 보급품으로 갖고 있던 발싸개용 광목천을 가방 속에서 꺼내도록 했다. 눈 쌓인 언덕으로 내려가자면 초병의 눈에 띄지 않도록 최소한의 위장은 해야 했기 때문이다. 우리는 관속에 들어가는 시체처럼 흰 광목으로 머리를 비롯해 몸뚱이를 칭칭 감쌌다. 그 상태로 최대한 정숙을 유지하면서 조금씩 아래로 내려갔다.

나는 엎드린 채로 두 사람에게 말했다.

"초병들의 동태를 관찰한 결과, 저 보초병들은 대략 5분마다 한 번씩 우리를 관측할 수 있는 장소에 나타났다가 사라집니다. 그러니까 초병들이 나타났다가 모습을 감추고 나서 1분쯤 뒤에 신속하게 재를 넘어서 비탈을 내려가야 합니다. 그러나 문제는 우리가 저들의 눈에 띄지 않더라도, 우리가 달려 내려가는 소리를 초소에서도 들을 수 있다는 것입니다. 다행히 바람이 가끔 불어주고 있으니까, 바람이 불기를 기다렸다가 그때를 이용하면 됩니다."

우리가 내려갈 언덕에는 마른 억새가 허리 높이로 우거져 있었는데 세찬 바람이 불 때마다 억새 흔들리는 소리가 제법 크게 들렸다. 그러니까 초병이 나타났다가 돌아간 뒤에, 때맞춰서 바람이 불어주기만 한다면 그때 언덕을 내려가면 될 것이었다.

한참 동안 기회를 엿보고 있었는데 드디어 초병이 나타났다가 사라진 직후에 바람이 강하게 불었다.

"빨리 달려! 지금이야!"

우리는 정신없이 달려서 재를 넘은 다음, 눈 쌓인 갈대밭에 벌렁 드러누워 버렸다. 그곳에는 이미 눈이 많이 쌓여 있었고, 우리가 엉덩이로 갈대를 눕히면서 내려왔기 때문에 가속도가 붙어서 기가 막히게 잘 미끄러졌다. 내 생애 그렇게 신나는 썰매를 타본 적은 없었다. 토벌대의 초소로부터 한참이나 아래쪽의 평지에 나란히 도착한 우리는 한동안 그대로 누워서 그 기묘한 썰매 타기의 여운을 느꼈다. 한참 만에 몸을 일으켰는데 이번에는 서로의 모습을 바라보고서 쿡쿡거리며 웃었다. 광목으로 칭칭 싸맨 머리에 미끄러질 때 달려든 눈가루가 얼굴을 온통 뒤덮고 있는 모습이 참으로 괴이하게 보였다.

일어나서 주위를 살펴보니 운봉을 거쳐서 이백으로 가는 방향을 대충 가늠할 수 있었다. 주변에는 마을 사람들이 소나무 가지를 베어 쌓아둔 땔감 무더기들이 군데군데 널려 있었다.

"남원 읍내는 여기에서 멀리 떨어져 있으니 누구에게 들킬 염려는 없을 것입니다. 일단 솔가지로 불을 피워서 젖은 옷부터 말립시다."

군의 추격을 피해 우여곡절 끝에 이곳까지 온 것이 한편으로는 다행이었지만 과연 이백면의 집까지 무사히 갈 수 있을지 걱정스러웠다. 하지만 여기까지 온 것만 해도 기적이었다고 생각하니 아무런 걱정이 없었다.

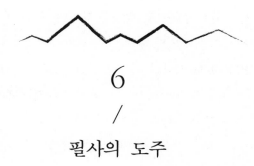

6 /

필사의 도주

가족 상봉, 그러나 다시 산으로

토벌대의 경계망을 뚫고 부운치를 통과한 우리는 몹시 지쳐 있었다. 일단 은폐된 솔숲에서 불을 피우고 밤을 지냈다. 다시 날이 밝았지만 어차피 낮 시간에는 이동할 수 없었기 때문에 다시 밤이 되기를 기다렸다. 연락병 장익균의 배낭에 남아 있던 비상식량으로 겨우 허기를 면했다.

"동무, 괜찮소?"

안 간호원에게 물었다. 그녀는 촌각의 망설임도 없이 "괜찮습니다!"라고 힘주어 대답했다. 그녀도 나도 서로에게 나약한 모습을 보이는 것은 비판받을 일이라는 것을 알고 있었다. 그는 언제나 씩씩하게 대답했다.

휴식을 마치고 이백면 쪽으로 방향을 잡았다. 나는 여전히 부상 때문에 이동이 수월하지 못했지만 마음은 조금 안정이 되었다. 정해진 곳이 따로 없이 무턱대고 도망 다닐 때와는 달리, 목표를 정해두고 출발하는 행군이었다. 게다가 그 목적지가 부모님이 기다리는 우리 집이라는 사실이 내 마음을 편안하게 했던 것이다. 물론 아예 집에 눌러 있을 계획을 한 것은 아니었다. 경찰과 군의 감시망이 삼엄했으므로 집에 숨어 있다고 해서 안전이 보장될 리 없었다.

'부상 부위를 치료할 때까지만.'

집으로 향하면서 그렇게 마음을 다졌다.

야밤에 고향 마을에 도착한 나는 집 근처에 몸을 숨기고서 한참이나 주위를 살폈다. 내가 조선노동당 남원군당의 간부로서 지리산에 들어가 빨치산 활동을 하고 있다는 것은 이미 다 알려진 사실이었다. 부모님도 경찰서에 잡혀가 구금을 당하는 등 많은 고초를 겪었다. 나를 잡기 위한 감시가 만만치 않으리라는 것은 짐작하고 있었다. 다행히 밤이 깊은 탓인지 수상쩍은 인기척은 없었다.

나는 조심스럽게 사립문을 열고 마당으로 들어가서 작은 소리로 부모님을 불렀다.

"아부지, 저 왔습니다. 정범이요."

나도 모르게 목소리가 떨렸다. 9·28 후퇴 후 군당 대원들과 함께 빨치산으로의 행군을 나설 때 경황이 없어 집에 들르지 못했으니, 그때로부터 2년이 훨씬 넘어서 부모님을 불러본 것이다. 이윽고 조심스레 방문이 열렸다. 내 얼굴을 확인한 부모님은 한편 놀랍고 한편 두려워서 처음에는 말을 제대로 꺼내지도 못하고 떨기만 하셨다.

"지가 다리를 좀 다쳤구만이라우. 그래서 치료 좀 헐라고 동무들이랑 함께 왔어라우."

"야야, 여그 올 때 누가 안 봤제?"

어머니는 떨리는 목소리로 누구에게 들키지 않았는지를 확인했다.

나는 아주 오랜만에 꿀맛 같은 밥을 먹었다. 보급투쟁으로 노획한 식량이 아니라 아버지가 땀 흘려 농사지어 얻은 소출로, 어머니가 정성으로 지은 그런 밥을 먹었다. 감격스러웠다. 목구멍에서 울컥했지만 애써 삼켰다.

어머니는 내가 하고 있는 일을 대충 알고 있었으나 자세한 것을 묻지는 않았다. 어쩌자고 이런 선택을 했느냐, 장남이라는 놈이 집안을 망치려고 작정했느냐, 장가간 놈이 각시를 처갓집에 내팽개쳐 두고 3년이 넘게 산으로 떠돌아다닌 네놈이 제정신이냐……. 이렇게 눈물 바람으로 원망을 쏟아놓을 줄 알았는데 어머니는 달랐다. 어머니는 평범한 시골 여인답지 않게 사려가 깊은 분이었다. 내 신념이 그러하다면 그 길로 가라며 응원을 해준 분이었다.

"여그 우리 집도 숨어 지낼 만한 곳이 못 된디. 너는 앞으로 워쩔 작정이냐?"

부모님은 그간의 내 사정 등 궁금한 것이 많았을 것이나, 일단 자식이 장차 어떻게 할 것인지를 냉철하게 물어왔다. 나는 부운치의 토벌대 포위망을 탈출한 뒤 그다음 목적지를 집으로 정할 때 이미 생각해둔 바를 말씀드렸다.

"경찰 감시망 땜시 우리 집에 숨어 있기는 어려울 텡개 웃집 사랑채 다락에서 좀 숨어 있었으먼 좋겠어라우."

"그려. 하지만 너그 셋이서 지내기는 많이 불편헐 턴디."

"그건 걱정 안 혀도 돼요. 여태 그렇게 지냈는디요."

"그럼 날이 새면 웃집에 얘기혀 볼랑개 아침에 후딱 가거라."

우리 집 바로 윗집 사랑채에는 다락이 있었는데, 자주 드나드는 사람들도 그곳에 다락이 있다고 생각하지 못할 만큼 은밀한 공간이었다. 그래서 일제 강점기에는 식량 공출을 피하기 위해 곡식의 일부를 거기에다 감춰두기도 했다. 나 역시 그곳이라면 얼마 동안은 안심하고 숨어 지낼 수 있을 것이라고 생각했다. 더구나 그 집 주인은 우리 식구들하고는 대대로 이웃으로 살아와서 일가붙이보다 가까웠다. 몰래 고발을 하는 일은 걱정하지 않아도 되는 사람이었다.

나는 안 간호원과 연락병 장익균을 데리고 다락으로 올라갔다. 천장이 워낙 낮았으므로 바닥에 앉으면 머리가 닿을락말락했다. 우리가 긴장해야 하는 시간은 낮 시간이었으므로 다락에 죽은 듯 박혀 있어야 했다.

밥은 어머니가 챙겨서 넘겨주면 윗집의 영감님이 몰래 다락으로 올려줬다. 낮에는 밖으로 나가면 안 되었으므로 아예 요강을 다락에 올려놓고 소변을 보고 대변은 밤 시간에 몰래 나가서 보았다. 안 간호원과 다락에서 함께 지내려니 불편하기는 했지만 산 생활을 함께해 온 사이여서 큰 문제는 없었다. 다만 상처가 문제였다. 제대로 치료하지 못한 탓에 상처가 자꾸만 덧나고 진물이 흐르는 데다 통증도 여전했다. 하지만 치료라고 해봤자 소독약과 가루약을 바르는 게 전부였다.

그런데 설상가상으로 안 간호원의 건강에 문제가 생겼다. 온몸이 신열로 펄펄 끓고 비 오듯 땀을 흘렸다. 빨치산 생활 중에도 더러 그 비슷한 증상으로 고생한 동지들이 있었기 때문에 나는 안 간호원 역시 그저 막연히 몸이 아픈 것이라고 여겼다. 나중에 안 사실이지만 당시 그는 6·25 전쟁 때 유행했던 '재귀열(再歸熱)'이라는 돌림병을 앓고 있었다.

진드기를 통해서 옮는 것으로 알려진 재귀열의 특징은, 발열증상이 일정 시간을 두고 되풀이된다는 점이다. 기근 상태에서는 사망률이 30% 이상이나 되었다. 이 무시무시한 유행병은 그야말로 일상 자체가 기근 상태였던 당시의 빨치산에게 도무지 정체를 알 수 없는, 토벌군의 총탄보다 오히려 더 무서운 병이었다.

나는 두 사람을 더 이상 다락에 붙잡아두어서는 안 되겠다고 생각했다.

"이렇게 계속 다락방에 은거해 있는 것은 안 될 것 같소. 여기서는 안 간호원을 치료할 방도가 없으니 차라리 본부로 가서 보살핌을 받는 편이 낫겠소."

두 사람이 고개를 끄덕거렸다. 나는 안 간호원과 장익균을 군당 혹은 도당 본부의 비트가 있을 것으로 추정되는 달궁의 광산골로 보내기로 결심했다. 그렇게 우리는 그 다락방에서 마지막 저녁밥을 먹었다. 이것이 안 간호원과의 마지막 만찬이 될 줄은 꿈에도 몰랐다.

날이 어두워져 출발 준비를 마친 두 사람을 배웅하러 나갔다. 이백에서 지리산 달궁 쪽으로 가는 길을 자세히 일러주고 나서 우리는 일단 작별을 했다.

"대장님, 빨리 쾌차하십시오."

안 간호원이 내 두 손을 굳세게 잡았다. 아직 불덩이 같은 신열에 시달리면서도 그녀는 내 걱정을 먼저 했다. 몰라보게 초췌해진 그녀의 모습이 무척 안쓰러웠다. 나는 애써 격한 측은지심의 감성을 억누르고 담담하게 말했다.

"간호원 동무, 내 걱정은 마시고 반드시 병마를 이겨내시오."

안 간호원과 연락병 장익균, 가장 가까이에서 내 곁을 지켜주던 두 사람이 그렇게 떠났다. 내가 윗집 다락에 숨어 지내는 동안에도 경찰관이 여러 차례 우리 집에 다녀갔다. 어머니로부터 전해 들은 바에 따르면 이런 식이었다.

"아들은 아직 안 왔소?"

"예, 안 왔구만이라우."

"그래도 기별은 왔을 것 아닝교. 지금 어디 있답디여?"

"그걸 알면 젠작 찾으러 갔겠소."

"지리산 사방에 토벌대가 포진해 있응개 인자 더 이상 못 버틸 거요. 조만간 집에 돌아올 텡개 자수허라고 허쇼잉. 자수허면 다 살려중개 안심허쇼잉."

"그러지라우."

그렇게 경찰을 돌려세우고 나서도 어머니는 내게 결코 자수를 하라고 권하지 않았다. 자수를 한다고 해도 목숨을 붙일 수 없을 것이라는 사실을 어머니나 나나 잘 알고 있었고, 설령 자수가 목숨을 건질 수 있는 유일한 길이라 해도 어머니는 내 뜻에 반해 자수를 강권할 사람은 아니었다.

"니가 옳다고 허는디 누가 니 고집을 꺾겠냐?"

평소에 어머니는 늘 이렇게 말씀하셨다.

두 사람을 다시 산으로 보내놓고 나니 혹시 내 위치가 탄로 나지 않을까 더욱 걱정이 되었다. 만일 그 두 사람이 이동 중에 잡히기라도 한다면? 다행히 그들이 내 위치를 경찰에 자복하지 않는다 해도, 빨치산 무리가 고향 마을에 와 있다는 정보가 노출될 가능성이 컸다. 숨어 있을 장소를 다시 물색해야 했다. 하지만 아직 성치 않은 몸으로 어디로 간다는 말인가? 나는 내 몸뚱이 하나 안심하고 의탁할 곳이 없다는 것을 깨닫자 갑자기 막막해졌다.

"어머이, 아무래도 외갓집으로 가야겠소. 거그는 지리산허고 좀 떨어져 있응개 쪼께 괜찮겠지라우."

그 상황에서 내가 택할 수 있는 유일한 방책이었다. 외가는 남원군 주생면 도산리에 있었는데 우리 집에서는 약 40리 거리에 있었다. 장날이면 외숙들을 비롯한 외가 식구들이 왕골로 짠 돗자리 등을 갖고 남원장에 팔러 나와서 어머니와 만나곤 했다.

"그거이 낫것냐? 니 외삼춘한테 미리 기별해놓으마."

나는 외가로 떠날 준비를 했다. 어차피 밤 시간에 움직여야 했다. 큰 도로를 이용하면 편하기야 하겠지만 남원 읍내를 거쳐 가야 하므로 엄두도 낼 수 없었다. 역시 산길을 따라 주천면과 송동면을 거쳐 요천을 건너야 했다.

"어머이, 지가 외가에 있는 동안 틀림없이 산에서 기별이 올 거구만이라우."

"그려? 그러면 어떻게 혀야 헌다냐?"

"근디 경찰이 나를 잡아갈라고 거짓꼴로 산에서 왔다고 허고 내 거처를 물을 거요. 그런 사람이 올랑가 모릉개 조심혀쇼잉. 산에서 온 사람인지 토벌대에서 보낸 사람인지 어머이가 잘 판단혀야 돼요."

"알았응개 외가에 가서 치료나 잘 허거라. 속썩이지 말고. 산에서 온 사람만 네 외갓집에 보낼랑깨."

밤새 산길을 걸어 날이 샐 무렵에야 외가에 도착했다. 내 외숙은 육형제나 되었다. 그중 세 명의 외삼춘이 한 동네에 살았다. 마을 입구에 둘째 외삼춘네 집이 있었는데 어머니로부터 미리 연락을 받은 터라 내가 오기를 기다리고 있었다.

"잘 왔다. 일단 큰집으로 가자."

큰 외삼촌네 집에는 방이 여러 개 있었다. 거기 있는 방 하나를 내가 차지하고 지내면 될 터였지만 만일의 경우 경찰이 검열이라도 나오면 꼼짝없이 잡히고 말 것이었다. 큰삼촌은 나를 데리고 갔다.

"니가 지낼 데를 따로 맹그러놨다."

여러 개의 방 중에서 맨 끝에 있는 방이 가장 컸는데 평상시 그곳은 외숙모들이 모여서 바느질도 하고 이불도 꿰매고 하는 여인들의 규방(閨房)이었다. 외삼촌은 장롱을 앞으로 당겨서 장롱 뒤쪽에 내가 거처할 공간을 만들어뒀는데 아무도 눈치채지 못할 만큼 감쪽같았다.

외숙을 포함한 외갓집 식구들은 오랜만에 나를 봤음에도, 그동안 어떻게 지냈느냐, 자수를 하지 그러느냐, 왜 그런 위험한 선택을 했느냐 따위와 같은 내게 부담이 될 만한 어떤 얘기도 꺼내지 않았다. 미리 어머니로부터 이야기를 들었기 때문이기도 했겠지만 그들도 나에 대한 기본적인 믿음을 갖고 있었다. 그저 묵묵히, 그러나 아주 따듯하게 나를 대해주셨다. 장날이면 외숙모들이 남원장에 나가서 내 부상 부위를 치료하는 데 필요한 약을 사다 주기도 했다. 그 덕분에 상처가 빠르게 아물어갔다.

나는 외갓집에서 근래 들어 가장 편한 나날을 보내고 있었지만, 어디까지나 신체적으로만 그러했다. 산에 있는 동지들이 걱정되는 한편으로 경찰이 언제 들이닥칠지 모른다는 생각 때문에 마음은 늘 불안했다.

두 달여가 지난 어느 날이었다. 드디어 지리산에서 사람이 왔다.

"당에서 복귀하시랍니다."

군당에서 나온 사람이 말했다. 나는 1초도 지체하지 않고 대답했다.

"가야지."

영원히 집에 숨어 있을 생각은 추호도 없었다. 내가 몸담았던 군당의 동지들과 생사를 같이하고 싶었다. 나는 외가 식구들에게 마지막이 될지도 모르는 짧은 인사를 나누고 동지들이 기다리고 있는 지리산으로 향했다.

남원군 대산면 풍악산에서 하루 동안 머문 다음 저녁에 다시 출발, 달궁 광산골에 도착했을 때에는 아침이 밝아오고 있었다.

"어서 오시오, 동무!"

남원군당 위원장이 반갑게 맞이했다. 그런데 내가 없던 사이에 사단장도 종적을 감췄고, 내가 지휘했던 핵심 전투부대원들 역시 몇 명뿐이었다. 300여 명에 달했던 인원이, 도당의 비무장 당원까지 합쳐봤자 겨우 40~50명뿐이었다. 전북도당 사령부 역시 위원장과 부위원장 등 간부들을 포함해 소수의 인원만이 남아서 명맥을 유지하고 있는 형편이었다. 하지만 내 연락병인 장익균은 건재했다. 그는 다시 내 연락병 임무를 맡게 되었다. 그나마 다행이었다.

"안 간호원은 어디 있나?"

열병을 앓던 그녀를 다락방 비트에서 산으로 떠나보낸 것이 못내 마음에 걸렸던 터라 우선 그녀의 안부부터 물었다.

"따라오십시오. 안 간호원 있는 곳으로 모시겠습니다."

연락병이 환자트 쪽으로 나를 안내했다.

"고놈의 돌림병, 어지간히 끈질기군. 상태가 아직도 많이 안 좋은가?"

나는 안 간호원이 아직 치료를 받고 있는 것으로 생각하고 환자트 안으로 들어가려는데 연락병이 뒤쪽 언덕을 가리켰다.

"저쪽에다 대충 묻어드렸습니다."

"……"

아, 그렇게 되었구나. 죽었구나.

나는 봉분도 뭣도 없이 대충 땅을 파고 매장해놓은 그의 묘지 앞에서 한참을 서 있었다. 그녀의 고향이 북녘의 어디인지, 고향에 두고 온 가족이 누구인지, 낙동강전투에서 후퇴하던 길에 무슨 생각을 하고 우리 남원군당에 합류한 것인지……. 나는 그녀에 대해 아는 것이 없었다.

'좋은 데로 잘 가시오. 그리고 고마웠소.'

나는 마음속으로 마지막 인사를 건넨 다음 발길을 돌렸다. 떠난 사람은 떠난 사람이었다. 남은 사람들 앞에는 여전히 '죽지 않고 살아남아야 한다'는 절박한 과제가 놓여 있었다.

치명적인 부상을 입다

도당 사령부와 군당의 인원을 합친 잔여인원은 50여 명에 불과했다. 당장 시급한 문제는 식량을 구하는 일이었다. 도당과 군당 간부들이 내가 나타나자 반색했다. 내가 평소 보급투쟁의 주역이었음을 그들은 알고 있었다. 식량이 고갈된 상태였으므로 당장에 보급투쟁 계획을 세워야 했다. 나는 대원들을 모아놓고 계획을 설명했다.

"우리가 이곳 달궁에 거점을 두고 있다는 사실을 경찰들은 이미 다 파악하고 있습니다. 그래서 이곳에서 산내, 동면, 아영, 운봉 등 가까운 지역으로 보급투쟁 나가는 것은 매우 위험합니다. 그 지역들은 이미 경찰 병력이 진지를 구축, 철통 경계를 하고 있어서 마을로 잠입하는 것 자체가 불가능합니다."

"멀리 나간다면 어딥니까?"

"보절면 쪽으로 갈 생각입니다. 그곳은 남원군 덕과면과 장수군 산서면의 경계지역으로 이점을 활용할 필요가 있습니다. 현재 군인들은 대부분 전방의 전선으로 옮겨 간 상황이기 때문에 빨치산 토벌은 전적으로 경찰이 맡고 있습니다. 따라서 보급투쟁 중에 발각되더라도 남원경찰서 병력이 공격을 해 오면 장수 쪽으로 넘어가고 반대로 장수경찰서 병력의 공격을 받으면 남원 쪽으로 넘어오면 됩니다."

"그렇게 멀리 가면 보급투쟁에 성공하더라도 이곳 달궁까지 양식을 운반하는 데 무척 시간이 오래 걸릴 텐데요?"

"그래서 남원군당의 거점을 아예 천황봉 쪽으로 옮겼으면 합니다."

"천황봉으로요?"

"일단 남원군당 총원은 산동면 대상 뒷산인 천황봉 500 고지로 이동해야 합니다. 그곳에서 보급투쟁 조가 식량을 확보하면 운반 조가 달궁으로 옮기도록 하겠습니다."

"좋습니다. 그럼, 출발합시다."

우리는 천황봉을 향해 행군을 서둘렀다. 이때는 1952년 가을이었다. 천황봉 정상에는 언제 적인가 산내에서 운반해 올려다 놓은 직사포 한 문이 거치되어 있었다. 분해해서 산꼭대기까지 운반하느라 된 고생을 했지만 한 번도 써먹지 못한 바로 그 물건 말이다. 아마 그 직사포는 앞으로도 써먹을 일이 없을 것이다.

산동 귀정사를 조금 지나 천황봉 500 고지 지점에 비교적 활동하기 좋은 곳을 찾아내 남원군당의 새 비트로 정했다. 그곳에 소수의 인원만 남기고 보급투쟁에 나갈 채비를 차렸다. 문제는 어느 마을을 목표로 삼을지 정하는 것이었다.

"예전에 가본 적이 있는 보절면 쪽으로 가는 게 어떻겠습니까?"

내가 이렇게 묻자 누군가 새로운 의견을 냈다.

"보절 쪽은 수차 갔던 곳이니 새로운 동네를 선택해서 가보면 어떨까요?"

"새로운 동네로 가려면 마을 사정에 밝아야 하는데……."

"마침 군당 대원 중에서 덕과면 인민위원회 활동을 하던 사람이 있습니다."

일이 순조롭게 풀리는 것 같았다. 덕과면 인민위원회에 소봉호라는 사람이 있었다. 그는 덕과 사정을 매우 잘 알고 있었다. 덕과면에는 양선마을이라는 광주 이씨 집성촌이 있는데 그 마을에 부유한 집들이 많아서 식량 확보에 용이하다는 것이었다. 값진 정보였다. 그러나 초행일수록 이동 계획이며 전략을 용의주도하게 짜야 했다. 우리가 남원군당 비트로 정해놓은 귀정사 계곡에서 양선까지는 약 8km 거리였다. 재를 넘어야 했지만 20리 정도의 거리였으므로 성공적으로 식량을 확보하기만 한다면 운반해 복귀하는 데에 큰 어려움은 없을 것 같았다. 나는 대원들을 모아놓고 작전 지시를 내렸다.

"작전 중에 경찰의 기습공격을 받아서 뿔뿔이 흩어지는 상황이 생길 수 있습니다. 그럴 때는 민첩하게 대피하고 상황이 종료되면 다시 본대에 합류해야 합니다. 제1비상선과 제2비상선의 위치는 이곳입니다. 잊지 말고 차질 없이 움직이기 바랍니다."

달이 밝았다. 우리가 보급투쟁을 떠날 날은 음력 팔월 열나흘, 추석 바로 전날이었다. 대원들과 나는 재를 넘으면서 고개를 젖혀 보름달을 바라봤다. 고향에서도 추석준비를 하고 있겠지. 불현듯 고향의 부모님과 아내가 생각났다.

하지만 우리는 수확의 풍요를 상징하는 추석에 굶주림에 지쳐 식량을 구하러 가고 있었다. 가족을 떠나 야산에서 풍찬노숙하는 대원들에게 추석을 맞는 감회는 남달랐을 것이다. 하지만 그런 감성은 우리에게 사치스러울 뿐이었다.

"동무들. 여기서 잠깐만 기다려주시오. 갑자기 설사가 나서 말이야."

아침에 수제비를 끓여 먹은 것 때문인지 하루 종일 속이 부글부글 야단이 났다. 웬만해서는 배탈 나는 일이 없었는데 복통에 설사까지 겹쳤다. 보절 내동을 지나 멀리 만도리가 보이는 곳에서 나는 연락병을 세워두고 급히 변을 보았다.

잠시 변을 보고 일어나 보니 연락병만 대기하고 있을 뿐 부대 행렬이 보이지 않았다.

"부대원들은 어디로 갔지?"

"앞서서 갔는데 잘 모르겠습니다."

서둘러 쫓아가 봤으나 그래도 보이지 않았다. 멀지 않은 곳에 달밤에 비친 마을이 보였다. 출발 전에 목적지로 정해둔 마을이었다. 보급투쟁의 지휘관인 나를 두고 대원들이 자기들끼리 마을로 들어가 작전을 펼칠 리는 없었다. 이상한 일이었다.

"일단 도랑을 건너 마을로 내려가자."

나는 연락병을 데리고 작은 개울을 건너서 마을을 조망할 수 있는 곳까지 접근했다. 그곳에서 다시 한참을 기다렸으나 나머지 대원들의 종적은 도대체 찾을 수 없었다. 중요한 순간에 엉뚱한 곳에서 문제가 발생한 것이다. 난처한 일이었다. 나중에 알고 보니 당시 부대원들은 다른 능선 쪽에서 내가 오기를 기다리고 있었다고 한다.

"이런 차질을 빚다니. 길이 어긋난 것 같은데 여기서 마냥 기다리고 있을 수는 없다. 연락병! 우리 둘이서라도 보급투쟁을 해야겠다."

나는 급한 대로 연락병을 데리고 언덕을 내려갔다. 아래쪽으로는 아직 수확을 하지 않은 콩밭이 있었다. 콩밭으로 막 내려서려는데 등 뒤에서 갑자기 경찰이 튀어나왔다.

"누구냐!"

빨치산은 수하를 할 때 이렇게 반말로 하지 않고 "누구요?" 하고 묻기 때문에 나는 단박에 경찰에게 걸렸다는 것을 직감했다.

"도망쳐!"

연락병이 혼비백산해 달아났고 나도 몸을 돌려 막 한 걸음을 움직이려는데 총소리가 났다.

타앙!

나는 두 걸음 째를 옮기지 못하고 그 자리에 무너지듯 주저앉아 버렸다. 총알이 복숭아뼈를 부수고 발등 쪽으로 관통해버렸다. 지난번 총에 맞았을 때는 다행히 뼈는 다치지 않았는데 이번에는 총에 맞은 뼈가 아예 산산이 부서져 버렸다. 순식간에 발이 피에 젖었다. 곧 통증이 밀려왔다.

"야, 빨치산이 두 놈밖에 없다!"

경찰들이 외치는 소리가 들려왔고 총소리도 이어졌다. 고개를 들어 보니 상당히 많은 수의 경찰 병력이 내 쪽으로 들이닥치는 모습이 시야에 잡혔다. 나는 한 걸음도 움직일 수 없는데 연락병은 어디로 갔는지 보이지도 않았다.

'아, 이렇게 죽는구나.'

그런데 바로 그때 건너편 언덕 위에서 함성 소리와 함께 총소리가 들려왔다.

"돌격!"

나는 그것이 나를 잡으러 온 또 다른 경찰 병력의 소리인 줄 알았다. 그런데 그것이 아니었다. 함께 왔다가 잠시 대열을 이탈했던 우리 대원들이었다. 대원들은 덕과면 지서 경찰들이 피우던 담배의 담뱃불이 반짝이는 것을 발견하곤 그들을 계속 주시했다고 한다. 그런데 갑자기 총소리가 들리자 내가 공격받고 있다는 것을 직감하고 함성과 함께 공포탄을 쏘아대며 달려온 것이었다. 경찰들은 엉뚱한 곳에서 함성과 총소리가 들려오자 콩밭에 엎드린 나를 잡으러 올 겨를도 없이 도망치기에 바빴다.

그때 연락병이 산 위쪽으로 도망치는 모습이 보였다.

"연락병! 연락병!"

있는 힘을 다해 고함을 질렀다. 달려가던 연락병이 그제야 멈춰 서더니 나를 돌아보았다.

"이리 와! 나야, 나!"

연락병이 사태를 파악하고 부랴부랴 콩밭으로 달려 내려왔다. 연락병은 피가 흥건한 내 발목을 보더니 어찌할 바를 몰랐다. 배낭에 넣어둔 붕대를 꺼내서 일단 감아 묶었다. 그러나 붕대를 감아 돌리기도 전에 금세 붕대가 핏빛으로 물들었다.

"내 말 잘 들어라. 총을 휴대하고는 이동하기 힘드니까 우선 무기를 이곳에다 숨겨라."

내가 지닌 무기는 카빈소총이었고 연락병은 따발총을 가지고 있었다. 연락병이 땅을 파고 무기를 묻었다.

"자, 나를 업고 일단 제2비상선까지 가자."

나는 연락병의 등에 업혔다. 그의 체구가 아무리 크고 힘이 좋다 해도 나를 업고 산등성이를 오른다는 것은 불가능했다. 하지만 나 스스로 혼자서는 한 발짝도 움직일 수 없었으므로 어쩔 수가 없었다.

연락병은 나를 등에 업은 채로 10리쯤 걸었다. 그러나 약속했던 제2 비상선에는 단 한 명의 대원도 나타나지 않았다. 부서진 발목에서 피는 그칠 새 없이 흐르고 있었다. 이제 연락병도 탈진해서 더 이상 그의 등에 업혀 이동하자고 말할 수도 없었다. 나는 연락병에게 이렇게 지시했다.

"나를 여기 두고 마을로 내려가게나. 가서 장정 한 사람과 지게를 가지고 오게."

아무래도 지게를 이용해 마을 사람 한 명과 교대로 나를 지고 간다면 부담이 덜할 것이었다.

한참 만에 연락병이 지게를 진 마을 사람 한 명을 데리고 왔다. 나는 남자에게 상황을 설명하고 신세를 지겠노라 협조를 요청했다. 하지만 말이 좋아 협조 요청이지 반 협박이나 다름이 없었다. 한밤중에 총을 든 빨치산이 집에 나타나서 위협하면 감히 거부할 사람이 어디 있겠는가?

두 사람이 번갈아 지게를 지고 가니 속도가 빨라졌다. 통증은 여전했지만 그나마 다행이었다. 그렇다고 우리 군당 비트가 있는 곳까지 가자고 할 수는 없었다. 비트까지 장정을 데리고 가면 우리의 은거지가 외부에 그대로 노출될 위험이 있었다.

"이제 됐습니다. 돌아가서도 됩니다."

귀정사 골짜기에 당도했을 때 나는 마을 사람을 돌려보냈다. 그리고는 귀정사 본당에 잠시 몸을 의탁했다. 날이 샌 뒤에 연락병이 나를 업고 다시 길을 떠나 어렵사리 남원군당 본대에 합류했다.

'휴우!' 저절로 한숨이 나왔다. 산에 들어간 이래 무수히 감행했던 보급투쟁 중 가장 참혹한 원정이었다. 내 일생에서 가장 잔인한 추석날이었다.

일단 치료가 급했다. 마구잡이로 싸맨 붕대를 풀어보니 상처가 매우 심각한 상태였다. 시간이 흐를수록 통증이 심해져서 아무리 참으려고 해도 저절로 신음이 터져 나왔다. 더구나 지혈이 되지 않은 채로 열 몇 시간을 방치한 탓에 기운이 빠지고 얼굴은 창백해졌다.

안 간호원이 병마와 싸우다가 세상을 떠난 후 나를 간호할 간호원이 새로 배치되었다. 그녀는 남원출신으로 이름은 신애덕(申愛德)이다. 2016년 현재 85세의 나이로 아직 생존해 있다. 물론 요즘도 가끔 연락을 주고받으며 지난날을 회상하곤 한다. 잠시 이 여성 전사에 대해 이야기를 하지 않을 수 없다.

신애덕은 비전향 장기수로 유명한 류낙진(柳洛鎭)의 부인인데, '국민 여동생'이라는 애칭으로 사랑을 받고 있는 배우 문근영의 외할머니로 더 잘 알려져 있다. 이 앳된 여성 신애덕의 인생은 파란만장했다. 우리 민족사에서 가장 아픈 역사를 헤쳐 나왔던 그의 인생 역정은 남북이 분단된 조국의 상처를 그대로 안고 살아온 비극적 삶이었다. 신애덕이 빨치산이 된 경위는 이러하다.

남원에서 중학교를 다니다 졸업한 신애덕은 전남방직에 취업해 다니던 중 총파업을 주도했다는 이유로 붙잡혀 16세의 어린 나이로 6개월 동안 옥살이를 하고 풀려났다. 석방된 후 광주로 와 병원에 취직해 그곳에서 약 3년간 간호부로 일했는데, 병원에서 주사 잘 놓기로 유명한 간호부였다고 한다.

내 나이 19세 되던 해에 6·25가 발발했다. 그해에 나는 인민군에 입대했고 이후 지리산으로 입산했다. 나는 간호부로 일하면서 끊임없이 교육을 받았다. 지금의 내 남편 류낙진 씨도 같은 시기에 입산해 활동하다가 2년 만에 먼저 붙잡히게 되었다. …… 대공세 기간에 20일간을 물만 먹고 숨어 살면서 무척 고생했다. •

이 기사에서 기자는 '1989년 1월 국회 광주민주화운동진상규명 청문회에서 신애덕은 증인으로 출석해 광주민중항쟁 당시 사망한 시동생 류영선을 대신해 증언했다며, 이 증언에는 신애덕 일가가 겪어왔던 인고의 세월들이 생생하게 담겨 있다'고 밝혔다. 그녀의 인생은 한국 현대사를 평가하는 데 가장 중요한 연구 과제를 시사하고 있다. 우리 민족이 일제에 강제점령을 당하고 민족혼을 말살당했던 과정을 거쳐 해방과 좌·우익 갈등, 6·25 전쟁과 남북분단, 군부쿠데타로 정권을 잡은 독재정권과 민주화운동 과정에서 일상적인 가정이, 평범한 국민이 얼마나 많은 고통과 시련과 희생을 당해왔는지 알 수 있다.

다시 빨치산 이야기로 돌아온다. 그녀는 19세가 되던 해에 전쟁이 터져 인민군에 입대했다. 그리고 얼마 뒤 낙동강 전선에 투입되었지만, 9·28 후퇴 당시 인민군과 함께 북쪽으로 후퇴했다. 바로 이때 내가 있던 남원군당에 합류해 지리산 달궁으로 함께 들어갔던 것이다.

군당 의무반은 응급처치에 필요한 최소한의 기본적인 의료 기구는 갖추고 있었다. 하지만 계속해서 소모해야 하는 치료 약품을 구하는 것은 쉽지 않았다. 김장록 군당 위원장은 '살아 있는 면(面) 조직'을 활용해 약품을 구해 오도록 조치했다. '살아 있는 면 조직'이란 예전에 남원군의 각 면에 조직되었던 인민위원회의 일꾼들을 뜻하는데, 빨치산이

• "문근영 외할머니 신애덕 씨 파란만장한 삶", ≪일요신문≫, 2004년 12월 19일 자.

되어 군당의 조직원으로 활동하는 한편 여전히 각 지역에 연줄을 대고 있던 대원들을 말한다. 다급한 상황이 발생했을 경우 그들에게 자기 연고의 마을과 소통해 보급품이나 약품을 구해 오게 하고 군경의 정보도 얻어냈던 것이다.

우리는 일단 천황봉 500 고지에 마련된 남원군당의 임시 비트로 돌아와서 전열을 정비했다. 하지만 그곳은 다가오는 동절기에 대비해 식량을 마련할 때까지만 머물기로 한 임시 주둔지였다. 막사도 천막도 없었으므로 모두가 한뎃잠을 자야 했다. 보급품이 어느 정도 확보되면 우리 역시 도당 본부가 있는 달궁으로 돌아갈 예정이었다.

김장록 위원장은 내 부상 상태가 예사롭지 않은 것을 확인하고는 어떻게든 도움을 주려고 애를 썼다.

"조석으로 날씨가 쌀쌀한데 우리야 아무렇게나 지내도 상관이 없는데, 그렇게 중상을 입은 몸을 추운 곳에 방치해서는 큰일 납니다."

"괜찮습니다, 위원장님. 저한데 신경 쓰지 마시고 식량 확보에 전념하십시오."

"기다려보세요. 내가 그럴듯한 천황봉 환자트 하나를 만들어보일 테니."

곧 김장록 위원장은 대원들을 데리고 나를 위한 특별야전병실 건축에 돌입했다. 우리가 임시 거처로 삼은 그곳에는 능선을 따라서 돌을 죽 쌓아놓은 일명 '너절' 구간이 있었다. 환자용 주거지를 만들기 위해 땅을 파자니 습기 등 여러 문제가 있었기 때문에 능선을 따라 쌓아놓은 그 너절의 한 구간을 이용해 환자트를 만들기로 한 것이다.

너절에는 인도의 보도블록처럼 사람들이 밟고 다닐 수 있게 넓적한 돌이 깔려 있었는데 그것을 들어내고 아래쪽을 파서 사람이 들어갈 수 있는 공간을 확보했다. 앉은키 정도의 높이에 두 사람 정도가 들어가 있을 수 있는 너비의 석굴 비슷한 공간이 생겼다. 위쪽으로는 나무를 베어다 걸치고, 다시 그 통나무들 위에다 먼저 뜯어냈던 납작한 돌을 지붕처럼 겹쳐 올려서 위장했다. 사람들이 그 너절을 밟고 지나다니더라도 아래쪽에 비밀아지트가 있는 줄은 감쪽같이 못 알아채게 만들어놓았다. 환자트의 벽은 역시 자연석으로 둘러치고 출입구는 널따란 돌로 막아놓았다가 드나들 때만 그 돌을 옆으로 밀쳤다가 막을 수 있게 해놓았다.

드디어 나는 신축 환자트에 입원했다. 초겨울로 접어들어 날씨가 무척 추웠다. 그곳에서 꽤 여러 날을 지냈다. 신애덕이 그 굴방을 드나들면서 나를 정성껏 간호해줬다. 하지만 가장 큰 문제는 수혈을 할 수 없다는 것이었다. 그동안 나는 너무 많은 피를 흘린 탓에 기진맥진한 상태였다.

"대장님, 아무래도 긴급수혈을 해야 할 것 같습니다. 안 그러면 정말 위험해질 것 같습니다."

"하지만 이 산중에서 어떻게 수혈을 한단 말이오?"

"우리 군당 대원들의 피를 받아와서 수혈을 하든지……. 하여튼 어떻게든 해봐야지요. 대장님 혈액형이 어떻게 되지요?"

"아마 B형일 겁니다."

"혈액형 검사는 간단하니까 여기서도 할 수 있습니다. 다시 한 번 해보지요."

신애덕이 검사 기구를 꺼내더니 피 검사를 했다. 나는 역시 B형이었다. 그녀가 뭔가 의미심장한 표정을 짓더니 고개를 두어 번 끄덕였다. 그러더니 주사기를 꺼냈다.

"그 주사기를 왜……."

"잠자코 누워 계십시오. 제 혈액형이 B형이거든요."

신애덕이 자신의 팔에 고무줄을 감더니 주사기를 찔러 피를 뽑기 시작했다. 나는 뭐라고 한마디 해야 한다고 생각했으나 결국 아무 말도 하지 못했다. 그렇게 그녀는 자신의 몸에서 피를 뽑더니 그 주사기를 내 팔뚝에 찔러 수혈해줬다.

'내가 어쩌다 저 가녀린 처자의 몸에서 소중한 피를 뽑아 내 것으로 취하게 되었을까…….'

염치가 없었다. 정말 미안하고 고마워 몸 둘 바를 몰랐다. 하지만 그녀의 몸에서 뽑은 그 소중한 피마저도 온전히 다 받지 못하고 일부를 버려야 했다. 수혈을 하는 데 시간이 오래 걸리다 보니 천황봉의 초겨울 추위에 피가 엉겨 굳어버렸다. 결국 수혈을 중단하고 그냥 버려야 했다. 어쨌든 신애덕은 이삼 일에 한 번씩 자신의 피를 내게 수혈해 줬다. 그 덕분에 내 몸은 혹독한 환경 속에서도 조금씩 회복될 수 있었다.

피체(被逮): 안녕, 지리산!

내가 거처하던 환자트는 남원군당이 주둔하고 있던 곳과는 약간 거리가 떨어져 있었다. 그래서 신애덕이 내 곁에 머물면서 상처를 치료해 줬다. 또 군당 소속 연락병 두 명이 본부와 내 거처를 오가며 먹을거리 등 보급품을 전달해줬다. 난 그들을 통해 남원군당은 물론 전북도당의 사정을 파악할 수 있었다.

군당은 동절기에 먹을 식량을 아직 제대로 확보하지 못한 것 같았다. 날씨까지 나날이 추워지자 군당에서도 더 이상 임시 비트에서 지낼 수가 없다고 판단해, 내가 지내고 있던 환자트인 석굴방 바로 옆에다 임시 막사를 설치하기 위한 작업을 시작했다. 대원들이 막사에 쓰일 나무들을 미리 베어서 여기저기 넘어뜨려 놓았다.

하루는 남원군당의 조직부장이 내가 있는 석굴방으로 왔다. 그는 보절면의 인민위원회 위원장으로서 군당의 조직부장을 맡고 있었는데, 군당 본부에 왔다가 내가 다쳤다는 소식을 전해 듣고 문병 차 찾아온 것이다. 나는 그와 석굴방에서 이틀 정도 함께 머물렀다. 그는 체구가 매우 비대했다.

"그럼 나는 이제 면당으로 가서 보고를 받아야 하니까 그만 가보겠습니다. 속히 쾌차하시오, 동무."

"동무, 고맙소."

그는 나와 작별인사를 나누고는 석굴방을 빠져나가려고 거대한 몸을 일으켰다. 그런데 석굴의 출입구가 워낙 좁아 돌을 옆으로 젖히고 빠져나가는 과정에서 석굴방의 문짝에 해당하는 그 납작한 돌이 넘어져서 그만 깨지고 말았다. 나는 미신 따위를 믿지 않는 사람이었으나 돌문이 넘어져 깨지는 순간 오싹한 느낌이 들었다. 불길한 기운이 온몸으로 느껴졌다. 그가 출입구 쪽을 수습하고 떠난 뒤에도 정체 모를 불길한 기운이 좀처럼 머릿속을 떠나지 않았다.

아니나 다를까 그가 떠난 지 한참이 지났을 무렵 총소리가 요란하게 들려왔다. 더불어 함성 소리도 들렸다. 짐작컨대 나와 같이 석굴방에서 지내다 나간 그 조직부장이 장수경찰서의 토벌대에게 발각된 것이 틀림없었다.

"조직부장이 경찰의 공격을 받은 것 같은데 어떡하죠?"

신애덕은 당혹함을 감추지 못했다. 내 몸이 어지간했다면 군당의 동지들이 있는 쪽으로 즉시 대피를 했겠지만, 그때 내 발로는 한 걸음도 옮길 수가 없었다. 나 역시 당황스러웠다.

"경찰이 우리 조직부장을 공격한 것이라면 틀림없이 이쪽으로 방향을 잡아서 공격해올 것이오."

"그러면 어떻게……?"

"운명을 하늘에 맡겨야지요. 저기 깨진 문짝 사이로 내부가 들여다보이지 않게 잘 가리고 그저 숨을 죽이고 있는 수밖에 달리 방도가 없군요."

우리는 숨을 죽이고 다음 상황을 초조하게 기다렸다. 이윽고 경찰 수색대원들의 목소리가 가까이에서 들려왔다.

"아까 그 빨치산 놈이 여기쯤에 있다가 내려온 것 같은데?"

"여기 보세요! 누가 나무를 베어놨어요."

"날이 추우니까 여기다 막사를 지으려고 했겠지."

"그럼 그놈들이 지금 어디 있을까요?"

"아까 우리가 쏜 총소리를 듣고 어딘가로 피한 것 같은데."

"전달한다! 빨치산 놈들 중 일부가 아직 이곳에 은신하고 있을 수도 있으니까 이 일대를 철저히 수색해라!"

경찰 수색대원들이 자기들끼리 주고받는 얘기가 고스란히 들려왔다. 숲 속을 헤치고 다니는 발소리, 소총 멜빵의 딸그락거리는 소리에 심장이 멈출 것 같았다. 그러더니 능선을 따라 돌로 쌓아놓은 그 '너절' 위로 경찰 한 명이 올라간 듯, 돌 위를 걷는 발소리가 우리 머리 위쪽으로 점점 가까워졌다.

저벅저벅…….

'출입구의 깨진 돌을 보고 눈치를 채지는 않을까? 만일 저들이 돌문을 열고 들어오면 어떡하지? 결국 우린 체포될 것이고……. 그다음에는

사형 선고를 받고 처형되겠지. 차라리 끝까지 저항하다 장렬하게 죽음을 택해야 하나?'

짧은 순간에 온갖 생각이 머리를 스쳐갔다. 석굴방에 있는 물건이라야, 신애덕 간호원이 들고 온 의료기구들을 빼면 『소련공산당사』 한 권과 수류탄 하나가 전부였다.

이윽고 수색대원 한 사람이 바로 우리 석굴방의 지붕에 올라섰다.

"여기 뭐가 있나 볼까……."

결국 그 수색대원이 납작한 돌 하나를 옆으로 제쳤다. 드르륵, 돌을 제치자 미세한 빛이 석굴방 내부로 칼날처럼 비쳐들었다.

"수류탄!"

나는 작지만 단호한 목소리로 그렇게 말하고서 신애덕을 향해 손을 내밀었다. 그녀가 수류탄을 내 손에 쥐어주었다. 안전핀을 뽑았다.

'잡혀가서 처형되느니 여기 지리산에서 장렬하게 자폭하자.'

나는 그렇게 결심했다. 신애덕도 비장한 표정으로 나를 향해 고개를 끄덕였다.

이제 돌 한 겹을 더 밀쳐내기만 하면 통나무가 나올 것이고, 그렇게 되면 우리는 완전히 노출될 것이다. 돌을 옆으로 밀쳐낸 그 수색대원은 또 한 겹의 돌을 옆으로 밀어내려고 애를 썼다. 그러나 눈이 얇게 쌓였으므로 미끄러워서 손으로 잡을 곳이 마땅치 않아서 끙끙대기만 했다. 나는 속이 탔다.

그런데 갑자기 그 수색대원이 한숨을 푹 쉬었다.

"아이고, 손 시려라."

그렇게 중얼거리며 입김으로 두 손을 부는 소리가 났다. 이어서 조금 떨어진 곳에서 지휘자 격인 사람이 외치는 소리가 들려왔다.

"자, 대원들 모두 철수한다!"

석굴방 지붕 위에서 자박거리고 있던 그 수색대원의 발걸음 소리가 멀어져 갔다.

"휴우!"

우리는 약속이나 한 듯 깊은 한숨을 내쉬었다. '살았구나' 하는 안도감과 함께 '아! 살고 죽는 게 그야말로 찰나로구나' 하는 생각이 동시에 들었다. 불과 몇 분간이었지만 그 시간이 10년 같았다.

"신 간호원, 수류탄에 안전핀을 다시 끼우세요."

추위가 매서웠는데도 신애덕의 이마에는 땀이 맺혀 있었다.

며칠 뒤, 체구는 비대했지만 착하기만 했던 조직부장은 숲 속에서 싸늘한 시신으로 발견되었다.

잠시 동안만 머물겠다고 했던 그 석굴방에서 나는 그해(1952년) 겨울을 다 보냈다. 군당에서 나에 대한 보급을 담당하는 두 사람의 대원들이 이삼일에 한 번씩 들러서 이런저런 소식을 알려줬다. 하지만 그들이 없는 시간에는 석굴방이란 폐쇄된 공간에 유폐되어 있다 보니 답답하기 그지없었다. 군당에서는 내게 아무런 걱정 말고 상처 치유하는 데에나 열중하라 했으나 장수경찰서 수색대가 석굴 근처에 다녀간 뒤로는 언제 그들이 다시 올지 몰라 늘 조마조마하기만 했다.

김장록 위원장이 석굴방을 찾아왔을 때 나는 그에게 답답함을 토로했다.

"여기는 이미 장수경찰서 병력에게 노출되어서 더 이상 불안해서 못 있겠습니다. 다른 곳으로 옮겼으면 합니다."

"알겠소, 동무가 원하면 그렇게 하지요. 하지만 그렇다고 그 몸으로 군당에 다시 돌아간다거나 혹은 달궁 쪽으로 다시 내려간다는 것도 쉽지 않을 것이오. 내가 며칠 이내로 안전하고 따듯한 곳을 골라서 비트를 만들겠소. 그리로 옮기기 전까진 조금만 더 참아주시오."

어느덧 해가 바뀌어 1953년 봄이 다가왔다. 군당 위원장이 마련해준 새로운 비트는 산동면의 풍곡 골짜기 야산에 있었다. 그동안 내가 은거해 있던 석굴방에서 4km 정도 떨어진 곳이었다. 위원장이 직접 사람을 데리고 가서 야산에 토굴을 파서 만들었다고 했다.

드디어 나는 사람들에게 업혀서 그쪽으로 옮겨 갔다. 토굴은 대여섯 명의 인원이 들어가 지낼 만큼 제법 넓었다. 그러나 한 가지 불편한 점이 있었다. 지난번의 석굴처럼 옆에 출입구가 있었으면 좋았을 텐데 나뭇가지로 엮은 이엉을 위로 덮어놓아 그것을 젖히고 출입해야 한다는 점이었다.

새로운 비트에서의 생활이 시작되었다. 우선은 이전의 석굴방보다 거처할 공간이 넓어서 좋았고, 날씨가 조금은 풀려서 추위가 덜했다. 낮 시간에는 신 간호원 말고도 나를 위해 보급을 담당하는 군당 대원 두 명이 토굴 비트에서 함께 지냈다. 그들이 이동하는 시간은 주로 밤이었기 때문이다.

그 토굴 비트는 풍곡 골짜기 근처의 민가와도 거리가 멀지 않았다. 나무하러 다니는 주민들의 대화소리를 토굴에서도 다 들을 수 있었다. 그뿐만 아니라 인근 언덕에는 마을 사람들이 소나무 가지를 톱으로 잘라놓은 땔감들이 군데군데 쟁여 있었다.

어느 날 두 연락병을 포함한 네 사람이 토굴 비트에 들어앉아 있는데 마을 사람들이 우리 토굴 가까이 다가와서 떠드는 소리가 들렸다. 주고받는 얘기를 들어보니 갈퀴나무를 하러 온 사람들이었다. 조금 아래쪽에서는 아이들 소리도 들렸다. 꽤 여러 명이 나무를 하러 온 것 같았다.

"자, 이제 그만들 가세!"

누군가 좀 떨어진 곳에서 그렇게 재촉을 했다. 하지만 우리 토굴 가까이 있는 남자는 갈퀴질을 멈추지 않았다.

"아, 조금만 더 하고!"

갈퀴질 소리가 토굴 쪽으로 점점 가까이 다가왔다. 토굴의 위쪽은 나뭇가지를 포개 지붕 삼았는데, 그 위에 하필이면 소나무 낙엽인 가리나무로 위장을 해뒀다. 갈퀴나무를 하러 온 사람에게 토굴의 위장용 가리나무는 놓칠 수 없는 수확물이었다.

점점 가까워지는 갈퀴소리에 긴장하고 있던 나는 차마 큰 소리로 말하지는 못하고, 옆에 앉은 두 연락병에게 토굴 덮개용 나뭇가지를 꽉 붙들고 있으라고 손짓으로 지시했다. 그대로 두었다가는 남자의 갈퀴질에 토굴의 지붕이 홀랑 벗겨져 버릴 것이었다.

"빨리!"

나는 입 모양만으로 그들에게 재차 나뭇가지들을 손으로 꽉 붙들도록 지시했다. 그제야 말귀를 알아들은 두 사람이 손을 올려 막 가지를 붙잡으려는 순간, 나무하러 온 남자가 결국 우리의 토굴 덮개를 갈퀴로 긁어버렸다.

드르륵―

우리 토굴의 지붕이자 천장 격인 나뭇가지 뭉텅이가 홀렁 벗겨지고 말았다.

"으악!"

우리보다 더 놀란 사람은 나무꾼이었다. 쌓여 있는 솔잎을 그저 갈퀴로 긁었을 뿐인데, 나뭇가지 덮개가 벗겨지면서 땅속에서 갑자기 네 사람이 자신을 뚫어지게 바라보고 있었으니!

"쉬잇!"

나는 얼어붙은 채 우리를 내려다보고 있는 남자를 향해 손가락을 입술에 갖다 대고는 험상궂은 표정을 지었다. 함께 나무하러 온 다른 사람들에게 우리를 봤다는 사실을 함구해달라는 무언의 당부였다. 다행히 그 남자는 나이가 상당히 들어 보였다. 그가 나이만큼 세상살이의 지혜를 갖춰 경솔한 짓은 하지 않을 것이라는 믿음이 갔다.

"왜 그려? 무슨 일인데 그려?"

저만치서 다른 남자의 목소리가 들려왔다.

"으응, 아니, 아무것도 아녀!"

다행히도 남자가 그렇게 대꾸하고는 후다닥 언덕을 내려갔다. 지리산 일대가 보급투쟁을 나온 빨치산으로 가득했고, 신출귀몰하는 그 빨치산을 잡겠다고 몰려다니는 군인과 경찰 때문에 조용할 날이 없었다. 나무하러 온 그 남자 역시 토굴 속에 웅크리고 있는 우리가 빨치산이라는 것을 단박에 알아챘을 것이었다. 나는 두 연락병에게 나무꾼을 뒤따라가 입을 단속하고 오라고 지시했다.

"자연스럽게 따라가세요. 그 갈퀴나무꾼이 아마도 어느 지점에선가 지게를 받치고 한 번쯤 쉴 것입니다. 그때 조심스럽게 다가가서 우리의 처지를 설명하고 설득을 하고 오세요. 위압감을 주지 말고 간절하게."

연락병 두 명은 토굴에 돌아와, 남자가 이렇게 말했다고 전했다.

"저는 구례 산동이 고향인디요. 여그서 머슴을 살고 있구만이라우. 사랑채 군불을 땔라고 갈퀴나무를 허로 나왔다가 그만 이렇게 돼부렀구만이라우. 절대 신고 안 할랑개 걱정 마시쇼잉."

사람의 말을 다 믿을 수는 없고 또 믿어서도 안 되지만 나는 그 나무꾼을 믿기로 했다. 설령 우리가 그 토굴 속에 더 오랫동안 머물렀다고 하더라도, 적어도 그 갈퀴나무꾼만큼은 우리를 경찰에 신고하지 않았을 것이라고 나는 아직도 믿고 있다.

그 남자는 절대로 신고하지 않을 터이니 걱정하지 말라고 했으나, 우리는 토굴 비트를 들키고 난 뒤부터는 불안감을 떨칠 수 없었다. 그래서 낮이면 토굴을 벗어나 능선 하나를 넘어서 다른 곳에 은신하면서 동태를 살폈다. 다행히 그 나무꾼이 당장은 신고를 하지 않은 듯, 토굴 쪽으로 경찰이 접근하는 일은 발생하지 않았다. 그래서 밤이면 다시 토굴에 들어가 지냈다.

하지만 천황봉 인근의 석굴방에서 장수경찰서 수색대에게 들킬 뻔했던 위급한 상황을 겪은 뒤, 새로 지은 토굴에서 지붕 뚜껑이 홀랑 벗겨질 뻔한 상황까지 경험하고 나니 몹시 불안해졌다. 설상가상으로 상처는 좀처럼 호전되지 않았다. 아직 나는 걸음을 제대로 걸을 수가 없었다. 결국 나는 군당 위원장과 의논 끝에 다시 거처를 옮기기로 정했다. 궁극적으로는 지리산으로 들어가서 군당의 동지들과 합류하는 것이 내 목표였다. 아무리 상황이 불리하더라도 당의 동지들과 최후까지 함께 싸우겠다는 생각에는 변함이 없었다. 하지만 부상이 심각한 그 몸을 해가지고는 산으로 들어간들 동지들에게 걱정거리만 안겨줄 것이 뻔했기 때문에, 어느 정도 상처가 아물어서 거동이 가능해질 때까지는 조금 더 안정적인 환경에서 몸을 가누어야만 했다.

"차라리 최 동무가 마을로 들어가서 민가에 은신해 있는 것은 어떻겠소?"

"민가에 가 있으라고요?"

"그렇소. 숨어 있기에 좋은 집이 있소."

"부모님이 사시는 본가에도 있어봤고 외가에서도 지내봤지만 오히려 산에 있는 것만 못 하던데요."

"최 동무의 본가나 외가는 당연히 감시망이 미치는 곳이라 산에 있는 비트보다 불안할 것은 당연지사요. 우리가 저 아랫마을에 할머니 혼자 사는 집을 미리 알아놨소."

"그 할머니를 어떻게 믿고 그 집에 들어간단 말입니까?"

"우리 남원군당의 조직원과 밀접한 관련이 있어서 비교적 안심을 할 만한 집이오. 할머니한테 사정을 얘기했더니 기꺼이 방 하나를 내주고 수발을 해주겠다고 했소. 건강이 회복될 때까지만 거기에서 지내면 될 것이오."

"고맙습니다, 위원장 동무."

나는 신애덕 간호원과 연락병 두 명을 군당으로 올려 보냈다. 이제 가정집에 들어가 지낼 수 있게 되었기 때문에 그들을 내 곁에 붙들어두는 것은 전투력의 낭비일 뿐이었다. 게다가 할머니 혼자 사는 집에 갑자기 여러 사람이 드나들면 외부에 노출될 위험이 더 커질 것이었다. 그러나 할머니 집의 생활은 짧게 끝나 버렸다.

그 할머니에게는 한때 빨치산 활동을 하다가 자수를 했던 조카가 있었다. 당시 경찰들은 자수한 빨치산을 회유해 나머지 빨치산에 대한 정보를 캐내려는 노력을 매우 끈질기게 했다. 그런데 그만 할머니가 그 조카에게 내 존재를 귀띔해버렸던 것이다.

그날 저녁 어둠이 내리면 나는 지리산에서 온 군당의 대원들과 함께 다시 달궁으로 들어갈 계획을 세워두고 있었다. 물론 혼자서 보행을 할 처지는 못 되었지만 부상 부위의 상태가 전보다는 좀 나아졌으므로 일단 당 본부로 복귀하고자 했던 것이다.

아직 날이 저물기 전인 초저녁 무렵, 바깥에서 발소리가 어지럽게 들려왔다. 이윽고 그 발소리들이 집 주위를 빙 둘러싸는 듯했다. 누군가 바깥에서 외쳤다.

"최정범! 너는 포위됐다!"

'……'

아, 올 것이 왔구나. 주위를 둘러보았으나 무기로 삼을 수 있는 것은 아무것도 없었다. 자폭할 수단도 없었다. 한 쪽 발이 큰 부상으로 온전치 못했으니 도망칠 수도 없었다.

"최정범! 무기를 버리고 투항하라!"

포위 병력의 지휘관인 것 같은 자가 그렇게 외쳤다. 이어서 공포탄이 연이어 발사되었다. 그들은 무기를 버리라고 했지만 나는 버릴 무기조차 갖고 있지 않았다. 아, 이렇게 잡히고 마는 것인가? 이런 허무한 결과를 맞이하려고 그동안 목숨을 내놓고 그렇게 도망을 다녔단 말인가!

"최정범! 무기 버리고 빨리 나와!"

다시 한 번 소리쳤으나 방 안에서 아무런 대답도 없자 경찰들이 문짝을 걷어차고 들이닥쳤다. 그들은 나를 향해 일제히 총을 겨누었지만 나는 부상당한 몸으로 맥없이 벽에 등을 기댄 채 앉아 있었다. 그들에게는 너무나 싱거운 생포 작전이었다. 그들은 내 고향 이백면 지서의 경찰들이었다.

난 그렇게 제대로 된 대응 한 번 하지 못하고 허무하게 잡히고 말았다. 1950년 9월 28일 인민군이 대대적인 후퇴를 단행할 때 노동당 남원군당의 동지들과 함께 지리산으로 피신한 지 2년 반 만에 완전한 타의에 의해 빨치산 생활을 마감하게 되었다.

내 몸은 경찰에게 포박되었으나 걸음을 걸을 수 없었다. 이동수단이 마땅치 않아 포박된 채 동네 사랑방으로 옮겨져서 대기했다. 경찰은 상부로 부단히 전화를 걸었으나 나를 호송할 차편이 마련되지 않아 한참을 더 기다렸다. 이윽고 소달구지가 마당으로 들어섰다.

"태워!"

지휘자가 말했다. 나는 짐짝처럼 우마차에 실렸다. 황소가 울음을 한 번 울더니 이윽고 수레가 움직였다. 이백면 지서까지는 4km 남짓 되었다.

나는 덜컹거리는 수레에 몸을 맡긴 채 고개를 들어 멀리 보이는 지리산 쪽을 바라봤다. 겹겹으로 포개진 지리산의 산봉들이며 능선들이 마치 꿈을 꾸듯 가물가물 멀어지고 있었다.

'아, 저 능선과 산봉을 얼마나 많이 오르내렸으며 능선과 능선 사이, 봉우리와 봉우리 사이의 계곡에서는 또 얼마나 많은 동지들이 땀과 피를 뿌렸고 혹은 죽어갔던가.'

새벽녘이 되어서야 이백면 지서에 도착했다. 여전히 포승줄에 묶인 채였다. 하지만 나는 포박하지 않더라도 도망갈 처지가 아니었다. 도착한 지 얼마 지나지 않아 남원경찰서 서장 최난수(崔蘭洙)가 부랴부랴 지서로 들이닥쳤다. 남원 관내에서는 '거물급 빨치산'으로 통하는 최정범이 잡혔다는 소식을 듣고 새벽같이 달려온 것이리라.

나는 그를 증오했다. 일제 강점기 시절 일제의 충견이 되어 인민을 괴롭혔던 그가 해방된 조국의 경찰 간부로 변신한 현실을 나는 도저히 받아들일 수 없었다. 이렇듯 친일파를 제대로 청산하지 못한 이승만 정권에 대한 실망감이 내가 빨치산 투쟁을 선택한 것에 영향을 미쳤다고 해도 과언이 아니다.

"최정범, 드디어 네놈이 잡혔구나. 자, 그럼 어디 몸수색을 좀 해볼까?"

최난수가 승리감에 들뜬 표정을 하고서는 나를 바라봤다.

"최난수! 네놈이 서장이냐? 일제 때 일본 놈 똥구녕이나 빨아대며 악질 순사노릇을 허더니 이제는 서장이야? 개망나니 같은 놈, 네놈의 자식들이 불쌍하구나. 네놈 부하들이 내 몸을 다 뒤졌는디 인자 니가 직접 허것다고? 이 나쁜 놈아!"

나는 악에 받쳐 최난수를 향해 마구 소리쳤다. 최난수가 여전히 거만한 웃음을 흘리더니 아예 일본 말로 내게 말했다.

"최정범, 이제 널 구워 먹든 삶아 먹든 내 마음대로 할 수 있는데, 네놈이 아니꼬운들 어쩌겠다는 것이냐?"

최난수는 능글맞은 웃음으로 나를 조롱했다. 내가 만들고자 했던 나라는 이런 자들이 우쭐대는 나라가 아니었다. 나는 남원경찰서로 압송되어 포로수용소에 갇혔다.

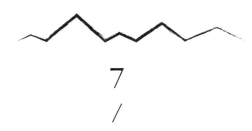

7

좌절, 그러나 세상 속으로 당당히

나는 전쟁포로였다

내가 도착한 곳은 남원포로수용소였다. 경찰이 나를 전쟁포로로 분류한 것이다. 인천상륙작전 이후 낙동강 전선에서 후퇴하던 인민군이 미처 퇴각하지 못하고 지리산 등지로 입산하자 육군 11사단 등 국방군의 대대적인 토벌작전이 전개되었다. 그때 잡은 포로들을 수용하기 위해 1952년 1월 광주에 중앙포로수용소가 설치되었다. 이 수용소는 나중에 '광주 공비생포자수용소'로 그 명칭이 변경되었다가 1953년 3월 무렵에 폐쇄되었다.

하지만 1953년 이후에도 여전히 지리산에서 빨치산이 활동하고 있었으므로, 토벌작전에서 생포한 포로들을 수용하기 위한 작은 포로수용소 하나가 남원에 새롭게 설치되었다. 그곳이 바로 내가 갇힌 남원포로

수용소였다.

　내가 수용소에 입소했을 때 각자 다른 경로로 잡혀 온 남원 출신의 포로들 수십 명의 얼굴이 보였다. 포로들은 군경과 검찰 요원으로 구성된 심사 팀으로부터 등급 심사를 받아야 했다. 이 과정에는 미군의 신문절차도 포함되어 있었다. 지금 기억하기로 당시 나는 '경찰, 검찰, 미군방첩대(CIC), 헌병대, 특무대' 순으로 조사를 받았던 것 같다.

　조사하는 주체만 달랐을 뿐 조사내용은 대동소이했다. 어차피 그들도 나에 대한 기초자료만을 토대로 심문했으므로 어느 쪽을 가나 질문 내용은 비슷했다.

　당신은 왜 공산주의자가 되었나?

　"일제 강점기에 독립운동을 했던 많은 선각자들의 가르침에 영향을 받았다. 해방 후에 공산주의에 매력을 느끼기 시작했고, 따라서 새로 건설할 조국은 공산주의 이념의 평등한 나라가 되어야 한다고 믿었기 때문이다."

　조선노동당 전북도당 남원군당 소속의 간부였나?

　"그렇다."

　당신은 대한민국 정부를 반대했나?

　"물론이다."

　왜 반대했나?

　"단순하다. 36년간의 치욕적인 일제 강점기를 거친 끝에 어렵게 해방이 되었으니, 이제 외세의 간섭이 없는 완전한 독립국을 건설해야 한다고 믿었다. 그런데 해방 직후 미국의 군대가 한반도의 남쪽을 점령해버렸고, 그 미국의 조종을 받는 이승만 정권이 들어섰다. 이승만 정권은 일제 강점기에 민족을 배반하고 친일행각을 일삼았던 인물들을 처벌하기는커녕, 반민특위를 해산시키고 오히려 친일파들을 자신의 세력으로 끌어들였다. 이런 정부라면 당연히 반대해야 한다고 믿었다.

그러면 김일성 집단이 세운 북한 정권을 지지한다는 말인가?

"비록 북쪽 정권에 대해 정확한 정보를 가지고 있지는 못했으나, 남쪽의 대한민국보다는 북쪽의 조선민주주의인민공화국이 내가 꿈꾸던 이상적인 사회에 더 가깝다고 생각했다. 그래서 전쟁이 났을 때 드디어 인민공화국 체제로 통일국가를 세울 수 있겠다고 믿었다. 그 신념 하나로 산으로 들어가 빨치산이 되었다."

산으로 들어가서 주로 무슨 일을 했나?

"보투를 했다."

보투가 무엇인가?

"보급투쟁. 민가에 내려가서 양식을 구하는 일이다."

지금까지 몇 명의 양민을 죽였나?

"죽이다니? 나는 단 한 명의 민간인도 희생시키지 않았다."

그걸 말이라고 하나? 그럼 국군은 몇 명이나 죽였나?

"죽인 적 없다."

죽인 적이 없다니? 무기를 갖추고서 교전을 했는데 어떻게 희생자를 내지 않았다고 말하는가?

"사실이다. 우리는 식량을 확보해 생존하는 것이 목표였다. 내가 지휘했던 대원들은 국방군을 살상하지 않았다. 포로로 잡은 사람들도 다 풀어주었다."

좋다. 그럼 지금부터 그 보급투쟁의 과정을 하나하나 묻겠다. 달궁의 남원군당 아지트에서 맨 처음 보급투쟁을 나간 때가 몇 월 며칠이었나? 그리고 어느 마을로 나갔나?

"그걸 어떻게 다 기억하나?"

기억나는 대로 진술하라.

"……."

나는 기억을 더듬어서 빨치산 생활의 전 과정을 진술했다. 특별히 감출 것도 없었으며 그렇다고 필요 이상으로 상세히 말할 필요도 없었다. 불리하다 싶은 내용을 일삼아 입에 올릴 필요는 없지 않겠는가.

판문점에서 정전협정이 완료된 때가 1953년 7월 27일이었고 내가 전쟁포로의 신분이 되어 심사를 받았던 때는 1953년 초였기 때문에, 나는 휴전협정이 진행되고 있던 상황에서 포로 심사를 받게 되어 있었다. 따라서 당국에서도 포로에 대한 국제 규정을 지키지 않으면 안 되었다. 더구나 미군이 심사에 참여한 것은 모름지기 국제법에 따른 포로 심사를 하겠다는 상징성이 있는 조치였다.

그렇다고 심사의 전 과정이 정상적으로 진행되었던 것은 아니었다. 육군의 대간첩 업무와 그에 따른 범죄 수사를 관장하던 부대인 '특무대' 심사는 포로들에게는 공포의 코스였다. 내가 특무대 조사를 마치고 저녁에 숙소에 돌아가자, 이미 조사를 받았거나 혹은 대기하고 있던 포로들이 나를 위아래로 살펴보더니 이구동성으로 물었다.

"아니, 최정범 씨는 오늘 특무대 조사 안 받았어요?"

"지금 받고 나오는 길인데, 왜요?"

"특무대 조사를 받았다면서 왜 이렇게 멀쩡하지? 안 맞았어요?"

"맞기는요. 그냥 조사만 하던데요."

사람들은 자꾸만 고개를 갸웃거렸다. 이미 포로들에게는 조사를 받으러 특무대 조사반에 들어가기만 하면 반쯤 죽어서 나온다는 소문이 파다하게 퍼져 있었다. 들어가자마자 닥치는 대로 흠씬 두들겨 패고 나서 조사를 시작한다는 것이었다. 그들 중에는 매우 심각한 부상을 당한 사람도 있었다.

나는 체포되고 나서 특무대에서 열흘간 조사를 받았다. 내가 포로 중 간부급 빨치산이어서 시간이 많이 걸렸고, 특무대 심사관들이 나에 대한 정보를 알고 나름대로 대우를 해준 것인지도 모른다. 나는 아주 편하게 조사를 받았다. 특무대 심사 때 뺨 한 대 안 맞고 매우 특별한 대우를 받았다. 사실 산에 있을 때만 해도 나 같은 간부급 빨치산은 잡히면 사형을 면치 못할 것이라 생각했다. 그래서 나는 극형도 각오하고 있었다. 그런데 조사과정에서 느낀 것은 생각보다 관대하다는 점이었다.

당시 포로들의 전범 심사 결과는 갑·을·병 세 등급으로 판정이 났는데, '갑' 판정을 받은 사람은 군사재판에 회부되어 총살형에 처해질 것이라고 알려져 있었다. 그러나 나와 함께 조사를 받았던 사람 중에는 '갑' 판정을 받은 사람이 한 명도 없었다. 나도 거기에 희망을 걸었다. 드디어 판정이 나왔다.

"최정범, 을!"

나는 일단 가슴을 쓸어내렸다. '을' 판정을 받은 사람은 최고 무기징역형을 받을 수도 있다. 일단 목숨을 건진 것이다. 나는 다시 남원경찰서로 이송되었다. 포로수용소에서의 조사가 전범의 등급 심사를 위한 것이었다면, 이제부터는 사법처리 절차에 따라 내 빨치산 활동의 모든 전력이 세밀하게 조사될 것이었다.

남원경찰서 사찰계의 최 아무개 형사가 내 담당이었다. 그가 나에 대한 진술조서를 작성해 검찰에 넘기면 검찰에서 기소를 하게 되고, 그런 다음 나는 재판을 통해 최종적으로 형을 언도받게 될 것이었다. 경찰

조사는 석 달 동안이나 지루하게 이어졌다. 최 형사는 내게 전쟁 발발 이후 지리산에 들어가기까지의 과정과, 입산 이후의 빨치산 활동에 대한 행적들을 꼬치꼬치 캐물었다.

당신이 산에 그처럼 오래 있었으면 조직을 가졌을 것 아닌가? 노동당 전북도당의 지휘부가 누구누구인지 대라.

"나는 당 조직이나 운영에 대해서는 전혀 알지 못한다."

당 조직을 모르면 누구를 데리고 무슨 일을 했다는 것인가?

"나는 무장부대, 즉 유격대원들을 데리고 보급투쟁만 전담해서 했을 뿐이다."

전북도당 사령부가 뱀사골에 있었고 달궁에 남원군당 은거지가 있었다는 건 우리 경찰도 다 알고 있다. 그런데 전투부대를 지휘했으니 군당이며 도당 본부를 수시로 드나들었을 것 아닌가?

"……."

그런 당신이 전북 도당 산하의 각 군당들이 어디에 포진해 있고 또 어떻게 서로 연락을 취했는지, 그런 기초적인 사항을 모른다는 것이 말이 되나?

"나는 무장대원들을 데리고 보급투쟁만을 했다고 하지 않았나. 위에서 당 조직을 어떻게 움직이고 서로 어떻게 연락을 취했는지에 대해서는 관심도 없었고 알지도 못한다."

좋다. 그러면 남원군당 산하의 각 면당이 어떻게 조직되어 있는지 대라. 빨치산들이 마을에 있는 민간인 당원과 수시로 연락을 취하면서 도움을 주고받은 것을 알고 있다.

"민간인 조력자는 없었다."

빨치산 활동에 필요한 의약품 같은 물품을 조달해주는 당원들이 각 면마다 세포조직으로 박혀 있어서 수시로 연락을 주고받았을 것 아닌가? 어느 면, 어느 마을에 누가 있었는지 이름을 대라.

"의약품 같은 것은 윗선인 당 지휘부에서 알아서 구해줬을 뿐이다. 나는 관계하지 않아서 모른다. 나는 무장대원들을 이끌고 직접 현장에 가서 보급품을 확보했을 뿐이지 무슨 조직을 통해서 물품을 들여온 적도 없고 그런 일에 관여해본 적도 없었다."

그럼 꼭 노동당 당원이 아니더라도 공산주의 신봉자, 빨치산 조력자가 마을마다 몇 사람씩은 있었을 테니 그 이름들을 대라. 우선 지리산 쪽에 인접해 있는 산내, 동면, 아영, 운봉부터 말해봐라.

"모른다고 하지 않았나. 설령 그런 사람들이 있었다 해도 나는 그들과 관계하지 않았다. 모르는 것을 어떻게 토설하나?"

말을 못 하겠다, 이건가? 좋아, 그럼 특별한 방법을 써야겠군.

나는 형사들에 의해 결박되었다. 빨치산 생활을 하면서 온갖 고초를 다 헤쳐 나왔지만 누군가에게 붙잡혀서 이렇게 고문을 당하기는 처음이었다. 더구나 한밤중이었기 때문에 공포심이 더 했다. 물고문이 시작되었다. 수건으로 얼굴을 덮더니 주전자로 물을 부어댔다. 숨이 막혔다. '이러다 죽을 수도 있겠다'는 극한의 상상을 할 때쯤 그들이 주전자의 물세례를 멈췄다.

이제 말해보시지.

"말해줄 것이 없다."

그렇다면 하는 수 없지.

다시 물고문을 시작할 채비를 했다. 그러나 나는 그들의 이름을 댈 수 없었다. 당장의 고통에서 벗어나려고 다른 이들을 끌어들여 욕보게 할 수는 없었다.

사찰계 형사들 역시 더 압박을 해봐야 별로 얻어낼 것이 없다고 여겼는지 더 이상 고문을 하지는 않았다. 그다음부터는 조서 작성하는 일이 수월하게 진행되었다. 주로 내가 대원들을 인솔하며 다녔던 보급투쟁에 관한 내용들이었다. 몇 월 며칠 몇 시쯤에 어느 동네로 나갔는지, 출동 인원은 몇 명쯤이었는지, 어느 경로로 갔는지, 군경과 교전은 없었는지……. 내 기억에도 한계가 있어서 지나간 상황을 모두 정확하게 진술하기는 어려웠다. 그렇게 할 필요도 없었다.

당시에는 진술조서를 비롯한 공문서를 작성할 때 일부 토씨나 서술어를 빼고는 대부분 한자로 작성했다. 그런데 내 조서 작성을 담당한 젊은 형사가 자꾸만 한자를 틀려서 내게 어떤 글자를 써야 하는지 물어왔다. 나는 일찍이 서당에서 한문을 좀 배웠던 덕분에 어린 형사에게 글자를 써서 보여주기도 하고 잘못된 글자를 바로잡아 주기도 하면서 한자를 알려줬다. 그 모습을 보고서 사찰계장을 비롯한 상사들이 그를 놀려댔다.

"어이, 자네는 빨치산대장을 앉혀놓고 신문을 하는 것인가 글을 배우는 것인가?"

그 바람에 사찰계 형사들이 한바탕 웃고 말았다.

두 달을 넘겨 신문을 하는 바람에 나에 대한 진술조서가 줄잡아 수백 장에 이르게 되었다. 이제 조서작성이 끝났으니 절차대로라면 남원경찰서에서는 그 내용을 검찰에 넘길 것이었다. 검찰에서 기소를 하면 법원으로 넘어가서 재판을 받게 될 것이다. 심사에서 '을' 판정을 받은 사람은 최대 10~15년 정도의 형을 언도받을 것이라는 소리가 있었다.

만일 10여년 이상 동안 옥살이를 한다면……. 내 몸 하나 괴로운 것쯤은 큰 문제가 되지 않았다. 하지만 가족에게 못 할 짓이었다. 부모님에게 불효를 저질러 천하의 불효자가 된 지 오래였으며, 결혼 후에 신행조차 못한 채 친정에 머무르고 있는 새색시와 제 아비 얼굴도 모르는 딸아이는 또 어찌할 것인가?

그런데 내 처리를 두고 희망적인 움직임이 감지되었다. 남원경찰서 사찰계 주임 유인규가 내 혐의를 가볍게 하기 위해서 백방으로 뛰고 있다는 소문이 들렸다. 과거 동면(지금의 인월면) 지서장도 지낸바 있는 그는 나보다 한 살 위였는데 나를 '최 대장'이라고 불렀다. 그는 남원에서 오래 살아왔던 탓에 이 지역 여론을 훤히 꿰고 있었으며 타 지역 출신인 최난수 서장과는 달리 내게 매우 호의적이었다. 유인규는 경찰서장을 비롯해 상부 요로에 이렇게 말했다.

"최정범은 전쟁 발발 직후 우리 남원이 인민군 치하에 들어갔을 때도, 자칫 억울하게 희생될 수 있었던 사람들을 여러 명 구명한바 있습니다. 그래서 우리 지역에서 그를 동정하는 사람이 많습니다. 아직 지리산에는 빨치산 세력이 잔존하고 있는 실정이니, 이 사람에게 중죄를 지워서 가두기보다는 그를 잘 이용해 빨치산 평정에 도움을 얻어야 할 것입니다. 그러니 중벌에 처하지 않게 조치해야 합니다."

이런 식으로 나에 대한 선처를 호소하고 다녔다. 나로서는 참으로 고마운 일이었다. 하지만 크게 기대를 하지는 않았다.

"유 주임, 여러 가지로 고맙습니다만 저는 엄연히 포로 등급심사에서 '을'을 받았고, 또한 남원군당의 빨치산 조직에서도 중책을 맡았습니다. 이런 제가 형을 면제받을 수가 있겠습니까?"

"최 대장, 조금만 기다려 봐. 내가 검찰청 남원지청 검사들에게 이미 손을 좀 써놨으니까."

"손을 쓰다니, 어떻게요?"

"검사 두 사람에게 술대접을 하면서 자네 서류가 검찰로 넘어가면 그때 불기소 처리하는 쪽으로…….”

“그럼 재판을 받지 않고 바로 풀려날 수도 있다는 말입니까?”

“검사 두 사람한테는 그렇게 처리하기로 다짐을 받아났는데, 문제는 최 서장이야.”

“서장이 뭐라고 했는데요?”

“서장은 최 대장 자네하고 안 좋은 감정이 있지 않은가? ‘최정범이 풀어주면 틀림없이 지리산으로 도로 들어갈 테니까 어림없다!’ 대뜸 한다는 소리가 그러더라니까.”

나는 남원경찰서장 최난수에게 여러 차례 모욕적인 언사를 쏘아붙인 적이 있었다. 미군정의 포고령 위반으로 잡혀 들어갔을 때 나는 그를 향해 ‘일본인의 앞잡이가 어디 해방된 나라에서 설치느냐’고 호통을 친 적이 있었으며, 빨치산 활동을 하다 잡혔을 때에도 그를 아예 일제의 주구로 취급해 막말을 서슴지 않았다. 그랬으니 사찰계 주임이 아무리 내 편을 들어 선처를 제안해봤자 통할 리 없었다.

최난수 서장이 내 조서에 도장을 찍어 결재를 해줘야 내 신상이 검찰에게 넘어갈 것이고, 그런 다음에야 미리 손을 써둔 아무개 검사의 도움을 받든지 말든지 할 터였다. 하지만 내게 악감정을 품고 있는 서장이라는 자는 내 조서를 서류함에 방치한 채 결재할 생각을 하지 않고 있었다.

내 신상 처리에 대한 서장의 태업은 이후로도 한 달간이나 이어졌다.

“서장이 저렇게 버티고 있으니 어쩔 수가 없네. 하지만 어떻게든 결말이 날 테니까 조금만 더 기다려보게, 최 대장.”

유 주임의 위로가 무척 고마웠다. 하긴 당대의 상황이 아무리 불합리했더라도 기소 절차를 밟아 정식 재판을 통해 형을 선고받고 복역을 하는 것이 합법적 절차였다. 처벌을 면제받기 위해 지인을 통해 검사에게 술대접을 하고 이른바 '사바사바'를 하는 것은 내가 할 수 있는 일이 아니었다. 그러나 그 시기에 나는 이미 몸도 마음도 쇠약해져 있어서 할 수만 있다면 어서 그 구속 상황을 벗어나고 싶은 마음뿐이었다.

그러던 중 상황에 변화가 생겼다. 그 시기 전국 지방경찰에 대한 인사가 단행된 것이다. 영전인지 좌천인지는 모르겠으나, 최난수 서장은 부산으로 발령이 났다. 나는 그저 그가 남원을 떠나게 된다는 사실만이 중요했다. 새로 부임한 서장은 이규형이라는 사람이었는데 일선 경찰서장으로 부임하기에는 나이가 젊었다.

새 서장이 부임한 이튿날, 간부들로부터 현황보고를 받던 이규형 서장이 갑자기 나를 서장실로 불렀다.

"어서 오시오. 사람들은 최정범 씨를 최 대장이라고 부른다지요. 반갑습니다, 최 대장!"

"예, 서장님. 그런데 이 시간에 저를 어쩐 일로⋯⋯."

"마침 점심시간 아니오? 그래서 오늘 서장으로 부임한 기념으로 최 대장하고 오찬이나 함께하려고 준비를 했지요. 이쪽으로 오세요."

그는 서장실 한쪽 탁자로 다가가더니 식탁보를 벗겼다. 뜻밖에도 식탁에는 진수성찬이 차려져 있었다.

"그간 고생이 많았지요? 자, 그동안 섭취가 부실했을 것이니 어서 듭시다. 이래 봬도 내가 최 대장을 위해서 남산관에서 특별히 배달시킨 것입니다."

남산관은 금천관, 구례관과 함께 당시 남원 읍내에서 가장 유명한 한식당 중 하나였다. 서장이 사람 좋은 미소를 지어 보였다. 나는 그의 느닷없는 호의가 한편 부담스럽기도 했으나, 그가 속내에 무언가를 감추고 있는 것 같지는 않아 보였다. 밥을 맛있게 먹고 나자 그가 담배를 권했다. 담뱃갑에 낙타그림이 그려져 있는 미제 담배였다.

"저는 담배를 못합니다. 그래서 예전 일본에 군속으로 징용을 갔을 때도 내 몫으로 나온 담배를 다른 친구들에게 주었지요."

"홋카이도로 징용되었다지요? 사찰계 유 주임으로부터 최 대장에 관한 이야기를 상세히 들었습니다."

"아, 예……."

우리는 한동안 침묵을 지켰다. 이윽고 그가 입을 열었다.

"사실 나도 일제 때 와세다대학을 다니면서 마르크스에 심취한 적이 있었습니다.

"……."

"음, 공산주의 자체는 나쁜 것이 아니지요. 다만 지금의 우리나라 체제하고 다를 뿐입니다. 말하자면, 최 대장은 시대를 잘못 만난 것이지요, 허허허."

"……."

대한민국의 녹을 먹는 관리로부터, 그것도 경찰 공무원으로부터 위로의 말을 들으리라고는 꿈에도 생각하지 못했다. 나를 위로하는 말을 듣자 기분이 참 묘했다.

"이곳에 부임해서 보고를 받다 보니 최 대장의 처리 문제가 우리 경찰서에서 가장 중요한 현안이라고 하더군요. 이제 내가 서장으로 부임했으니 결재 도장 찍어서 검찰지청에 넘기겠습니다. 아마 검찰에서도 예전 인민군 치하에서 최 대장이 여러 사람을 구명해줬던 것들을 참작해 선처를 베풀 겁니다. 좋은 소식이 오기를 기다려봅시다."

이렇게 나를 도와준 이규형 서장은 뒷날 서울시경 보안과장으로 영전했다.

한편, 나와 관련한 서류 일체가 검찰로 넘어가자마자 바로 결과가 날아왔다. 기소유예 결정 통보였다. 자유의 몸으로 방면된 것이다. 1953년 초가을로 기억한다. 그해 7월 말에 휴전협정이 조인되었다. 전선에서 총성이 사라지고 공식적으로 종전이 선언된 직후 나는 '대한민국'이라는, 그동안 내가 인정하기 싫어 투쟁했던 질서 속으로 온전하게 유입되었다.

4년 만에 신행길에 오른 아내

"고생했어요, 최 대장!"

이규형 서장을 비롯해 조사를 담당했던 사찰계 형사들이 나와서 나를 배웅했다. 나는 부상이 다 낫지 않아 걸음을 제대로 걸을 수 없는 형편이었다.

"지금 경찰서에 움직일 수 있는 차가 한 대도 없어 미안합니다. 시내에 나가서 트럭이라도 얻어 타고 가야 할 것 같습니다."

"괜찮습니다. 아무리 불편한들 이제 자유의 몸이 되었는데 그런 것이 문제겠습니까? 그동안 고마웠습니다."

몸이 성하다면야 읍내에서 우리 집이 있는 이백면 양가리까지는 그저 몸풀기 행군에 불과했겠지만, 당시 내 다리로는 몇 발자국 이동하기도 어려운 상태였다. 일단 절룩거리는 걸음으로 시장 쪽으로 향했다. 그날이 마침 남원 장날이라는 것을 알고 있었기 때문이다.

나는 읍내 동문사거리의 전봇대에 기대서 지나가는 사람들을 물끄러미 바라봤다. 평범하게만 살았더라면 나도 저들처럼 장에 나와 식구들 먹일 고등어자반도 사고 고무신도 사고 국밥도 먹으면서 소시민의 평범한 일상을 즐겼을 텐데…….

"어어, 아저씨!"

나는 손을 들어 지나가는 소달구지를 불러 세웠다.

"자네, 정범이 아닌가!"

달구지 주인은 우리 아랫동네인 평촌리에 사는 임남석이었다. 그 역시 해방 직후에 좌익에 몸을 담았던 적이 있는 인물이었다.

"빨치산 활동하다 붙잡혔다는 소식은 일찍 들었네만……. 어쨌든 고생했네, 고생했어. 자, 어서 달구지에 오르게."

오랜만에 만난 지인 덕분에 나는 수월하게 집에 돌아올 수 있었다.

어머니가 버선발로 달려 나와 내 두 손을 부여잡고서 눈물을 흘렸다. 그러나 어머니가 하신 말씀은 딱 두 마디였다.

"그동안 고생혔다. 살아 돌아왔응개 됐다."

나 역시 마찬가지였다.

"예, 어머이."

어머니께는 아무런 할 말이 없었다. 여느 어머니 같았으면 원망을 하셨겠지만 내 어머니는 달랐다. 오히려 나중에 "원망 많이 하셨지라우?"라고 넌지시 물었을 때 "내는 널 믿는다. 우리 아들이 그럴만했응개 그랬것제"라고 대답하신 것이 전부였다. 아버지는 또 달랐다. 어머니가 세상 변화에 관심을 갖고 나름의 소신을 견지해온 분이라면, 아버지는 성품이 과묵해 거의 말씀이 없었다. 그저 우직하고 묵묵하게 가족을 위해 자신을 희생해온 분이었다.

어머니가 나서서 돼지 한 마리를 잡아 동네잔치를 벌였다. 살아서 돌아왔음을 신고하는 잔치였다. 마을 사람들이 모두 몰려와 기뻐해줬다. 그들 중에는 해방 직후 돌림병이 돌았을 때 내 부모님의 도움을 받았던 이야기를 꺼내면서 고마움을 표하는 이들도 있었다. 해방이 되던 해에 콜레라의 일종인 '호열자(虎列刺)'라는 전염병이 창궐해 마을 사람들이 고생한 적이 있었다. 환자들은 설사로 반쪽이 되어 사경을 헤매는데 전염성이 워낙 강해서 아무도 가까이 다가가려고 하지 않았다. 그때 내 아버지와 어머니는 주변의 만류에도 아랑곳하지 않고 환자들의 거처로 죽을 쑤어 나르며 병자들을 간병했다. 그 덕분에 병마를 물리친 사람들이 적지 않았다고 한다.

사람들은 부모의 이런 적선이 자식을 사지에서 살아 돌아오게 했다고 이야기했다. 또 어떤 이는 내가 전쟁 초기 이른바 '인민재판'에서 무고한 사람들을 구명해줬던 것을 거론하면서 그때의 선처 덕분에 살아 돌아온 것이라고 말해줬다.

하지만 이런 잔치 분위기에도 불구하고 나는 이 무렵 거의 자포자기의 상태에 빠져 있었다. 다친 다리는 여전히 회복되지 않은 상태였고, 내가 그토록 온몸을 던져 이루려 했던 세상은 완전히 물거품이 되었다. 절망감이 나를 휘감았다.

'이제 우리는 미국과 소련이라는 두 강대국의 틈바구니에 끼어서 통일된 독립 국가를 이룰 꿈은 엄두도 낼 수도 없겠구나…….'

이런 생각 끝에 나는 주어진 세상의 현실에 몸을 맡길 수밖에 없겠다고 판단했다. 그렇다고 해방 이후 내가 해온 좌익 활동을 후회하거나 그것이 잘못되었다는 의미는 아니었다. 그 생각은 지금도 변함이 없다.

한편, 나는 석방된 이후 '자유의 몸'이 되었지만 경찰은 나를 쭉 요시찰 대상으로 감시했다. 나뿐만 아니라 빨치산 활동을 하다 잡히거나 자수한 사람들 대부분이 수사관들의 감시망 속에서 살아야 했다. 그런데 그 사람들과 나는 상황을 받아들이는 자세가 달랐다.

빨치산 출신이거나 좌익 활동을 했던 사람들은 정부의 요시찰 대상이었다. 이들은 대부분 조심스럽게 행동했고, 아예 두문불출하는 사람도 있었다. 그들이 왜 그렇게 주눅이 들어 살았는지는 군정 이후 세상 분위기를 상기하면 금세 이해할 수 있을 것이다. 특히 5·16 쿠데타로 집권한 박정희는 반공을 '국시'로 내세운 이후, 과거 좌익 활동을 했던 당사자뿐 아니라 그의 일가친척까지 연좌제로 엮어 사회활동을 통제하고 공직진출을 원천적으로 막았다. 물론, 내가 풀려난 1953년 당시에도 좌익 전력이 있는 인물을 불온하게 여기는 분위기가 팽배했기 때문에, 일단 좌익사범으로 처벌을 받거나 조사를 받았던 사람들은 극도로 언행을 조심할 수밖에 없었다.

하지만 나는 그럴 필요가 없다고 생각했다. 나는 서에서 풀려나자마자 거침없이 돌아다니며 그 대상이 지역 유지든 누구든 거리낌 없이 어울리고 교제를 이어갔다. 그 모습을 지켜본 과거의 동지들이 우려 섞인 목소리로 충고를 하기도 했다. 그러나 난 개의치 않았다.

"최정범 자네, 어쩌려고 그러나?"

"왜, 내가 뭐 잘못이라도 했나?"

"자넨 단순히 좌익사상에 경도되었던 정도의 평범한 인물이 아니라, 산속에 들어가서 무장투쟁을 지휘했던 이력이 있는 사람이 아닌가?"

"그래서 뭐 어떻다는 것인가? 내가 개인적인 이익을 추구하려고 좌익 활동을 하고 빨치산 투쟁을 한 것은 아니잖나? 내 판단이 옳은 것이었든 그른 것이었든, 내가 꿈꾸던 세상을 만들겠다는 신념 하나로 행동했을 따름이네."

나는 거침이 없었다.

"그것은 내 방식의 애민이고 애국이었어. 내 행동이 남한의 체제 유지에 위배된다고 해서 체포되었고, 이어서 소정의 사법절차까지 거쳤지. 그 모든 것을 다 거친 뒤에 자유의 몸이 되었으니 이제는 한반도 남반부의 사회에 적응하기 위해서라도 활발히 활동하며 살아가야 하지 않겠나? 주눅 들 필요가 뭐 있나?"

나는 당당했다. 그리고 옛 동지들에게도 주눅 들 필요 없다고 말했다. 만날 사람은 만나고, 하고 싶은 일은 하면서 살자고 권했다. 그러나 그들은 자꾸만 나를 위태롭게 여기는 것 같았다.

기소유예로 풀려난 이후에도 남원경찰서 사찰계(뒷날 '정보계'로 명칭이 바뀌었다)에서는 수시로 나를 호출했다. 경찰에서는 일주일만 소재 파악이 안 되어도 내가 혹시 다시 산으로 들어가지 않았는지 조바심을 냈다. 나는 경찰의 불필요한 의심을 해소하기 위해 호출이 없는 경우에도 일정한 간격으로 일부러 경찰서에 들러서 그들을 안심시켰다.

그러는 사이에 사찰계장인 김관순 경감과는 막역하게 지내는 사이가 되었다. 그는 정읍 출신이었는데 가족과 떨어져서 남원 읍내에 있는 관사에서 지냈다. 내게 상당한 호감을 갖고 있어서 시간 여유가 있을 때면 나를 시내로 불러 함께 어울리기도 했고 우리 집으로 찾아오기도 했다. 어떤 때는 관사에서 그와 함께 밤을 지내기도 했다.

여기서 과거 남원군당의 간호원 동무였던 신애덕의 이야기를 다시 하지 않을 수 없다. 내가 산동면 풍곡의 토굴에 숨어 지내다가 할머니 혼자 사는 집으로 은신처를 옮겼을 때 여전히 그 토굴 인근에는 그동안 나를 간호하던 신애덕을 포함해 내게 보급품을 전달하느라 지리산의 군당 본부를 왕래하던 연락병 두 명이 숨어 지내고 있었다. 나를 가정

집으로 옮겨놓기는 했으나 부상이 심각한 상황이었으므로 일단 근처에서 대기하며 내 상태를 살피고 있었던 것이다.

그런데 어느 날 저녁 경찰들이 내가 머물고 있던 집 주위를 포위하고 공포탄을 마구 쏘아대며 압박을 해오자, 총소리에 놀란 그들은 서둘러 다시 지리산으로 도망을 쳤다. 이후 신애덕은 남원군당에서 임실 쪽으로 보급투쟁을 나갔을 때 함께 움직이다가 임실의 성수면 쪽에서 경찰에게 붙잡혔는데, 그 와중에 소총을 맞아 경찰병원에 입원해 있다는 소식을 전해 듣게 되었다.

그는 내 목숨이 경각에 달렸을 때 스스로 자신의 피를 뽑아 수혈을 해줬던 동지였다. 나는 그의 부상 소식이 매우 안타까웠다. 고민 끝에 나는 사찰계 김관순 경감에게 넌지시 부탁을 했다.

"지금 남원군당 출신인 신애덕이 부상을 당해 경찰병원에 있다고 합니다. 혹시 남원으로 옮겨 올 수는 없을까요?"

"음, 어차피 신애덕을 관할하는 곳이 서남지구 전투경찰대 사령부 산하니까 같은 관할인 남원경찰서로 데려오는 일은 크게 어렵지 않을 것이네. 모처럼 최 대장의 부탁이니 알아보겠네."

당시 서남지구전투사령부는 남원여중학교에 주둔해 있었다. 이렇게 해서 신애덕을 남원경찰서 관할인 남원으로 데려올 수 있었다. 김 경감은 특별히 신애덕을 남원 읍내에 있는 사찰계 관사에서 지내게 해줬다.

신애덕은 1953년 9월 23일 임실군 성수면에서 경찰의 공격을 받아 허벅지, 등, 무릎, 발바닥 등 네 군데에 총상을 입었던 것으로 확인되었다. 그는 결국 기소가 되어서 재판에서 징역형을 선고받았으나 형의 집행이 유예되어 풀려났다. 이후 신애덕은 같은 남원군당 출신의 빨치산 대원 류낙진과 결혼식을 올렸다. 그녀로부터 전해 들은 이야기에 따르

류낙진이 최정범에게 선물한 편액. '복수해(福壽海)'라는 글자가 적혀 있다. ⓒ최정범

면, 류낙진이 복역 중이던 교도소로 면회를 갔던 것이 인연이 되어 뒷날 류낙진이 풀려난 뒤에 결혼에 이르게 되었다고 한다. 그 부부는 결혼 후 류낙진의 고향인 남원군 이백면 과리에 거주하다가 광주로 이사를 갔다.

이후 류낙진은 전남 보성의 예당중학교 교사로 재직했는데 1971년 통일혁명당사건으로 무기징역을 선고받았다가 1988년 다시 20년형으로 감형되었고, 1990년 전향서를 제출한 후 19년 만에 가석방으로 풀려났다. 하지만 1994년 구국전위 사건에 휘말려 또다시 국가안전기획부에 체포되었고 5년 뒤인 1999년에 광복절 특사로 가석방되었다. 이후 교도소에서 익힌 서예를 본업으로 활동하다가 2005년 4월 1일 사망했다.

우리 집 안방에는 '복수해(福壽海)'라는 글자가 적힌 편액이 걸려 있는데, 이 글자는 광주교도소에 수감 중이던 류낙진 동지가 써준 것이다. '복수해'란 복과 수명의 바다라는 뜻으로, 복이 많고 수명이 긴 것을 비유적으로 이르는 말이다. 험난한 빨치산 경험을 함께 했던 사람으로서 이 세 글자에 담긴 뜻은 내게 남다르다. 영화배우 문근영의 외할머니이기도 한 빨치산 간호원 신애덕 여사는 요즘도 가끔 나와 안부전화를 주고받으며 동지애를 이어오고 있는 사이다.

여기서 한 가지 고백할 것이 있다. 앞에서, 내가 기소유예로 풀려난 뒤에 남원경찰서의 김관순 사찰주임과 친밀한 관계를 유지하면서 어울려 지냈다는 이야기를 했는데 어느 날 나는 경찰 측으로부터 조금 난감한 제안을 받았다. 어느 날 김 경감이 넌지시 말했다.

"최 대장, 아직 남원군당 소속의 빨치산이 산에 상당수 남아 있다는 사실이야 자네도 잘 알 것이네."

"예, 그렇겠지요."

"이제 이들을 세상으로 나오도록 해야 되지 않겠나? 최 대장이 좀 도와줄 수 없을까?"

"내가 뭐 도울 방법이 있겠습니까?"

갑작스러운 제안을 받고서 약간 꺼림직했다. 경찰 측에서 나한테 동지들에 대한 배신행위를 하라고 시키는 것이 아닐까? 김 경감의 말은 조심스러웠다.

"최 대장의 동지들이 아무리 좋은 이상을 가지고 빨치산 투쟁에 나섰다 하더라도 이제 상황은 기울었네. 그건 자네도 인정하는 것 아닌가?"

"그건 나도 인정합니다. 하지만 내가 잡혀서 포로가 된 몸으로 동지들에게 투항하라고 회유할 수는 없습니다. 이건 신념의 문제니까요."

"그렇지만 대대적인 토벌작전이 시작되면 그들이 목숨을 잃을 것은 분명하지 않은가. 이런 상황은 최 대장도 바라지 않을 것 아닌가?"

"그야 그렇지요."

"지금 산에 있는 사람들은 자수를 해봤자 목숨을 보전할 수 없을 것이라고 생각하고 있네. 그래서 우리의 입장은 최 대장이 그들에게 진실을 알려달라는 것이네. '나를 봐라. 나는 남원군당 유격대장 최정범이다. 내가 포로로 붙잡혔지만 지금은 풀려나 자유의 몸이 되어 이렇게 활동하고 있지 않느냐?' 이런 사실을 그들에게 알려달라는 것이네."

최 경감의 제안을 듣고 여러 생각이 교차했다. 아직 산속에서 풍찬노숙하고 있는 동지들이 더 이상 다치는 일 없이 바깥으로 나왔으면 좋겠다고 생각했다.

하지만 내가 경찰의 편에 서면 배신자가 되는 것이었다. 경찰은 그들이 자수를 하더라도 극형에 처해지는 일은 없을 테니 이제 지리산에서 나오도록 설득해보자는 취지였지만, 지리산의 동지들이 받아들이기에는 자신들을 회유하는 일에 내가 앞잡이 노릇을 하는 것이라고 이해할 수 있는 상황이었다.

나는 내키는 일은 아니었으나 경찰이 주문한 역할을 일정 부분 수용하기로 결심했다. 그렇게 산내면으로 걸음을 했다. 그리고 산속의 동지들과 연락이 통할 법한 사람을 만나 당부했다.

"달궁이나 뱀사골 쪽에 아직 남원군당 대원들이 남아 있습니다. 그 사람들은 자수를 해도 목숨을 보전하지 못할 것이라고 생각하고 있습니다. 그러나 보시다시피 빨치산 유격대장을 했던 나 같은 사람도 붙잡혀서 포로가 되었음에도, 기소유예 처분을 받아 자유롭게 활동하고 있습니다. 그러니 혹시 그 사람들이 야간에 이쪽으로 나오거든 안심하고 자수하도록 내 얘기를 잘 좀 전해주십시오."

내 역할은 그 정도였다. 그런데도 어쩐지 마음이 편치 않았다. 나는 과연 동지들의 무사귀환을 위해 자발적으로 그런 설득을 하고 다녔던 것일까? 결국 총부리를 마주 겨눴던 경찰의 요청에 의해 옛 동지들에게 자수를 권유했던 것은 아닌가.

아직 달궁 인근에 남아서 버티던 소수의 빨치산 동지들에게 그때 내 자수 권유가 어떻게 받아들여졌는지는 이후 아무도 전해주지 않았으므로 나로서는 알 수가 없다. 얼마 뒤 산내면 출신의 박양기(나보다 서너 살 위였다) 대원이 스스로 산에서 내려와 경찰에 자수했다. 그는 지금도 산내면에 생존해 있다. 다른 대원들도 일부는 경찰에 자수하고 나머지는 결국 체포되었다.

그해 겨울 나는 모처럼 가슴 설레는 행차에 나섰다. 결혼식 이후 아직 신행길에 나서지 못한 아내를 모시러가는 행차 말이다. 하지만 그 전에 지사면의 처조부 어르신의 이야기를 하지 않을 수 없다.

내가 체포되어서 남원경찰서에서 조사를 받고 있을 때 처조부께서 남원경찰서로 면회를 온 적이 있었다. 처조부는 손녀딸, 즉 내 아내를 금지옥엽처럼 아꼈다. 그런데 서방이란 놈이 결혼을 하고 3년이 넘도록 아내를 방치했으니 얼마나 진노할 일인가. 나는 그분이 면회를 오셨다는 말을 듣고 야단맞을 각오를 단단히 하고 있었다.

내 몰골은 상상할 수 없을 정도로 깡말라 내가 보기에도 병든 모습이었다. 굶기를 밥 먹듯이 하고 장기간 이 능선에서 저 골짜기로 도피생활을 해온 탓에 얼굴이 야윌 대로 야위어 있었다. 게다가 다리에 심각한 부상을 입어 운신이 자유롭지 못했고 차림새 또한 거지꼴이었다. 처조부가 유치장 면회실에 나타났다.

"그동안 고생했네."

나는 아무런 대꾸를 하지 못했다. 염치가 없어 얼굴을 들고 인사를 제대로 할 수 없었다. 처조부는 타박이나 원망 한마디 하지 않으셨다. 드릴 말씀조차 생각나지 않았다.

그런데 유치장 면회실에는 아내의 할아버지 혼자만 온 것이 아니었다. 세 살짜리 여자아이가 증조할아버지의 손을 잡고서, 두 눈을 말똥말똥 굴리면서 나를 바라보고 있었던 것이다. 처조부가 아이를 앞으로 돌려세우고서 말했다.

"인사허거라. 니 애비다."

아이가 수줍어서 자꾸만 제 증조할아버지의 뒤쪽으로 숨으려고 했다. 아이의 모습을 대하자 가슴이 뛰었다. 이전에는 결코 느껴보지 못한 설렘이었다. 1950년 9월 28일 이후 산으로 들어갔다가 보절읍 시묘동에 있을 때 딱 한 번 처가에 다녀왔던 적이 있었는데, 바로 그날 밤 딸아이가 점지되었던 것이다. 아비도 모르는 새에 태어난 그 아이가 세 살짜리 의젓한 공주님이 되어서 내 앞에 나타났다. 내 핏줄을 이어받은 생명체가 앞에 서 있다 생각하니 가슴이 벅차올랐다. 경찰서 유치장에서 딸아이와 첫 상봉을 했으나 그 자리에 아내는 없었다. 나는 풀려난 후 곧장 지사면 계산리 처가로 달려갔다.

드디어 그해(1953년) 음력 동짓달에 나는 정식으로 아내를 데리러 임실군 지산면 계산리의 처가를 향해 출발했다. 아내로서는 친정살이를 끝내고 시댁 쪽으로 거처를 옮기는 신행이었다. 신행은 신부가 혼례식을 마치고 신방을 치른 뒤에 신랑 집으로 가는 의식인데, 지방마다 혹은 양가의 형편에 따라 그 시기가 달랐다. 보통은 혼례식을 올리고 나서 사흘 뒤에 신부가 신행길에 오르지만 조금 더 지체하는 경우 닷새 만에 신행길에 나서기도 한다.

앞에서 이야기했듯이 애당초 형편이 여유로운 편이었던 처가에서는 혼례식을 올리고 나서 1년 뒤에 아내를 신행길에 나서게 할 참이었다. 아내는 음력으로 1949년 10월 25일에 혼례를 치렀으므로 예정대로라면 이듬해 가을걷이가 끝나고 나서 남원 이백면의 내 집으로 옮겨 왔어야 했다. 그런데 결혼식을 올린 다음 해인 1950년에 전쟁이 터져버렸다. 그해 가을 내가 신부를 어찌할 겨를도 없이 고향을 떠나 산으로 들어가 버렸으니 아내 한옥연은 혼례식을 치른 뒤 무려 4년 만에야 신행 길에 나서게 되었다. 아주 낯설고 특별한 경우였다.

"최 대장의 부인께서 4년 만에 신행을 한다는데 내가 가만히 있을 수야 없지. 처갓집 동네까지가 오십 리나 된다고 하니 걸어서 다녀올 수는 없고, 자 이걸 타고 다녀오시게!"

사찰계장 김 경감이 남원경찰서 소속의 지프 한 대를 내줬다. 생각지도 못했는데 기분이 매우 좋았다. 경찰이 좌익사범에게 이런 선심을 쓰는 경우는 아마도 찾아보기 어려울 것이다.

아내가 신행 오는 날에 맞춰 우리 집에서 다시 동네잔치를 벌였다. 그날 저녁 사람들이 모두 돌아간 뒤에 아내와 딸 현숙이, 이렇게 세 식구만 방에 남게 되었을 때 나는 그 상황이 몹시 어색해서 몸 둘 바를 몰랐다. 혼례를 올리자마자 무슨 대국적인 임무를 수행하겠다고 산으로 내빼 버렸던 나를 아무런 투정 없이 묵묵히 기다려준 색시와 낯선 아비의 얼굴을 무표정으로 물끄러미 쳐다보는 딸을 바라보면서 갑자기 어깨가 무거워지는 기분을 느꼈다.

완전히 새로운 경험이었다. 그동안 조선노동당 전북도당과 남원군당의 전사들을 위해서 보급투쟁을 해왔다면 이제부터는 부모님과 아내, 그리고 예쁜 눈망울을 가진 아이의 생존을 위해 일해야 한다고 다짐했다. 하지만 어색하고 생소했다.

"나 때문에 고생이 많았소."

"……."

나는 그날 밤 아내를 향해 어렵사리 겨우 그 한마디를 뱉어냈다. 내가 좀 살가운 성품을 지녔다면 그동안 내가 무슨 일을 해왔는지, 왜 그 일을 해야 했는지 따위의 사정을 상세히 설명하고 양해를 구했을 것이

최정범, 한옥연 부부의 결혼 60주년 기념사진. ⓒ최정범

다. 그리고 그동안 신혼의 단꿈에 젖었을 신부를 무책임하게 방치한 잘 못에 대해 백배사죄하고 앞으로 가장으로서 책임을 다하겠다는 다짐을 거듭했을 것이다.

하지만 난 그런 성품이 못 되었다. 바깥일을 안사람에게 미주알고주 알 고하는 것은 대장부의 행동이 아니라고 믿었다. 아내는 남편이 외부 에서 하는 일을 이리저리 알려고 해서도 안 된다는 매우 고리타분한 가 부장 의식으로 머릿속이 꽉 차 있었다. 물론 지금은 이런 사고방식을 반성하고 후회한다.

그럼에도 불구하고 집안이 두루 평안했던 것은 아내의 고운 심성 덕 분이다. 아내도 나의 그런 성정에 불만이 많았을 텐데도 평생을 군말 없이 나를 따라주고 믿어줬다. 한때 평등세상을 만들자고 목숨을 내걸 고 투쟁했던 내가 정작 가장 평등하게 대해야 할 아내에게 남편의 도리 를 다하지 못한 사실을 통렬하게 반성하지 않을 수 없다.

여담이지만 요즘도 나는 아내를 무시하거나 혹은 함부로 억박지르는 태도를 버리지 못하고 있다. 평생 몸에 밴 습관이어서 고치기가 쉽지 않다. 아내는 노년에 접어들면서부터는 내게 따질 것은 따지고 지적할 것은 지적하는 등 예전처럼 그저 고분고분하게 나를 대하지 않는다. 하 지만 내 눈에 아내는 변함없이 착하다.

세상과 타협하다

"그래도 이 사람아, 행동을 조심해야지. 언제 어떤 구실로 곤란에 처 할지 누가 아나?"

나와 함께 빨치산 활동을 한 옛 동지들은 나를 만날 때마다 이렇게 충고했다. 하지만 나는 그들을 향해 이렇게 반문했다.

"내 소신껏 나라를 위해 한 일인데 평생을 그렇게 주눅 들어 살란 말인가?"

나와 함께 좌익 활동을 했던 사람들 중에는 그야말로 일평생을 은둔하거나 침묵하며 지낸 사람들이 많았다.

그 후로도 나는 경찰은 물론이고 정치하는 사람들과도 자주 어울렸다. 1954년 5월 20일, 총 203석을 뽑는 제3대 국회의원 선거가 치러졌는다. 남원은 갑구와 을구로 나뉘어 두 명의 의원을 선출하게 되었다. 그때 나는 뜻밖의 제안을 받았다. 남원을(南原乙) 지역구에 출마한 무소속 후보가 내게 선거운동을 도와달라고 요청한 것이다. 이 후보는 애당초 자유당에 공천신청을 했다가 탈락하자 무소속으로 나선 것이었으므로 엄밀히 말하면 자유당 쪽 성향의 정치인이었다. 좌익 활동을 했던 사람으로서 여권 성향 후보 진영에 가담해 선거운동을 한다는 것이 흔쾌한 일은 아니었다.

그러나 예전 대한청년단 활동을 하던 시절에 그 후보와 개인적으로 인연을 맺어온 터라, 도와달라는 제안을 뿌리칠 수가 없었다. 결국 나는 그 후보 진영의 선전부장을 맡아 활동했다. 이승만 정권을 두고 '미국의 앞잡이', '친일파의 소굴' 따위라고 비판을 일삼던 내가, 바로 그 자유당에 공천신청을 했던 정치인의 당선을 위해 활동한다는 것은 대단한 이율배반이었다. 같은 보수정당이더라도 차라리 민주당 후보를 지원했다면 자괴감이 좀 덜했을까? 하지만 자유당에 공천신청을 했던 사람이 다음 선거에서는 민주당으로 소속을 옮기기도 하고, 그마저 여의치 않으면 무소속 출마를 고려하기도 하는 등 당시 지역 정치판 자체가 워낙 무질서한 상태였으므로, 소속 정당을 보고 정치인의 정견이나 인품을 논할 상황은 아니었다.

흥미롭게도 당시 내가 선거운동을 하고 돌아다녀야 했던 곳은 주천, 산내, 아영, 운봉, 동면, 이백, 산동, 보절 등 빨치산 활동을 하던 시절에 보급투쟁을 다녔던 지역들이었다. 그동안 그토록 타도하려고 투쟁했던 남쪽 정가의 보수 정치인에게 표를 달라고 떠들면서 그런 지역들을 누비고 다녔으니 완전한 자기모순이었다.

하지만 나는 시골에 은둔해 있는 것보다는 이렇게나마 지역 정가에서 부지런히 활동하는 모습을 보임으로써 나를 아직도 불온한 인물로 보려는 사람들을 안심시키는 것이 더 옳은 판단이라고 생각했다. 그렇게 보이기 위해 애를 썼다. 이 선거 이후로는 주로 민주당 등 야권진영에 가담해 활동했다.

이 무렵 남원에 사업체가 하나 만들어졌다. 지역 유지들과 우익성향의 사회단체 가담자 등이 만든 사업체였는데, '홍업조합'이라는 이름의 건설 회사였다. 그즈음 전국적으로 교육자치가 실시되어서 남원교육감에 이기홍이 민선으로 당선되었다. 그 역시 자유당 계열의 인물이었다. 당시 교육계의 급선무는 교육환경을 구축하는 것, 즉 턱없이 부족한 교실을 확보하는 일이었다. 학교를 짓고 교실을 증축하는 공사가 대대적으로 시행되었다. 그런데 요즘처럼 공개입찰 같은 제도가 없었으므로, 해당 지역의 교육감이 특정 업체와 짜고 치면 그걸로 끝이었다. 그렇게 홍업조합은 교육청에서 발주하는 학교 신축공사를 도맡는 것은 물론, 그 공사에 필요한 자재를 독점으로 조달했다.

그런데 홍업조합 결성을 주도했던 핵심 조합원들이 내게 흥미로운 제안을 해왔다. 조합의 총무부장을 맡아달라는 요청이었다. 가장으로서 모처럼 밥벌이를 할 기회였으므로 거절할 이유가 없었다. 난생처음 직장이 생긴 것이다.

그런데 그 흥업조합의 총무부장이라는 직책이 여간 만만한 자리가 아니었다. 경리나 회계 업무를 해본 적이 없는 나는 우선 세무서를 쫓아다니면서 복식부기를 배워야 했다. 건축 현장을 관리하는 것 역시 내 몫이었다. 집에 들어갈 생각은 하지도 못하고 회사 근처에서 밥도 먹고 잠도 자야 했다.

교육청에서 시행하는 공사인지라 교사 건축에 소요되는 자재는 모두 관급이었는데 그 자재들은 대부분 미국으로부터 조달되었다. 조합 쪽에서 총무를 맡고 있는 내게 가장 먼저 지시한 사항은 '자재를 남겨서 이윤을 내라'는 주문이었다.

가령 어느 학교의 교실을 신축하는 데 100포의 양회가 소요된다고 신청을 하지만, 실제 건축 현장에서는 70포만 사용되었다. 남은 시멘트 30 포는 대리점에서 아예 수령을 해 오지 않고 일단 보관해둔다. 그렇게 비축된 물량이 일정 수준에 이르면 시멘트를 남원역으로 운반해 화차에 적재한 다음 순천역으로 운송해 팔아먹는 방법으로 금전을 취했다. 자유당 시절 '사바사바'로 상징되는 사회의 부패상을 고스란히 엿볼 수 있는 대목이다. 물론 나 역시 그 부패 사슬의 한쪽 고리를 담당하고 있었다.

흥업조합의 조합장을 한때 조정훈이라는 사람이 맡았다. 그는 남원에서 한때는 무소속으로 출마했고, 제4대 총선 때는 민주당 소속으로 출마해 당선되기도 했다. 즉, 그 시기 부패와 부조리의 사슬에는 보수 야당인 민주당 사람들도 예외 없이 연루되어 있었다.

흥업조합은 관급 공사를 독점하다시피 맡아서 글자 그대로 나날이 '흥(興)'하고 있었지만 나는 정해진 월급만을 받았을 뿐이었다. 만일 내가 사익을 취하기로 작심했다면, 경리 업무와 현장 업무를 혼자 도맡아 했기 때문에 얼마든지 큰돈을 빼돌릴 수 있었다. 하지만 내가 근무한 회사의 경영 방식이 부정하다고 해서 스스로 사익을 도모하는 것은 내 방식이 아니었다.

한번은 내게 복식부기 등 경리 업무를 가르쳐줬던 세무서 직원이 한 가지 제안을 해왔다.

"최 부장님, 계 하나 들지 않을래요?"

"계요? 글쎄요. 누가 하는 무슨 계인지……."

"제가 아홉 명의 회원을 확보해서 계 하나를 조직했는데 그중 한 사람이 사정이 생겨서 빠지는 바람에 지금 말번인 9번이 비어 있거든요. 최 부장님이 말번으로 들어오면 타는 순서야 맨 나중이지만 가장 많이 타게 되니까……."

"좋습니다. 들지요."

이렇게 해서 난생 처음으로 계를 들었다. 계는 순조롭게 굴러갔고 말번인 나까지 이어졌다. 나는 처음으로 목돈을 손에 쥐었다.

그런데 문제는 다른 데에서 터졌다. 교육감 자리에서 물러난 이기홍이 본격적으로 정치에 뛰어들 계획을 세우고 자유당에 국회의원 공천을 신청했다. 그는 나와 친구들에게 선거운동을 해달라고 청했다. 교육감 시절에 흥업조합에 큰 도움을 줬으니 그의 제안을 거절할 수가 없었다. 그래서 우리 일고여덟 명은 여관을 정해놓고 이기홍의 사무소를 들락거리면서 선거운동을 했다.

친구들 중에는 남원역에서 근무하면서 광목 등을 차에 싣고 다니면서 장사하던 이강소가 있었다. 한때 좌익 활동을 함께했던 친구였다. 또 안경엽이란 친구도 있었는데 해방 후 사범학교를 다녔던 친구다. 나는 그 친구들에게 세무서 직원들과 계를 묻은 사실을 자랑하면서 조만 간 곗돈을 탈 것이라고 자랑했다.

드디어 계를 타던 날, 나는 밥이라도 한 끼 사줄 요량으로 친구들을 찾아갔다. 이강소가 반색을 하고 내게 말했다.

"자네 오늘 계 탔능가?"

"그려. 그래서 자네들한테 밥 사줄라고 왔는디, 왜?"

"자네 우선 경엽이 돈이나 갚게."

"그거이 무신 소리여? 내가 왜 경엽이 돈을 갚아?"

"경엽이가 나한티 돈을 빌려갔는디 마작판에서 다 꼴아버린 모양 이여."

"그 자식 노름 좋아허는 거 뻔히 암시롱 왜 돈을 줬능가 이 사람아?"

"경엽이가 자네한테 돈 받을 거이 있담서 자네가 계 타면 바로 갚픈 다고 그랬당깨. 그래서 뀌줬제."

"그렇개 참말로 뀌줬다는 말여? 나는 갸한테 돈을 빌린 일이 없당깨. 근디 왜 내가 자네한테 돈을 줘."

사정이 참으로 난감했다. 장사밑천을 끌어다 노름판에서 탕진해버린 경엽이도 문제였지만, 옷감을 사려고 준비해뒀던 장사밑천을 꾸어준 이강소도 딱했다. 계를 탄다고 친구에게 자랑했던 내가 화근이었다.

이강소는 정말 내가 돈을 줄 것으로 믿었던 모양이었다. 나는 달리 방법이 없었다. 결국 곗돈을 고스란히 친구 이강소에게 넘겨주고 말았 다. 그러면서 속으로는 스스로를 향해 이렇게 중얼거렸다.

'이보게, 정범아. 마음이 그렇게 모질지 못해서 세상살이 어떻게 하려 고 그러나? 이제는 처자식도 좀 생각해야지…….'

나는 그 곗돈을 끝내 받지 못했다. 이래저래 나는 무책임하고 대책

없는 가장이었다. 곗돈 타면 소부터 한 마리 사겠다고 아내에게 큰소리를 쳤는데 참 체면이 말이 아니었다.

내 첫 직장 흥업조합은 오래가지 못했다. 조합을 결성하고 주도했던 사람들이 모두 정치판을 들락거린 건달들로 애당초 주인의식이 전무했다. 게다가 기초 자본도 약했다. 더 치명적인 것은 교육감이 국회의원 선거에 출마하면서 그만둬 버리자 흥업조합은 더 이상 교육청 공사를 맡을 수 없게 되었다. 결국 흥업조합은 파산했고 나도 손을 털었다.

"이 사람아, 잘 나가던 그 시기에 한몫 챙겨놨으면 지금쯤 부자가 되고도 남았을 것 아닌가?"

사정을 아는 주변 사람들은 나를 동정한답시고 이구동성으로 그렇게 말했다.

인플레이션이 심해, 공사대금으로 받은 돈 포대를 자전거에 싣고 은행으로 날랐던 시절이었다. 조합원 중 누구 하나 회계를 따지거나 장부를 조사하는 사람이 없었다. 내가 개인적으로 돈이나 자재를 빼돌리려고 마음만 먹으면 얼마든지 횡령을 할 수 있는 시절이었다. 그러나 그것은 내가 추구했던 세상의 질서가 아니었다. 월급을 곗돈으로 부었다가 친구에게 날릴 정도였으니 나는 돈과는 인연이 없는 사람이었다.

그러나 나는 미련도 후회도 없었다. 자유당 정권의 부패사슬 한 귀퉁이에 가담했다는 사실이 다만 부끄러울 따름이다. 만일 거기에서 뭔가를 빼돌려서 사익을 추구하기까지 했다면, 사람들의 손가락질은 둘째치고서라도 스스로를 용서하지 못했을 것이다.

흥업조합이 파산한 뒤 나는 딱히 할 일이 없어서 모처럼 집에 머물면서 농사일을 도왔다. 농사는 언제나 아버지의 몫이었다. 나는 한창 일할 나이에 처자식까지 거느리고 있었지만, 여전히 농사는 아버지가 주도하고 있었다. 나는 항상 아버지 앞에서 작은 보조자일 뿐이었다. 이런 아버지가 계셨기에 내가 바깥일에 관심을 기울일 수 있었을 것이다. 하지만 그만큼 나는 불효막심한 아들이었다.

생각해보면 당연한 결과였다. 부모님께 효도하고 아내와 행복하게 사는 것이 정상이겠지만, 나는 한 많은 격동의 풍랑 속으로 빨려 들어갔다. 제국주의 일본에 점령당한 피식민지에서 태어나, 어린 시절 함경도와 일본 홋카이도에 끌려가 강제 노역을 한 경험은 나를 평범한 또래의 아이들과 철저하게 분리시켰다. 이후 나는 늘 국가와 민족이 내 가족보다 우선하는 일에 동참했고 이제는 그것이 내 체질이 되어버렸다.

그런데 나는 체포된 후에도 지역 정치판에 계속 몸담으며 활동했는데, 이는 기소유예로 풀려난 나를 경찰들이 늘 감시했기 때문이다. 내가 잠시라도 그들의 시야에서 사라지면 그들은 불안해 했다. 그래서 나는 당국에서 특별히 내 행적을 뒤지지 않아도 훤히 알 수 있도록 공개된 활동을 할 필요가 있었다. 내가 이처럼 지역 정가에서 활발히 활동했던 이유는 일종의 알리바이를 만들기 위해서였다.

기소유예로 풀려난 직후 나는 잠시 자유당 쪽 사람들과도 어울렸으나 홍업조합 파산 이후에는 민주당 등 야권에만 몸을 담아왔다. 자유당의 부패와 부정, 그리고 이승만 정권의 독재는 도를 넘고 있었다. 1960년 3월 15일에 치러진 제4대 정부통령 선거는 투·개표 과정 전체가 선거라고도 할 수 없을 만큼 선거부정의 온갖 행태를 다 보여줬다. 그러자 부정선거에 항의하는 전국적인 데모가 일어났고, 남원 지역에서도 선거 무효를 외치는 시위가 이어졌다. 나 역시 그 시위 대열에 참여했다.

같은 해 4월 11일, 마산에서 실종된 고등학생 김주열(金朱烈)의 시체가 머리에 최루탄 파편이 박힌 채 마산시 신포동의 중앙부두에 떠올랐다. 이를 계기로 시위는 걷잡을 수 없이 확대되었다. 바로 그 학생이 내가 있는 남원의 금지면 출신이라는 사실이 확인되면서 남원의 시민사회에도 비상이 걸렸다.

대통령에서 물러난 뒤 미국으로 떠나는 이승만.•

김주열은 금지면의 금지중학교를 졸업하고 마산으로 유학해 마산상업고등학교 1학년에 입학한 지 불과 며칠 후 3·15 부정선거에 항의하는 시위에 참여했다가 변을 당했다. 우리는 긴급히 장례준비단을 꾸려서 김주열의 시신을 인수할 준비를 서둘렀다. 그런데 마산도립병원에 안치되어 있던 김주열의 시신이 4월 13일 한밤중에 경찰에 의해 빼돌려져서 남원으로 향했다. 경찰이 성난 마산시민들의 눈길을 피해서 비밀작전을 수행한 것이다. 김주열의 어머니 권찬주 여사는 아들의 주검을 인수하지 않겠다고 저항했으나 어쩔 수 없이 그를 고향마을에 묻을 수밖에 없었다. 김주열의 죽음은 4·19 혁명으로 이어져 자유당 정권을 무너뜨렸다.

혁명으로 이승만 정권이 무너진 후 1960년 7월에 실시된 국회의원 선거는 양원제로의 개헌에 따라 민의원과 참의원 동시선거로 치러졌다. 마침 운봉 출신의 동갑내기 친구인 윤정구가 민주당 후보로 출마하면서 간곡히 도와달라고 청했다. 나는 주저 없이 선거운동에 뛰어들었다. 그는 제5대 민의원으로 당선되었다. 이때부터 의원내각제라는 새

• 이태영, 『20세기 아리랑』(한울, 2015), 191쪽 재인용.

로운 실험이 시작되었다. 절차적 민주주의의 틀이 잡히기 시작했고 지방 정가에도 활기가 돌았다.

그렇게 민주당이 집권하고 난 뒤, 우리 지역에는 요천강 범람으로 인한 수해를 방비하기 위해 꽤 규모가 큰 제방공사가 시작되었다. 과거 홍업조합의 건설공사를 지휘한 경험을 인정받아 제방공사의 현장소장직을 내가 맡게 되었다. 지역민의 숙원사업이었으므로 나는 열과 성을 다해 공사에 임했다.

단기간에 끝날 토목공사가 아니었으므로 나는 아예 현장의 간이 숙소에서 숙식을 해결했다. 이제는 정치 등 바깥일에 신경 쓸 일이 없다고 믿었기 때문에 세상이 어찌 돌아가는지에 대해서는 잠시 눈과 귀를 닫고서 공사 현장에만 열중했다.

1961년 5월 어느 날 한밤중이었다. 나는 제방공사 현장 숙소에서 깊은 잠에 빠져 있었다. 그때 누군가 숙소의 문을 두드렸다.

"최정범 씨, 문 좀 열어보세요."

나는 잠이 덜 깬 모습으로 비몽사몽 중에 문을 열었다.

"이백면 지서에서 나왔는데, 물어볼 게 있으니까 같이 좀 갑시다."

"아니, 뭣 땜시 그려요?"

"조사할 것이 있다지 않았소."

나는 그렇게 야밤에 경찰에 의해 지서로 끌려갔다. 그들은 그저 조사할 것이 있다고만 말했을 뿐, 나를 무엇 때문에 왜 데려가는지에 대해서는 일언반구 귀띔도 없었다. 아무리 이리저리 머리를 굴려보아도 내가 경찰서에 끌려가 조사를 받을 만한 일은 떠오르지 않았다.

지서에 도착했더니 남원의 본서로 나를 이송한다는 이야기가 들렸다. 나는 답답함을 견딜 수 없었다.

"아니 여보쇼. 내가 멀 잘못했
는지 말이나 허고 잡아가야 헐 거
아뇨!"

"최정범 씨, 세상이 달라진 것
몰라요?"

"세상이 달라지다니, 뭐가 달라
졌단 말이오?"

세상은 순식간에 달라져 있었

군사쿠데타를 일으킨 박정희.[*]

다. 박정희가 군사쿠데타를 일으켜 느닷없이 군인들의 세상이 되어버
린 것이다. 공사현장 숙소에 라디오마저 없었기 때문에 나는 박정희 등
의 군인들이 탱크를 몰고 서울 시내로 진입해 헌정을 마비시키고 권력
을 장악한 경천동지할 정변이 일어났다는 사실을 모르고 있었다.

라디오에서는 쿠데타 세력이 발표했다는 이른바 '혁명공약'이 반복해
서 흘러나왔다.

　　……반공을 국시의 제일의(第一義)로 삼고 지금까지 형식적이고 구호
　　에만 그친 반공태세를 재정비 강화한다……

나는 남원경찰서로 호송되는 경찰 지프 안에서 군인들이 발표한 '혁
명공약'의 첫 번째 항목을 곱씹었다. 내가 왜 잡혀가는지 알 만했다. 총
구를 앞세워 권력을 잡은 군인들이 '반공'을 국시로 삼는다고 했다. 그
리고 나는 한때 공산주의 운동을 했던 사람이다. 나는 그렇게 예비검속

• 한국근현대사학회 엮음, 『한국근현대사강의』(한울, 2013), 345쪽 재인용.

차원에서 경찰서에 연행되었다.

경찰서 유치장에 도착해 주위를 둘러보니 반가운 얼굴들이 보였다. 과거 좌익 활동을 했던 사람들 20여 명이 잡혀와 있었다. 우리는 다시 경찰의 심사대에 올랐다. 경찰은 예전 포로 심사 때 작성했던 조서가 남아 있었기 때문인지 빨치산 활동에 관련된 내용은 묻지 않고, 주로 내가 남원 지역에서 민주당에 가담해 활동해온 내역들만을 물었다. 감추고 말고 할 내용이 없었으므로 조사는 특별한 강압 없이 진행되었다. 그들은 첫날도 둘째 날도 식상한 내용들을 반복적으로 물었다. 그야말로 예비검속 차원으로 나와 같은 위험인물들을 유치장에 일정기간 가둬두는 것이 일차적인 목표인 듯했다.

그런데 경찰은 가족이 살고 있는 우리 집까지 사람을 보내 가택 수색을 했다. 그러거나 말거나 나는 집 안에 문제가 될 물건을 감춘 것이 없었으므로 개의치 않았다. 그런데 어느 날 경찰은 나를 부르더니 문건 하나를 보여줬다.

이 문건이 뭔지 설명할 수 있겠나?

"아, 이건……. 아무것도 아니다."

아무것도 아니라니? 이렇게 조직 강령까지 만들어놨는데 어물쩍 넘어갈 수 있다고 생각하나? 이 불온 조직의 전모를 순순히 불어라.

"불온조직이라니? 당치도 않다. 그것은 단순히 친목 차원에서……."

경찰이 가택 수색을 해 입수했다는 그 문건은 정말 별것도 아니었다. 남원 지역의 진보적인 성향을 가진 비슷한 또래의 남자들이 어느 날 의기투합해 친목모임을 하나 만들기로 했다. 그 모임의 회칙 초안을 내가 작성했다. 친목모임에 불과한 회칙 초안을 비교적 꼼꼼하게 작성했는데 그 회칙이 화근이 된 것이다.

조직을 결성해서 장차 무슨 일을 하려고 했나?

"거기 문건에 보면 '친목도모를 목적으로 한다'고 되어 있지 않나?"

이건 대외적으로 위장하기 위해 내건 조항이고 실제 활동 목표는 따로 있었을 것 아닌가?

"나보고 존재하지도 않는 불온조직을 만들어서 실토하라는 말인가?"

경찰과의 설왕설래가 계속되었다. 유치장에 잡혀왔던 다른 사람들은 한 달여 만에 모두 풀려나 집으로 돌아갔는데도, 유독 나만 20여 일을 더 붙잡혀 있어야 했다. 바로 그 친목모임의 회칙 초안 때문이었다.

경찰은 그 별것 아닌 문건으로는 더 이상 무슨 혐의를 만들어낼 수 없다고 판단했는지 결국 나를 놓아줬다. 풀려나 보니 제방공사 현장감독은 다른 이가 맡아서 수행하고 있었다.

이후에도 나는 지역 정가에서 야당 진영에 가담해 꾸준히 활동을 해왔으나 과거 빨치산 활동 등과 관련해 탄압을 받은 적은 없었다. 박정희의 유신시절 공화당의 한 인사는 내게 은밀히 이런 말을 한 적이 있다.

"자넨 왜 고단하게 야당에만 발을 담그고 있는 겐가? 우리 쪽으로 당적을 바꾸면 사회적 신분도 인정을 받고 경제적으로도 좋아질 텐데. 자네처럼 좌익 활동 전력이 있는 사람은 일평생, 아니 자네 자식들까지 불리한 일을 겪게 된다는 걸 자네도 잘 알잖나? 보수 쪽에 붙어야 안전한 법일세!"

나는 그 정치인을 향해서 간단하게 대답해줬다. 실제로 그게 사실이기도 했고.

"그냥 체질이 그래서요!"

부록
최정범 연보

1928년	전라북도 남원시 이백면 양가리에서 삭녕(朔寧) 최씨 3대 독자 최성용(崔成龍)의 맏아들로 출생.
1936년(8세)	이백면 심상소학교에 입학(3학년 때 이백국민학교로 개칭).
1939년(11세)	7월, 일제 '국민징용령' 공포.
1941년(13세)	진주만 공습. 태평양 전쟁 발발.
1942년(14세)	이백국민학교 졸업. 아버지를 대신해 강제징용에 끌려 감. 함경도 장진호 강계수력발전소 도수터널 공사 현장에서 하사마(迫間) 건설 소속 노무자로 강제 노역.
1943년(15세)	늦겨울, 노역을 마치고 귀환.
1944년(16세)	일제 징용영장 수령. 홋카이도(北海道) 삿포로(札幌)에 위치한 일본 육군 병참기지에서 취사장 노무자로 노역.
1945년(17세)	8월 15일, 일제 패전 선언. 일제의 패망과 함께 남원 본가로 귀환한 후 마을에 있던 서당에 나가 이백면 인민위원회 위원장 안평오 밑에서 공부를 시작. 안평오의 제안으로 이백면 인민위원회 청년부에서 활동.
1946년(18세)	남원 인민위원회 청년교육캠프에서 공산주의 사상서 『꼬뮤니즘 ABC』를 접함.

1947년(19세)	미군정하 사회주의 단체 관련 인사에 대한 핍박과 체포 등을 피해 구례군 광의면의 큰집으로 피신. 양남식 살인사건에 휘말려 남원경찰서에 체포되었으나 곧 누명으로 밝혀짐. 다시금 미군 포고령 제2호 위반 혐의로 남원경찰서 유치장에 수감. 재판에 회부되어 단기 1년, 장기 3년 징역형 수형. 경상북도 김천소년형무소 수감 후 인천소년형무소로 이감(각각 6개월씩 수감).
1948년(20세)	인천소년형무소에서 모범수로 석방. 대한청년단 제3기로 입소.
1949년(21세)	10월 25일(양력 12월 14일), 신부 한옥연(韓玉淵)과 결혼.
1950년(22세)	5월, 제2대 국회의원 선거에 출마한 조정훈 후보의 선거운동에 참여. 6·25 전쟁 발발. 동지 안승진과 의기투합해 이백면 자치위원회 결성. 인민군 남하. 남원 지역 해방. 이백면 인민위원회 자위대장에 임명. 남원군당으로부터 조선노동당에 정식으로 가입할 것을 통보받고 후보 당원으로 입당. 연합군 인천상륙작전 개시. 인민군의 대대적인 후퇴(9·28 후퇴). 인민군 장교 중좌 이상윤 등과 합심해 시묘동마을에 들어가 빨치산 투쟁 시작. 11월 초순, 국방군과 첫 교전을 벌여 M-1 소총 네 자루 등을 노획. 위원장 김장록과 합류해 회문산 외곽의 용골산에 은거. 남원군당 유격대의 특공중대장에 임명되어 각종 '보급투쟁'에서 유격대를 지휘.
1951년(23세)	중공군 참전. 연합군 후퇴(1·4 후퇴). 인민위원회의 평화체제 전환에 따라 민주청년동맹 위원장에 임명. 연합군 반격 시작. 지리산빨치산 비밀아지트 '달궁 비트' 건설 시작. 지리산 달궁 비트 입성 후 남원군당 작전부장에 임명. 남부군 사령관 이현상(李鉉相)의 주재로 열린 도당 위원장회의(일명 '송치골회의')에 참석. 일명 '제너레이터 확보 작전' 지휘.
1952년(24세)	산내 해방투쟁 지휘. 초겨울, 경찰의 대대적인 공세에 쫓겨 1년 반여 만에 찾아가 은신. 달궁 광산골 비트에 복귀 후 보절면 보급투쟁에 나갔다가 경찰의 총을 맞아 복숭아뼈가 산산조각 나는 중상을 입음. 남원군당 본대에 합류 후 환자트에서 생활. 김장록 위원장의 권유로 민가에 은거.
1953년(25세)	마을 주민의 고발에 의해 남원경찰서 서장 최난수에게 체포. 체포 후 남원포로수용소에 수감. 경찰과 미군 등으로부터 전범 재판을 받아 전범 등급 '을' 판정을 받음. 휴전협정 체결. 초가을, 검찰의 기소유예 처분으로 자유의 몸으로 방면.

1954년(26세)	음력 동짓달, 4년 만에 정식으로 아내와 혼인해 임실군 지산면 계산리에서 신행길에 오름. 5월, 제3대 국회의원 선거에 출마한 남원을 지역구 무소속 후보의 선거운동에 참여.
1956년(28세)	흥업조합 총무부장으로 근무.
1960년(32세)	7월, 제5대 민의원 선거에 출마한 민주당 후보 윤정구의 선거운동에 참여.
1961년(33세)	요천강 제방공사 현장관리소장으로 근무. 5월, 박정희 군사쿠데타. 과거 좌익 경력이 있는 주요 범죄자 대상의 예비검속 명목으로 경찰에 강제 연행. 며칠 뒤 무혐의로 풀려남.
1971년(43세)	신민당 남원군지구당(위원장 양해준) 이백면책으로 활동.
1981년(53세)	민주한국당 남원·임실·순창지구당(위원장 이형배) 부위원장으로 활동.
1987년(59세)	평화민주당 남원지구당(위원장 이형배) 고문으로 활동.
1991년(63세)	3월 16일, 무소속으로 지방의회의원 선거(남원군의회)에 출마.
2016년(88세)	아내 한옥연과 고향 마을에서 농사를 지으며 생활.

구술자

최정범(崔正範)

1928년 전라북도 남원시 이백면에서 소작농의 아들로 태어났다. 유년 시절 일제에 의해 두 차례 징용지로 끌려갔다. 징용을 마치고 돌아와 사회주의 사상을 접한 뒤 조선노동당 후보당원으로 입당했으며, 이듬해 6·25 전쟁이 터지자 북한군 장교 이상윤 등과 함께 지리산에 들어가 빨치산 활동을 시작했다. 남원군당 작전부장, 1사단 참모장 등의 직책을 맡아 빨치산 유격대원을 통솔해 '빨치산대장'이라고 불렸다. 1953년 봄, 경찰 토벌대의 대대적인 소탕작전 때 체포되어 전범 등급 '을'을 받았으나 얼마 뒤 기소유예로 풀려났다. 현재는 남원군 고향 마을에서 아내와 농사를 짓고 있다.

엮은이

강동원(姜東遠)

1953년 전북 남원시 덕과면 사율리 602번지에서 출생했다. 덕과초등학교, 남원용성 중학교, 전주상업고등학교(현 전주제일고)를 졸업하고 경기대학교에서 정치학 박사 학위를 받았다. 1985년 민주화추진협의회 김대중 공동의장 비서, 1987년 평화민주당 재정국장, 1991년 전북도의회 의원, 1998년 새정치국민회의 후원회 사무총장, 2001 년 노무현 대통령후보 조직특보 겸 전북본부장, 2003년 개혁당 전북도당 상임대표, 2010년 국민참여당 종로지역위원장을 지냈다. 2007년 농수산물유통공사 상임감사 시절 '전자감사시스템'을 개발하고 발명특허를 출원해 참여정부의 공공기관 혁신을 주도했다. 2008년 러시아 우수리스크에서 한국의 인탑스(주)가 투자한 '아로-프리모 리에' 초대 사장으로 2년간 해외농업에 종사했다. 2011년 통일부 신진학자, 상지대학 교 북방농업연구소 책임연구원으로 통일한국의 식량문제를 연구했다. 제19대 국회의 원을 지냈다(전북 남원·순창).

논문으로 「남북이 상생하는 농업협력 방안 연구」(2007), 「러시아 연해주에서의 남· 북·러 농업협력 방안 연구」(2011) 등 다수가 있다. 지은 책으로 『제가 바로 무능한 낙 하산입니다』(2007), 『통일농업 해법 찾기』(2008, 공저), 『공기업 판도라의 상자 1·2』 (2009), 『철밥통 공기업』(2011), 『연해주 농업 진출의 전략적 접근』(2015)이 있다.

지리산 달궁 비트
빨치산대장 최정범 일대기

ⓒ 강동원, 2016

구술자 최정범
엮은이 강동원
펴낸이 김종수
펴낸곳 한울엠플러스(주)
편집책임 배유진
편집 성기병

초판 1쇄 인쇄 2016년 4월 30일
초판 1쇄 발행 2016년 5월 15일

주소 10881 경기도 파주시 광인사길 153 한울시소빌딩 3층
전화 031-955-0655
팩스 031-955-0656
홈페이지 www.hanulmplus.kr
등록번호 제406-2015-000143호

Printed in Korea.
ISBN 978-89-460-6171-2 03810 (양장)
ISBN 978-89-460-6172-9 03810 (반양장)
* 가격은 겉표지에 표시되어 있습니다.